GERALD HAGEMANN

Dem Tod geweiht

Buch

Im südenglischen Badeort Brighton geht ein Serienmörder um; davon ist nicht nur Detective Chief Inspector Dorothy Marley überzeugt. Auch die Klatschpresse hat den Killer zur Stärkung ihrer Auflagen für sich entdeckt. Zwei Frauen sind dem so genannten »Brighton-Würger« bereits zum Opfer gefallen: die wohlhabende Immobilienmaklerin Christine Gordon und eine alternde Gelegenheitsprostituierte namens Margaret Penhalligan. Beide wurden an öffentlichen Plätzen gefunden – erdrosselt und lediglich mit einem Paar Ringelsocken bekleidet. Wie die Ermittlungen ergeben, war ihnen ihr Tod zuvor schriftlich angekündigt worden – mit einem Kärtchen, wie es Pathologen an die Zehen von Leichen binden. Darauf ist sowohl die Todesart als auch der Zeitpunkt des Ablebens vermerkt. Für Dorothy Marley wird der Fall schon bald zur Bewährungsprobe für ihre Beförderung zum Superintendent. Immer wieder hat sie mit den Anfeindungen von Chief Inspector Peter Bloomfield zu kämpfen, ihres Konkurrenten um den Posten. Schließlich scheint die Situation zu eskalieren: Denn in derselben Nacht, als Dorothy zum Palace Pier gerufen wird, um eine weitere nackte Tote in Augenschein zu nehmen, hat auch ihr Bruder Robert, ein ebenso erfolgreicher wie unzufriedener Kriminalschriftsteller, eine Morddrohung erhalten …

Autor

Gerald Hagemann, Jahrgang 1971, ist selbstständiger Goldschmiedemeister und fertigt Zauberrequisiten für namhafte Zauberkünstler an. Der Autor ist Mitglied im »Cloak & Dagger Club«, einer Londoner Vereinigung, die sich die Untersuchung aller Aspekte der Jack-the-Ripper-Morde auf ihre Fahnen geschrieben hat. Regelmäßig führt er deutsche Touristen auf den Spuren des berühmten Serienmörders durch London. Als Resultat seiner langjährigen Recherchen hat Hagemann zwei Sachbücher zum Thema veröffentlicht: »London von Scotland Yard bis Jack the Ripper« und »Tatort Großbritannien«. »Dem Tod geweiht« ist sein erster Roman.

Gerald Hagemann

Dem Tod geweiht

Roman

GOLDMANN

Umwelthinweis:
Alle bedruckten Materialien dieses Taschenbuches
sind chlorfrei und umweltschonend.

1. Auflage
Originalausgabe Januar 2007

Umschlaggestaltung: Design Team München
Umschlagfoto: Wolf Huber
BH · Herstellung: Str.
Redaktion: Eva Wagner
Satz: deutsch-türkischer fotosatz, Berlin
Druck und Bindung: GGP Media GmbH, Pößneck
Printed in Germany
ISBN-10: 3-442-46208-8
ISBN-13: 978-3-442-46208-7

www.goldmann-verlag.de

In Erinnerung an Mama,
die
Königin Mutter

† 2003

*»Man muss die Tatsachen kennen,
bevor man sie verdrehen kann.«*

Mark Twain

PROLOG

I

Leitartikel aus *The Sun*,
28. August 1983:

Höchststrafe im Fall Barnes

Heute um 14.00 Uhr fällte Lord Oberrichter Leonard Belloc im Londoner Schwurgericht Old Bailey das Urteil über den mutmaßlichen Frauenmörder Brian Barnes (23). Barnes war Ende letzten Jahres der brutalen Vergewaltigung und Ermordung der 20-jährigen Renee White aus Long Weldon, Suffolk, angeklagt und ins Londoner Untersuchungsgefängnis Pentonville überführt worden, wo er ein halbes Jahr auf seinen Prozess wartete (wir berichteten). Obgleich der Angeklagte nach wie vor seine Unschuld beteuert, spricht die Beweislast eindeutig eine andere Sprache. Nach nur zweistündiger Beratungszeit gelangten die Geschworenen zu einem einmütigen Urteil: »Schuldig im Sinne der Anklage«. Der Lord Oberrichter erklärte in seinem Schlusswort an den Angeklagten: »Sie sind von einer zwölfköpfigen Jury Ihrer Landsleute eines widerwärtigen Verbrechens für schuldig befunden worden, und ich darf sagen, dass ich an der Richtigkeit dieser Entscheidung keinerlei Zweifel habe.« Die Menschenmenge vor dem Gerichtsgebäude quittierte das Urteil der Jury (fünf Männer und sieben Frauen) mit Beifall und Jubelrufen. Barnes wird noch in dieser Woche von London ins Parkhurst-Gefängnis auf der Isle of Wight verlegt. R. P. D.

Artikel im Provinzblatt *The Weldon & District Weekly News*,
25. Juli 2000:

Mutmaßlicher Mörder aus Haft entlassen

Vor 18 Jahren ereignete sich in unserem Bezirk ein grausiges Verbrechen. Die meisten unserer Leser werden sich noch an die Einzelheiten erinnern:
Das Opfer, die 20-jährige Tochter des Ehepaars White aus Long Weldon, war während eines Zeltlagers im Jahre 1982 geschändet und erdrosselt worden. Der mutmaßliche Täter, ein damals 22 Jahre alter Hilfsarbeiter in Evans' Sägewerk, wurde schnell ermittelt und zu einer Freiheitsstrafe von 25 Jahren verurteilt. Dieser Mann ist nun wieder auf freiem Fuß. Nach Angaben des örtlichen Constables kehrt er geläutert in seinen Heimatort zurück. Bürgermeister Billy Evans appelliert daher an die Bevölkerung, dem Straftäter bei der Integration ins normale Dorfleben keine Steine in den Weg zu legen. Des Weiteren kündigte er an, dem entlassenen Sträfling wieder einen Arbeitsplatz im Sägewerk zur Verfügung stellen zu wollen. Reverend Peter Cotton ließ gestern verlauten, dass er am kommenden Sonntag um 10.00 Uhr in der Gemeindekirche St. Michael's einen Willkommensgottesdienst abhalten wird. Bericht: Steven Andrews.

Kurzmeldung des *Brighton Evening Argus*,
Donnerstag, 27. Juli 2000:

Frauenmörder kehrt nach 18 Jahren in die Freiheit zurück

[Newport, Isle of Wight] Brian B., vor 18 Jahren des Mordes an einer jungen Frau in Suffolk überführt, wurde am vergangenen Dienstag wegen guter Führung vorzeitig aus dem *H. M. P. Parkhurst* entlassen. Während der letzten sieben Jahre hatte B. die Bibliothek der Haftanstalt geleitet und sich der Gefängnisleitung zufolge insbesondere durch vorbildliches Verhalten seinen Mitinsassen gegenüber ausgezeichnet. R. P. D.

II

Mittwoch, 26. Juli 2000, 22.50 Uhr.

Nach der Besuchszeit am Nachmittag hatte James entschieden, dass für ihn nun die Zeit gekommen sei zu gehen. Zeit, Abschied zu nehmen. Und als er den Computer jetzt ausschaltete, den Stuhl ordentlich unter den Schreibtisch schob und den Freizeitraum verließ, war er sehr zufrieden mit seiner Entscheidung. Sehr zufrieden und erleichtert.

Im ganzen Haus herrschte Stille, und auf dem Flur war keine Menschenseele zu sehen. Er zählte die Neonröhren an der Decke, während er den hellen Korridor entlang zum Treppenhaus ging, so wie er sie auch immer gezählt hatte, wenn er in die entgegengesetzte Richtung hinauf zu seinem Zimmer gegangen war: *einundzwanzig, zweiundzwanzig, dreiundzwanzig, vierundzwanzig* … Zwei mehr als in der anderen Richtung, stellte er fest, als er bei der Tür anlangte. Sie war nicht verschlossen. Er stieß sie auf und trat ins Treppenhaus, wo ihm der Geruch von Bohnerwachs in die Nase stieg. Obwohl es auf allen Etagenfluren nach Bohnerwachs roch, war der Geruch hier noch einmal stärker; ein Geruch, den er mochte, der ihn an zu Hause erinnerte – an seine Mutter in ihrer Schürze, wie sie jeden Samstag auf den Knien den Boden schrubbte …, an Jenny, seine Schwester, und an den Tag vor achtzehn Jahren, als sie beide in den Schuppen hinter dem Haus gegangen waren, um das Seil zu holen … Mama hatte nicht lange leiden müssen, nicht annähernd so lange wie Daddy, *vom Krebs zerfressen*, nicht annähernd so lange wie er selbst. Ein heftiger Schlag auf den Kopf, das Seil am Treppengeländer festgezurrt. Ein Sturz, ein Ruck, dann war es vorbei. Sie strampelte nicht einmal.

Auf dem Weg zur Waschküche, einem riesigen weißen Raum im Keller, wo sich grün schimmernde Wäscheleinen wie Telegrafendrähte im Zickzack von einer Seite des Raumes zur anderen zogen, kam ihm niemand entgegen. James löschte alle Lichter hinter sich, als er eintrat, und schloss die Tür von innen ab.

Um an die Leine zu kommen, musste er auf einen wackligen Holzschemel steigen. Mit der rechten Hand löste er sie sehr schnell und geschickt von den beiden Haken, zwischen denen sie gespannt war, und legte sie zu einem doppelten Strang zusammen. Sein linker Arm machte ihm wie immer Schwierigkeiten, doch es gelang ihm schließlich, die beiden Enden der Wäscheleine zwischen Daumen und Zeigefinger einzuklemmen und einen Knoten hineinzuknüpfen. Er nahm die Leine noch einmal doppelt – vier Stränge würden sein Gewicht tragen, überlegte er –, formte eine Schlinge und band das andere Ende an einem Haken an der Wand fest. Dann stieg er wieder auf den Schemel, den er ganz nah an die Wand geschoben hatte, hielt die Schlinge mit den Fingern offen, schlüpfte mit dem Kopf hindurch und zog sie in seinem Nacken fest.

Er lauschte einen Moment lang, als er irgendwo in der Ferne ein Geräusch hörte. Schritte, eine Tür fiel schwer ins Schloss.

Die Stille kehrte zurück, und er stieß den Schemel beiseite. Seine Füße traten Luft. Ein krampfartiges Zucken durchlief seinen Körper – nur wenige Sekunden lang –, bis der Frieden kam.

Dann hing er still.

ERSTER TEIL

Die Briefe & der Tod

1

9. September 2000, 23.35 Uhr.

Das Fernsehbild flimmerte.

»Kein Schriftsteller lügt«, sagt Robert Marley. Er sitzt in einem bequem aussehenden roten Sessel mit hoher Lehne. Die Studiokulisse ist in Gelb gehalten, einer Farbe, die ihm zuwider ist. Sein Gesicht wird in Großaufnahme gezeigt, während er spricht. Streifen laufen über den Bildschirm. »Wir erzählen Geschichten, nichts weiter. Geschichten, die für uns in gewisser Weise die Wahrheit bedeuten.« Die Kamera schwenkt zu Edward Carson, seinem Interviewpartner.

»Sie schreiben über Verbrechen und sehen eine Wahrheit darin?« Carson setzt ein breites, einstudiertes Lächeln auf. Es ist ein hohles, desinteressiertes Lächeln – das Lächeln einer Maschine. Er spricht in die Kamera: »Ist das nicht beinahe ein Schuldeingeständnis?« Eine absichtliche Pause, gerade lange genug, um bemerkt zu werden. »Eine Frage zum Abschluss, Mr. Marley – was tun Sie, wenn Sie nicht gerade schreiben?«

Marley in Großaufnahme. »Ich schlafe, Mr. Carson«, sagt er ohne Zögern. Kameraschwenk zum Publikum, Applaus und die allmählich lauter werdende Musik des Abspanns. »Ich schlafe für immer.«

Robert Marley nahm die Fernbedienung vom Tisch und schaltete den Fernseher aus. Er hasste Auftritte vor großem Publikum. *Carson & Co* gehörten zu einer Welt, die er zutiefst verabscheute – einer unehrlichen Welt. Wenn er seine Geschichten schrieb, war er allein, und das war gut so. Der gesamte Schreibprozess war etwas sehr Persönliches. Es gab niemanden, der sie beide störte. Nur die Geschichte und der Autor. Es war eine Art Vertrag. Die Wichtigkeit von Lesungen und Promotionveranstaltungen ließ sich nicht von der Hand weisen (beides war notwendig, wenn er wollte, dass die Leute seine Bücher kauften), doch lieben musste er die Publicity deshalb noch lange nicht.

Das Telefon läutete. Es war zwanzig vor zwölf.

Du lieber Gott, Mama, dachte er. Marley stand auf und ging ins Arbeitszimmer hinüber, wo das Telefon stand. Sicher hatte sie ihn in dieser verdammten Show gesehen und wollte ihm nun mitteilen, wie ungemein brillant er wieder gewesen war.

Er nahm den Hörer ab.

»Beeson & Beeson Bestattungen.« Er hatte es sich mittlerweile zur Gewohnheit gemacht, sich nach neun Uhr abends mit einem Fantasienamen zu melden. »Richard Beeson am Apparat. Was kann ich für Sie tun?«

»Du stirbst, du Schwein!«, flüsterte die Stimme am anderen Ende der Leitung.

Es war eine leise, sehr melodische Stimme, und einen grotesken Moment lang überlegte Marley, ob seine Mutter wohl in der Lage wäre, einen solchen Satz über die Lippen zu bringen. Er entschied sich dagegen.

»Was?«, war alles, was ihm als Antwort einfiel. Wäre er eine Frau gewesen, hätte er vermutlich zur Trillerpfeife gegriffen – ein Rezept gegen obszöne Anrufer. Er war sich nicht sicher, glaubte aber, seine Schwester Dorothy habe ihm einmal davon erzählt.

»Am 31.11. dieses Jahres«, sagte die Stimme. Dann knackte es in der Leitung. Ein lang gezogener Summton war zu hören.

Marley stand noch eine ganze Weile am Schreibtisch in seinem Arbeitszimmer, starrte den Hörer an und horchte auf den leisen, klagenden Summton, der in seinen Ohren beinahe wie schweres Atmen klang.

Dann legte er auf und wählte die Nummer seiner Schwester.

2

Die Luft war eisig und schneidend, und der auflandige Wind trug die sprühende Gischt als feinen Nebel bis weit auf die Promenade hinauf. Chief Inspector Dorothy Marley vermochte das Salz auf ihren Lippen zu schmecken, als sie atemlos die Stufen auf der Ostseite des hell erleuchteten Palace Piers zum Strand hinuntereilte und die wilden Böen ihren offenen Mantel aufblähten. Weiter unten brachen sich die meterhohen Wellen brüllend an den stählernen Stützpfeilern des Piers und rollten angriffslustig gegen die Steinbarrieren, ehe sie träge über den grobkörnigen Sand ins Meer zurückglitten. Als sie auf die Gruppe von geschäftig herumhuschenden Menschen zuschritt, die batteriebetriebene Lampen aufstellten und das ihr so vertraute gelbe Absperrband ausrollten, begann es zu nieseln. Es roch nach Schnee. Hatten die Leute vom Wetterdienst nicht einen milden, beinahe mediterranen Herbstabend versprochen, 15 Grad Celsius und trocken? Es war weiß Gott nicht das erste Mal, dass sie sich irrten.

Der Mord war der Sussex Constabulary vor weniger als 40 Minuten gemeldet worden. Ihr Department war schnell, das wusste sie; trotzdem überraschte sie die Gegenwart all der Beamten. Insgeheim rügte sie sich für ihre Verspätung. Sie hatte in der Wanne gelegen, Händel gehört und nach der Auseinandersetzung mit ihrer Kollegin Angela an alles andere als an ihren Job gedacht, als der Anruf sie erreichte.

»'n Abend, Chief«, hörte sie eine Stimme neben sich. Es war Ralph Cloud, ihr Sergeant und Schatten. Ralphie war ihr mächtig ans Herz gewachsen; sie fand ihn irgendwie niedlich in seiner tollpatschigen, jungenhaften Art. Dorothy nannte ihn manchmal Clouseau …

»Hi, Schatz«, sagte sie. Sie strich ihm im Vorbeigehen beiläufig übers Kinn.

Dorothy sah, dass Dr. Millner, der Polizeiarzt, neben dem weißen, leblosen Bündel, dem all der Trubel galt, im feuchten Sand kniete. Er war ein großer, gertenschlanker Mann mit kurz geschorenen grauen Haaren, der die sechzig bereits überschritten hatte. Sie trat von hinten an ihn heran, berührte ihn leicht an der Schulter. »Hallo, Doktor. Die Kollegen von der Spurensicherung scheinen sich ja mächtig ins Zeug gelegt zu haben.« Sie ließ sich neben ihn sinken. »Was haben wir?«

»Weibliche Leiche«, sagte Millner. »Zirka zwanzig bis fünfundzwanzig Jahre alt.«

»Erdrosselt, wie die anderen beiden?«

»Erstickt. Keine Würgemale in diesem Fall.« Millner deutete auf zwei leicht unterblutete Druckstellen im Gesicht der Toten. Er erhob sich. »Der Tod trat durch gewaltsames Verschließen von Mund und Nase ein; vor allerhöchstens ein bis zwei Stunden, würde ich sagen.«

»Starb sie hier?« Dorothy ließ ihre Blicke über den nackten Leichnam wandern. Lediglich die Füße steckten in Pumps. Die Brustwarzen der Leiche waren versteift, hellblondes Schamhaar kräuselte sich im Wind zwischen den gespreizten Beinen der Toten.

»Ihr Sergeant fand Schleifspuren.« Millner entledigte sich umständlich seiner Gummihandschuhe. »So, wie es aussieht, wurde sie in einer öffentlichen Toilette getötet – keine fünfzig Meter von hier. Wie in den beiden vorherigen Fällen fand kurz vor oder kurz nach Eintritt des Todes Geschlechtsverkehr statt.«

»Spermaspuren, Doktor?«

»Keine. Nichts. Gar nichts.« Millner warf die Handschuhe in seine schwarze, klobige Tasche. »Sie hat ihren gerechten Teil vom Leben noch nicht gehabt, nicht wahr?«

Dorothy schwieg. Warum, fragte sie sich, sprachen nur alle in Floskeln? Es war jedes Mal dasselbe, wenn ein junger Mensch starb. Was war denn schon der gerechte Teil vom Leben? Das Mädchen war schön. »Haben Sie ihr die Augen geschlossen, Dr. Millner?«

»Nein. Sie waren geschlossen.«

»Hat ihr Mörder sie geschlossen? Kann man das sagen?«

»Ich fürchte, nein, Inspector.«

Dorothy stand ebenfalls auf. Heller Sand haftete an den Knien ihrer Hosenbeine. Ein toter Mensch sah sehr, sehr friedlich aus. Nichts in seinem Gesicht verriet, welche Schrecken und Ängste er in den letzten Minuten ausgestanden hatte. Leichen waren entspannt. Entspannt wie ein Körper nach dem Sex. Was hatte Dennis Nilsen, der Londoner Muswell-Hill-Mörder, bei seiner Festnahme gesagt? *›Die Leiche ist der schmutzige Teller, der vom Festmahl übrig bleibt.‹* War dies hier ein Festmahl gewesen? Sie wusste es nicht. Hatte der Mörder in diesem Fall beim Akt des Tötens

Lust verspürt? Warum hatte er getötet? Und hatte er sich nachher die Hände gewaschen?

»Chief?« Es war Sergeant Cloud. Er sah ihr nicht in die Augen, sondern betrachtete ihren Mund. »Ich sollte Ihnen etwas zeigen.«

Es war eine öffentliche Toilette, wie jede andere in Brighton oder Hove. Allerdings war sie mit einer besonderen Haltevorrichtung für behinderte Personen ausgestattet worden. Chromfarbene Griffe befanden sich zu beiden Seiten der geräumigen Kabine. Der geflieste Boden war feucht. Es roch nach Urin und Desinfektionsmittel.

»Wer hat sie eigentlich gefunden?«, fragte Dorothy.

Cloud konsultierte sein Notizbuch, obwohl er Fakten gewöhnlich immer im Kopf hatte. »Ein junger Kerl namens Roger Abony. Ein Stadtstreicher«, fügte er hinzu. »Dachte wohl erst, sie sei auf Drogen. Seiner Aussage zufolge hat er sich neben sie gesetzt und sie angesprochen, weil er hoffte, mit ihr liefe noch was.«

Sie nickte beinahe abwesend. »Was wollten Sie mir zeigen?«

»Sehen Sie das da?« Cloud wies auf zwei parallele schwarze Abriebspuren rechts und links vor der Toilettenschüssel. Ein Stück weiter im Gang waren noch mehr. Diese überschnitten sich jedoch und bildeten ein sternförmiges Muster. »Dr. Millner sagt, es habe ...« Cloud räusperte sich. »Es habe, nun ja, Verkehr stattgefunden.«

Der Spurensicherer Breckinridge mit seinem geheimnisvollen Tatortköfferchen hatte sicherlich jeden Winkel dieses Raumes bereits genauestens unter die Lupe genommen; da konnte es nicht schaden, wenn sie hier jetzt ebenfalls ein bisschen herumtrampelte und einstige Spuren verwischte.

Dorothy versuchte sich vorzustellen, wie der Mord verübt worden war. Der Täter musste sein Opfer zu Boden gezwungen haben. Vermutlich war er von hinten in sie eingedrungen. Aber was hatte er mit ihren Kleidern gemacht? Sie ins Meer geworfen? Bislang waren sie noch nicht gefunden worden.

»Cloud?« Sie ließ sich breitbeinig vor der Toilettenschüssel in die Hocke sinken.

»Ja, Sir?« Ihr Sergeant errötete im grellen Schein der Neonröhren. »... äh, entschuldigen Sie, Madam.«

»Kommen Sie her. Setzen Sie sich hinter mich. Na machen Sie schon.«

Auf Sergeant Clouds Stirn begann Schweiß zu perlen. »Ich weiß nicht recht, Chief«, sagte er.

»Setzen Sie sich hinter mich.« Sie beobachtete eine ganze Weile, wie Cloud sich zierte. Sie hörte sein verlegenes Räuspern, das ungeschickte Klappern seiner Schuhe auf den schlüpfrigen Fliesen. Dann verlor sie die Geduld: »Verdammt noch mal, Cloud! Tun Sie, was ich Ihnen sage! Setzen Sie sich hinter mich und legen Sie mir beide Hände auf den Mund.« Sie sah auf ihre Schuhspitzen. Obgleich sie flache Schuhe trug, stimmten die Abriebspuren mit der Position ihrer Schuhe überein. Um nicht nach vorn umzukippen, musste sie sich an den Chromgriffen festhalten, als sich der Sergeant hinter ihr niederließ und sein Gewicht ihren Körper nach vorne drückte. Ihre Füße glitten augenblicklich ab. Zwei dunkle Schlieren entstanden. Dorothy nickte nachdenklich.

»Okay!« Sie sprang so abrupt auf die Füße, dass Cloud das Gleichgewicht verlor und sich prompt auf den Hosenboden setzte. Sie drehte sich zu ihrem Sergeant um, der sich leise fluchend aufrappelte. Mit der rechten Schulter gegen die Wand gelehnt, meinte sie dann: »Wenn er sie in diese Position *gezwungen* hat, warum hat sie sich nicht gewehrt?« Sie blickte zu Boden, betrachtete die Schlieren, die sie hinterlassen hatte, und dann die Vielzahl der sich überlagernden Spuren. »Er muss ein verdammt gut aussehender Mann sein. Oder in gewisser Weise hilflos wirken. Ich denke, sie ging freiwillig mit ihm in diese Toilette. Sie hatten Geschlechtsverkehr. Als sie merkte, was wirklich gespielt wurde, strampelte sie um ihr Leben, aber da war es natürlich zu spät. Was denken Sie?«

Sergeant Cloud rauschte der Kopf. Nie war er Chief Inspector Marley körperlich dermaßen nahe gewesen. Seine Ohren schienen zu glühen.

»Ja«, sagte er blinzelnd. »Ja, genau das denke ich.« Dann beeilte er sich, hinaus in die schützende Dunkelheit zu kommen.

»Da oben muss es doch von Menschen nur so gewimmelt haben«, meinte Dorothy, als sie und Cloud über die Promenade zurück zum Fundort der Leiche gingen; vorbei an verrammelten Softeisständen und Crêpesbuden und den bei Tage so gemütlichen kleinen Cafés unter den Arkaden, die jetzt nach Geschäftsschluss kalt und abweisend wirkten. Wie der Mörder das tote Mädchen unbemerkt vierzig Meter weit von der Toilette bis zu den Stützpfeilern hatte schleppen können, war ihr ein Rätsel. Sie schaute nachdenklich zu den Lichtern des Piers hinauf.

»Wir haben den ganzen Zirkus absperren lassen«, sagte Cloud, der seinen Mantelkragen aufstellte und erfolglos mit den im Wind flatternden Enden seines Schals kämpfte, die ihm immer wieder ins Gesicht schlugen, während er gleichzeitig versuchte, mit Chief Inspector Marley Schritt zu halten. »Ein halbes Dutzend Kollegen nimmt die Aussagen der Leute auf. Da kann niemand runter, ehe er uns nicht seine Geschichte erzählt hat.«

Endlich erreichten sie die jahrhundertealte Eisenkonstruktion des Piers, wo es ein wenig windgeschützter war. An einem der Pfeiler blieben sie stehen. Neben ihnen bereiteten zwei Constables den Leichnam der unbekannten Toten für den Abtransport vor. Über ihnen war das hämische Kreischen der Lachmöwen zu hören.

»Angenommen, Sie wären der Mörder des Mädchens, Cloud.« Dorothy strich sich das Haar aus dem Gesicht. »Was hätten Sie nach der Tat mit der Leiche gemacht?«

Der Sergeant musste nicht lange überlegen. »Sie liegen gelassen natürlich. Viel zu riskant, sie von dort wegzubringen.«

»Ja, das sehe ich genauso. Aber aus irgendeinem Grund hat er das Risiko trotzdem in Kauf genommen. Warum?«

»Möglicherweise wollte er einfach sichergehen, dass sie gleich gefunden wird.« Cloud zog die Schultern hoch. »Keine Ahnung. Was schließen Sie denn daraus?«

»Ich möchte wissen, ob er es nicht vielleicht sogar darauf anlegte …« Dorothy brach ab. Sie erkannte den stämmigen Mann im Regenmantel bereits von weitem. Selbstbewusst wie immer kam er mit weit ausgreifenden Schritten auf sie zu, den rechten Arm zum Gruß erhoben. Richard Parsons Dadd, der verdammte Reporter vom *Evening Argus*. Einen Meter vor ihnen blieb er stehen.

»Sergeant.« Ein kurzes Nicken in Clouds Richtung. Die Hände in den Hosentaschen, lächelte er Dorothy an. »Hallo, Miss Marley.«

»*Chief Inspector* Marley.« Sie gab sich spröde – wie immer, wenn sie ihn traf. Zugegeben, er sah nicht schlecht aus.

Dunkles Haar, blaue Augen, energisches Kinn, und er war kräftig gebaut. Doch sie konnte es einfach nicht ausstehen, wenn sich jemand für unwiderstehlich hielt. Und dieses Fräulein-Getue mochte sie schon gar nicht. »Sie haben hier nichts zu suchen, Richard. Ich muss Sie bitten ...«

»Ach Gott, Dorothy, nun seien Sie doch nicht so. Ich mache doch auch bloß meine Arbeit.« Sein Lächeln verschwand, und mit betroffener Miene sah er den Beamten dabei zu, wie sie den schmalen Körper behutsam auf eine Bahre legten und mit schwarzem Gummituch bedeckten. Dann wurde die Leiche mittels zweier elastischer Gurte fixiert. »Sie ist noch so furchtbar jung.«

»Fast noch ein Mädchen«, sagte Dorothy leise und schaute ihm in die Augen. Sie waren von einem klaren, wässrigen Blau. Unweigerlich musste sie an ihre erste Begegnung vor einem Dreivierteljahr beim Wohltätigkeitsball im Rathaus denken. Dadd hatte sie aus den Klauen eines langweiligen, aufgeblasenen Anwalts gerettet, indem er sich frech als ihr Verlobter ausgegeben hatte. Der Abend war geradezu traumhaft verlaufen. Sie war einem Menschen begegnet, der auf den ersten Blick ihrer kindlichen Vorstellung von einem perfekten Lebenspartner entsprach: gut aussehend, weltoffen, humorvoll. Es hätte nicht viel gefehlt, und sie wäre noch am selben Abend mit ihm ins Bett gegangen. Bis ... ja, bis er ihr eröffnet hatte, dass er als Polizeireporter für die *Sun* tätig gewesen war, ehe er London den Rücken gekehrt und seine neue Stelle als Chefredakteur beim *Brighton Argus* angetreten hatte. Mehr war nicht nötig gewesen, um die Seifenblase zerplatzen zu lassen. Tägliche Observation durch die Klatschpresse war das Letzte, was sie in ihrem Job gebrauchen konnte. Damit standen sie automatisch auf verschiedenen Seiten. Sie konnte sich noch sehr genau an seine Reaktion erinnern – oder besser an den Mangel von Reaktion. Denn er hatte ihr einfach nur nachgeblickt, als sie ihm unvermittelt ihr Sektglas in die Hand gedrückt und ihn mitten im Saal stehen gelassen hatte. Stumm und etwas irritiert, mit diesen wässrig blauen Augen …

»Hören Sie mich? DO-RO-THY!« Die Worte drangen erst allmählich zu ihr durch, wie ein weit entferntes Horn in dichtem Nebel. »Ja, was?« Verwirrt schüttelte sie die Gedanken ab und straffte sich. Offenbar hatte sie ihn die ganze Zeit über angestarrt.

Dadd musste ein Grinsen unterdrücken. »Ich sagte: Wir haben es also mit einem weiteren Opfer des Würgers zu tun.«

Mit zusammengekniffenen Augen funkelte sie ihn an. »Wir?« Was bildete er sich bloß ein?

»Habe ich nun recht oder nicht?«

»Gewisse Anzeichen sprechen dafür, dass es sich um denselben Täter handelt. Ja.« Ihr Tonfall war eisig, als sie fortfuhr: »Sicher ist das allerdings nicht. Und ich habe keine Lust, morgen den *Argus* aufzuschlagen und panikmachende Mutmaßungen darin zu finden, Richard. Haben Sie mich verstanden?«

»Es würde mir wesentlich leichter fallen, wenn Sie mal mit mir essen gingen.«

Cloud beäugte Dadd voller Misstrauen. So attraktive Männer waren ihm nicht geheuer. Erst recht nicht, wenn sie ganz offensichtlich versuchten, sich an Chief Inspector Marley heranzumachen. Und seine Stimme klang vielleicht eine Spur zu aggressiv, als er sagte: »Ich denke, Sie gehen jetzt besser, Mr. Dadd.«

»Schon gut, Sergeant.« Beruhigend legte Dorothy ihm die Hand auf den Arm. »Mr. Dadd ist uns stets eine große Hilfe gewesen. Und ich schätze, er ist ganz versessen darauf, Ihnen zu erzählen, wie er die letzten vierundzwanzig Stunden verbracht hat.« Damit wandte sie sich um und ging lächelnd durch den knirschenden Sand davon, während die beiden Männer ihr verdutzt nachschauten und eine Ladung Vogelkot auf Sergeant Clouds Schulterpolster niederprasselte.

In den Streben über ihnen lachten kreischend die Möwen.

3

Emily Boyd warf ihre rabenschwarze Lockenpracht in einer letzten rhythmischen Abwärtsbewegung zurück, hielt ein paar Sekunden inne und machte dann mit sanfter Gewalt die Hände los, die ihr Gesäß noch immer umklammerten. Sie glitt von seinen Hüften herunter und ließ sich seufzend neben ihn aufs Bett rollen.

Er lag völlig entspannt da. Schweigend, wie immer – den Blick starr zur Decke gewandt, ohne zu blinzeln, so, als sei er beim Vollzug des Aktes gestorben. Nur sein Atem verriet, dass er noch lebte.

Mechanisch streifte Emily die geringelten blauen Socken ab, die er jedes Mal mitbrachte. Ein Fetisch, dessen Bedeutung ihr über all die Jahre verborgen geblieben war.

»Renee?« Mit geschlossenen Augen drehte er sich zu ihr um.

»Ja, mein Schatz?« Emily verstand ihr Handwerk.

»Du brauchst keine Angst mehr zu haben.« Die Augen nach wie vor geschlossen, streckte er die Hand nach ihren Brüsten aus, fuhr mit seinen Fingern sanft die köstlichen Rundungen entlang. Dann, plötzlich, schlug er die Augen auf, lächelte, als er sich über sie beugte und liebevoll ihren

Nabel küsste. »Er kann dir nichts anhaben, Liebling, solange ich bei dir bin.«

Er kam seit vielen Jahren zwei- bis dreimal die Woche zu ihr, und ihr Zusammensein glich mittlerweile so sehr einem Ritual, dass Emily seine ersten Tränen bereits spüren konnte, noch ehe sie auf ihren Bauch fielen oder sein leises Schluchzen an ihre Ohren drang.

»Er kann dir nichts anhaben«, wiederholte er.

»Schon gut«, sagte Emily. »Es ist schon gut.« Sie schob ihren rechten Arm unter seinen Nacken, umarmte und drückte ihn zwischen den Kissen. »Er kann mir nichts anhaben.« Sie sah ihn an, die Lippen leicht geöffnet. Er tat ihr so entsetzlich leid. Sie war selbst den Tränen nahe, als sie ihm zuflüsterte: »Ich liebe dich, Pete. Ich habe dich immer geliebt.«

Sein Brustkorb bebte. Und dann begann er zu weinen, laut und hemmungslos wie ein Kind.

4

Das Polizeihauptquartier in der John Street glich selbst zu solch vorgerückter Stunde noch einem Wespennest. Es schien, als hätten sich in dieser Nacht sämtliche Polizisten der Brighton Division im Erdgeschoss des Gebäudes versammelt, um zu einer Art Staffellauf anzutreten.

Als Dorothy gegen Viertel nach eins die Vorhalle betrat, war Inspector Lawrence gerade auf dem Weg nach Hause oder hinaus in den nächtlichen Krieg. Mit einem mechanischen Nicken eilte er an ihr vorbei zur Tür, einen Stapel Akten unter dem rechten Arm. Vier oder fünf Constables in Uniform erhielten von einer ebenfalls uniformierten Kollegin Dienstanweisungen – die üblichen, ungeliebten Aufgaben, mutmaßte Dorothy: randalierende Club- und Discobesucher in ihre Schranken weisen, Obdachlose aus Bankvorräumen vertreiben und natürlich auch immer ein Auge auf die Prostituierten haben, die ihrem Gewerbe unter freiem Himmel in den verdreckten Seitengassen der Altstadt nachgingen. Während der letzten anderthalb Jahre hatte sich Dorothy besonders um Letztere bemüht. Hatte versucht, ihre Kollegen davon zu überzeugen, dass es widersinnig war, die Frauen festzunehmen und vor den Magistrate's Court zu schleifen, wo sie der Richter mit einer Geldbuße belegen und anschließend erneut in die Nacht hinausschicken würde. Doch niemand schien sich Gedanken darüber zu machen, wie viele weitere Freier vonnöten waren, um das Bußgeld aufzubringen.

Sie ging an den blinkenden Pfeilen der Aufzüge vorbei zum Treppenhaus. Dorothy konnte Fahrstühle nicht ausstehen, seit sie als Kind einmal über mehrere Stunden hinweg in einem gefangen gewesen war.

Im zweiten Stock stieß sie die doppelte Glastür auf und marschierte zügig den schmucklosen Flur hinunter, an dessen Ende sich ihr Büro befand.

Es war spät. Ihre Augen waren gerötet und brannten. Sie war müde. Doch es half nichts. Denn wenn sie den Würger, der seit gut anderthalb Monaten die Stadt mit seinen Briefen und Morden in Angst und Schrecken versetzte, wirklich dingfest machen und sich im Wettstreit um den Posten des Superintendents gegen Chief Inspector Bloomfield behaupten wollte, musste sie die Augen offen halten; Tag und Nacht. Nicht, dass ihr an einer Beförderung sonderlich viel lag. Im Grunde wollte sie lediglich mit allen Mitteln verhindern, dass dieser Choleriker die Stelle bekam. Sollte Bloomfield, der eigentlich aus London stammte (und nach ihrem

Dafürhalten auch besser dort geblieben wäre), tatsächlich das CID übernehmen, dann Gnade ihnen Gott. Der Mann war die personifizierte Frauenfeindlichkeit. Da konnte man die Kriminalabteilung auch gleich einem wütenden Ajatollah unterstellen.

Das kleine Büro, das sie sich mit ihrem Sergeant teilte, war finster und stickig. Dorothy ließ die Tür angelehnt, nachdem sie eingetreten war. Sie vermied es, das grelle Deckenlicht einzuschalten, knipste stattdessen die Lampe auf ihrer Seite des Schreibtisches an, ging dann zum Fenster hinüber und öffnete das Oberlicht.

Sie blieb am Fenster stehen, starrte in die Nacht hinaus und auf die William Street hinunter. Ihr Gesicht, das sich geisterhaft durchsichtig in der Scheibe spiegelte, zeugte von zu wenig Schlaf und zu viel Sorgen.

Farblos war das Wort, das Dorothy als Erstes in den Sinn kam, als sie ihr transparentes Spiegelbild bemerkte. Derselbe Gedanke war ihr durch den Kopf gegangen, als sie sich heute Abend im Spiegel betrachtet hatte. Farblos.

Ihr Haar war glatt und rötlich, nicht rot; die Farbe ihrer Augen grün*lich*, nicht grün. Je länger sie sich betrachtet hatte, umso mehr war sie sich vorgekommen wie ein verwässertes Aquarell, bei dem lediglich die Proportionen stimmten.

Sie zwang sich, das Geisterbild zu ignorieren, richtete ihren Blick auf einen Punkt jenseits der Scheibe. In der Ferne konnte sie die schlafenden Victoria Gardens erkennen und weiter südlich die Lichter des Royal Pavilion mit seinen orientalischen Zwiebeltürmchen. Der vor mehr als anderthalb Jahrhunderten im Auftrag des exzentrischen König George IV. erbaute Palast war heutzutage eines der bedeutendsten Wahrzeichen der Stadt. Der alte George, im Volksmund auch *»der geschmacklose Prinny«* genannt, hatte seiner merkwürdigen Ideen wegen bei zeitgenössischen Gegnern und Feinden als verrückt und gefährlich gegolten. Doch war er wirklich verrückt gewesen?

Verrückt und gefährlich.

Was hieß es denn, verrückt zu sein, fragte sie sich. Konnte jemand verrückt sein und Schönes damit erschaffen? Soweit sie sich erinnerte, hatte S.T. Coleridge den Bau als *»Lustschloss«* bezeichnet, *»stolz und kuppelschwer ...«*

Verrückt und gefährlich – dieselben Adjektive, mit denen sie eher den Würger von Brighton beschrieben hätte.

Verrückt und gefährlich.

Dorothy seufzte. Übermüdet stieß sie sich von der Fensterbank ab.

Völlig ausgelaugt sank sie auf den Stuhl am Schreibtisch. Sah man von dem kurzen Entspannungsbad am Abend ab, hatte sie sich seit fast achtundvierzig Stunden keine Erholung mehr gegönnt. Dorothy versuchte, sich zu sammeln, sich auf etwas anderes als das übermächtige Verlangen ihres Körpers nach Schlaf zu konzentrieren, und für eine Weile war ihr Geist so leer wie die zerdrückte Packung *Digestives*-Kekse auf dem Platz ihres Sergeants. Eine Zeitlang betrachtete sie das heillose Durcheinander aus gestapelten Aktenmappen und Fotos. Alles in ihrem Blickfeld erschien ihr mit einem Mal riesenhaft vergrößert und doch gleichzeitig meilenweit entfernt zu sein. Sie registrierte jeden Krümel, jedes noch so winzige Staubkorn, die Spinnweben – dort, wo ihre Tischplatten sich berührten –, bemerkte den halben Marsriegel, den Cloud liegen gelassen hatte; angebissen vor Tagen, *Wochen, Monaten ...*

Erst als sie den Druck des Bleistiftspitzers spürte, dessen scharfe Kanten sich schmerzhaft in ihre Stirn bohrten, stellte Dorothy fest, dass sie eingenickt war. Ruckartig richtete sie sich auf, schlug sich in rascher Folge ein paar Mal mit der flachen Hand ins Gesicht. Sie musste sich verdammt-noch-mal zwingen, an den Fall zu denken: die Briefe, die toten Frauen.

All das nagte an ihr wie eine schlimme, bislang unbekannte Krankheit, die einen von Tag zu Tag mehr und mehr auszehrte, einen allmählich auffraß, ohne dass man den Grund dafür kannte. Da waren die Symptome, die Schmerzen ... Deren Ursache zu finden war zunächst Dorothys dringlichste Aufgabe.

Mit einer Stimme am Telefon hatte alles begonnen.

Anonyme Anrufe bei alleinstehenden Frauen waren keine Seltenheit – wohl eher die Regel. Irgendwo gab es immer eine Handvoll Spinner, die sich an der Angst und dem Entsetzen anderer aufgeilten. Handfeste Drohungen dagegen waren wesentlich seltener. Die wirklich explizite Ankündigung eines Mordes aber hatte es in Brighton noch nie zuvor gegeben.

Eine verstörte alte Dame aus Portslade-by-the-Sea, die dort einen kleinen Zeitschriftenladen führte, hatte Ende Juli um Polizeischutz ersucht, da sie ihrer Aussage zufolge Morddrohungen erhalten habe. Superintendent Bless hatte daraufhin eine Polizistin nach Portslade geschickt, um sie zu beruhigen. (*»Sagen Sie der alten Schachtel, sie soll sich keine Sorgen machen. Wahrscheinlich fehlen ihr bloß die Enkel.«*) Arbeit an der Bevölkerung nannte er das. Sein Motto lautete: Gib ihnen das Gefühl, wir seien ausschließlich für sie da, und alles ist in bester Ordnung.

Aber es war nicht alles in bester Ordnung – ganz und gar nicht. Denn innerhalb von vierundzwanzig Stunden hatte sich die Zahl derjenigen, denen ihr baldiges Ableben telefonisch angekündigt worden war, auf 56 erhöht. Und Bless war nicht mehr in der Lage gewesen, jedem Einzelnen einen

Constable zu schicken. Seither war kein Tag vergangen, an dem niemand einen solchen Anruf gemeldet hätte. Gegenwärtig stand die Zahl der belästigten Personen irgendwo bei 350. Damit nicht genug: Nacheinander (davon ging Dorothy zumindest aus) war einigen von ihnen, wie zur Bestätigung, mit der Post ein großer brauner Briefumschlag zugestellt worden. Darin hatte sich jedes Mal ein rechteckiges, auf einer Seite abgerundetes Kärtchen befunden – ein Kärtchen aus dünnem Karton, wie es Pathologen gewöhnlich an die Zehen gewaltsam Verstorbener banden –, und darauf waren in altmodischer Maschinenschrift sowohl die Todesart als auch Ort und Zeitpunkt des Ablebens vermerkt.

Dann war der erste Mord geschehen.

Dorothy zog eine der blauen Mappen aus dem Stapel vor sich und klappte den Pappdeckel auf. Die Akte enthielt neben diversen Fotos vom Tatort und dem Bericht des Coroners auch einen Lageplan vom Fundort der Leiche im Stadtpark *The Level*. Die Tatsache, dass die Tote in einem Gebüsch unweit der einzigen öffentlichen Toilette des Parks gefunden worden war, entging Dorothy nicht. Ein verliebt herumturtelndes Pärchen hatte den nackten Leichnam rein zufällig entdeckt. Das Opfer war lediglich mit einem Paar Socken bekleidet gewesen.

Dorothy überflog den Bericht des Polizeiarztes: Vergewaltigt und erdrosselt, hatte Millner geschrieben. Keine Spermaspuren. Seiner Ansicht nach hatte der Mörder vermutlich ein Kondom benutzt. Sie blätterte weiter. Name: Christine Gordon. Alter: 43. Beruf: Immobilienmaklerin. Familienstand: geschieden.

Sie hob eines der Fotos auf. Es zeigte den Leichnam Christine Gordons, wie er zwischen den abgestorbenen braunen Büschen lag – die Arme parallel zum Körper, das linke Bein ausgestreckt, das rechte über einem Ast angewinkelt. Ihr Kopf war zurückgefallen; die Augen geschlossen, ihr Mund leicht geöffnet, so, als sei sie während eines Picknicks einfach eingenickt.

Dorothy selbst hatte sich um das Umfeld der Toten gekümmert, ihren in Arundel lebenden Eltern die schreckliche Nachricht überbracht, den Exmann, Geschäftsfreunde und Kunden befragt, während Mrs. Gordons Apartment in der Queens Road von Cloud unter die Lupe genommen worden war. Dort hatte der Sergeant auch den großen braunen Umschlag auf dem Schreibtisch beim Computer gefunden; aufgerissen, und daneben jenes Kärtchen aus dünnem Karton: *Verstorben am: 12. August 2000. Geschätzter Todeszeitpunkt: 22 Uhr 30. Todesursache: Erdrosseln*. Die Frau war sehr wohlhabend gewesen, hatte keine Feinde gehabt …

Nur eine Woche später hatten sie Margaret Penhalligan, eine Prostituierte von 48 Jahren, in einer verschlossenen Kabine der Damentoilette im Pub *The Druid's Head* entdeckt. Der Inhaber war zur Sperrstunde auf die Leiche gestoßen. Wie Mrs. Gordon war sie bis auf ein Paar Socken unbekleidet gewesen. Dr. Millner hatte auch diese Leiche untersucht: Erdrosselt, vergewaltigt, keine Spuren von Sperma. Sie hatte allein in ihrer winzigen Zweizimmerwohnung in der Old Shoreham Road gelebt, und einer Nachbarin zufolge waren ihre Eltern vor Jahren bei einem Eisenbahnunglück ums Leben gekommen. (*»Von ihrer Sippe is' keiner mehr da, um sie zu begraben. Alle selbst schon unter der Erde.«*) Freunde? Ein Mann? (*»Männer! Ja! Früher jede Menge. Hat rumgehurt wie 'ne rollige Katze. Aber Freunde? War ja immer nur für sich, seit sie diesen Internetanschluss hatte. Außer wenn sie sich mal wieder die Kante gab und einen von diesen abgerissenen Typen aus dem Pub anschleppte. In letzter Zeit wur-*

den's allerdings weniger. Aber man soll nichts Schlechtes sagen über die Toten, was?«) Eine ledige Frau ohne Verwandtschaft oder engere Freunde. Eine Frau, die niemand vermissen würde – bis auf ihre männliche Kundschaft natürlich.

Und in der Wohnung der Toten ein weiterer brauner Umschlag mit einem weiteren dünnen Pappkärtchen. Auch Mrs. Penhalligan war ihr Tod im Voraus angekündigt worden. Merkwürdig nur, dass sich keine der beiden Frauen an die Polizei gewandt hatte. Ihre Namen standen definitiv nicht auf der stetig wachsenden Liste.

Der Killer schien jedes Mal äußerst umsichtig vorgegangen zu sein, denn die kriminaltechnischen Untersuchungen hatten rein gar nichts ergeben. Kein Speichel, kein Sperma. Da wäre es beinahe ein Wunder gewesen, hätte er seine Fingerabdrücke auf den Umschlägen hinterlassen. Stockley Breckinridge hatte sie in seinem Labor alle untersucht. Sie waren mit der Post gekommen und natürlich mit Abdrücken nur so übersät; darunter die der Empfänger. Die meisten anderen stammten höchstwahrscheinlich von Postangestellten, einige vermutlich aus dem Geschäft, wo der Umschlag gekauft worden war. Wie Breckinridge Dorothy erklärt hatte, wäre es reine Zeitverschwendung, jeden einzelnen Fingerabdruck einer bestimmten Person zuordnen zu wollen. Wonach er suchte, waren Übereinstimmungen. Den Abdruck nämlich, der sich auf mehr als einem Umschlag fand und der zwangsläufig dem Absender gehören müsste. Diese Übereinstimmungen gab es aber nicht. Zu guter Letzt hatte Breckinridge die Briefmarken abgelöst und sie auf verwertbare Speichelreste getestet – leider ebenso erfolglos.

Welche Motivation mochte wohl hinter den scheußlichen Taten des Würgers stecken? Anrufe und Briefe. Vergewaltigung und Mord. Verrückt und … gefährlich.

Das sind nur die Symptome, Dorothy, dachte sie wieder, während sie sich zwei Fotos ansah, die die leere Damentoilette des *Druid's Head* zeigten; aufgenommen, nachdem die Leiche fortgebracht worden war. Du musst die Ursache finden.

Verrückt und gefährlich?

Es klopfte an der Tür.

»Ja?« Sie ließ die Fotos sinken und wandte sich um.

Es war Constable Rowan Bellowes, der seinen blonden Wuschelkopf ins Zimmer steckte. Er hielt einen dampfenden Pappbecher in der rechten Hand. »Ich hab noch Licht in Ihrem Büro gesehen, Chief Inspector, und ich dachte, Sie könnten vielleicht einen Kaffee vertragen.«

»Oh, Sie sind ein Engel.« Dankbar nahm Dorothy den Becher entgegen. »Gibt's was Neues?«

»Ein, zwei Dinge, nichts Weltbewegendes«, meinte Bellowes. »Der Chef war ziemlich schlechter Laune wegen seines Termins in Lewes.« *Das war Bless eigentlich immer, wenn ihn der Chief Constable für eine außerordentliche Besprechung herbeizitierte.* »Unser ›Herrgott‹« ... *Damit war zweifellos Bloomfield gemeint.* »... hat die ganze Etage verrückt gemacht, weil er seine Schlüssel suchte. Na ja, und Sie haben mal wieder ein Strafmandat wegen Falschparkens erhalten.« Er grinste über das ganze Gesicht. »Das dritte diese Woche. Ich hab's Ihnen auf den Schreibtisch gelegt. Außerdem soll ich Ihnen von Dr. Millner ausrichten, dass er im Leichenschauhaus auf Sie wartet.«

»Jetzt?« Sie sah auf die Uhr. Es war gleich zwei.

Constable Bellowes breitete unschuldig die Arme aus. »Er meinte, es sei vielleicht wichtig. Sagte, Sie könnten hinkommen, wenn Sie wollen. Er wäre sowieso die halbe Nacht dort. Ach – und Ihr Bruder hat angerufen.«

Sehr schön, dachte Dorothy, die nicht daran zweifelte, dass das wirkliche Leben in Roberts Elfenbeinturm Einzug gehalten hatte. Robert konnte allerdings – im Gegensatz zu Dr. Millner – bis morgen warten. Sie würde ihn sicherlich im *Jury's Out* treffen, wo er, seiner versponnenen Künstlernatur gemäß, ohnehin jeden Nachmittag eine Schaffenspause einlegte.

Dorothy trank ihren Kaffee aus und warf den zerknüllten Pappbecher achtlos in den überquellenden Papierkorb. »Besser, ich fahre gleich hin.« Sie schob den Stuhl zurück. »Übrigens – nochmals danke für den Kaffee.« Und im Weggehen drückte sie dem Constable einen Kuss auf die Wange.

Mit dem Wagen waren es nur etwa fünf Minuten bis zum Krankenhaus. Dorothy parkte ihren Vauxhall Corsa so nah wie möglich am beleuchteten Eingang der Notaufnahme, denn um diese Zeit konnte man gar nicht vorsichtig genug sein. Auch ohne den Würger war Brighton nachts nicht ungefährlich. (*Verrückt und gefährlich.*) Zu viele zwielichtige Gestalten trieben sich gerade in der Nähe von Krankenhäusern oder auf verlassenen Parkplätzen herum.

Es war keine wirkliche Angst, die sie verspürte, als sie nun ausstieg, den Wagen abschloss und die knapp zehn Meter bis zu den elektrischen Schiebetüren der Anmeldung zurücklegte. Nur dieses unbestimmte Gefühl von Unbehagen, das stets von ihr Besitz ergriff, wenn sie bei Dunkelheit auf sich allein gestellt war. Zwar verfügte Dorothy über ausreichende Erfahrung in Selbstverteidigung, bezweifelte jedoch, dass sie ihr jetzt – übermüdet, wie sie war – gegen einen potenziellen Angreifer noch von sonderlich großem Nutzen wäre.

Zweimal betätigte sie den Knopf der Nachtglocke. Wartete, während hinter ihr in den Büschen, die den menschenleeren Parkplatz umstanden, vernehmlich der Wind rauschte. Sie blickte über die Schulter zurück. Dann knackte es in der Gegensprechanlage, und der erlösende Signalton des Türöffners erscholl.

Dorothy musste sich ihre Erleichterung eingestehen, als die Milchglastüren (nach einer Ewigkeit, wie es ihr vorkam) endlich surrend auseinanderglitten und sie in die warme, beruhigende Luft der Notaufnahme trat. Zielstrebig, und vor lauter Übermüdung beinahe wie automatisiert, marschierte sie die grell erleuchteten, scheinbar endlosen Korridore entlang, bis sie schließlich an eine schwere Feuerschutztür mit der Aufschrift PATHOLOGIE gelangte, wo sie die Treppen nach unten nahm. Nach weiteren drei oder vier Minuten fand sie sich in den kargen, gekachelten Hallen von Dr. Millners kühlem Reich wieder.

»Ah! Inspector Marley.« Millner hob zur Begrüßung die Hand.

Dorothy kannte ihn seit vielen Jahren. Bei ihrem Eintreten hatte er auf einem dreibeinigen Hocker neben dem mittleren der fünf Edelstahltische gesessen, an denen er tagtäglich seine Obduktionen vornahm. Ein weißes Laken bedeckte den Leichnam darauf. Die übrigen Sektionstische waren leer, glänzten poliert im Neonlicht.

Der Pathologe legte das Diktiergerät, in das er seine Befunde gesprochen hatte, beiseite und erhob sich ächzend. Strahlend machte er ein paar Schritte auf Dorothy zu; sichtlich erfreut, einem lebendigen Menschen zu begegnen. »Wie schön, dass Sie noch kommen konnten.«

»Was haben Sie denn Wichtiges für mich?«, fragte sie ohne lange Vorrede. »Ich bin verdammt müde.«

»Oh, ich weiß, es ist spät.« Er machte ein enttäuschtes Gesicht. »Und vielleicht hätte es bis morgen Zeit gehabt ...«

»Nein, schon gut.« Dorothy mühte sich ein Lächeln ab. Immerhin war sie nicht der einzige Mensch auf Erden mit einem Schlafdefizit; auch Millner sah aus, als könne er ein paar Stunden Ruhe gebrauchen. »Tut mir leid, wenn es so geklungen hat, als sei es mir zu viel gewesen herzukommen, Doktor Millner. Ich bin wirklich für jeden Hinweis dankbar. Schießen Sie los.«

»Dieses Mädchen vom Strand«, sagte er, indem er mit der ausgestreckten Hand auf den leblosen Körper unter dem Laken deutete. »Ich glaube, ich habe sie identifiziert.«

»Sie wissen, wer sie ist?« Dorothy sah ihn ein wenig ungläubig an, die Stirn in Falten gelegt. »Ja, kannten Sie das Mädchen denn?«

»Nein, natürlich nicht. Aber sie trug eine Art Ausweis bei sich – gewissermaßen; ich fand ihn, als ich ihr die Schuhe auszog.« Er winkte ab. »Kommen Sie her, ich zeige es Ihnen.«

Dorothy sah ihm dabei zu, wie er das gestärkte Laken sorgfältig umschlug und die Füße der Toten entblößte. An der rechten großen Zehe baumelte ein Kärtchen aus dünnem Karton. Millner streifte sich einen Einweghandschuh über und drehte es so, dass Dorothy es lesen konnte.

Name: Cotton, Rosalind. Verstorben am: 9. September 2000. Geschätzter Todeszeitpunkt: 22 Uhr 20. Todesursache: Ersticken.

»Verstehe«, sagte sie. Unverkennbar dieselbe alte Maschinenschrift. Diesmal hatte es sich der Killer also nicht nehmen lassen, dem Opfer seine Visitenkarte höchstpersönlich anzuheften. »Würden Sie es mir bitte einpacken, Doktor, für die Spurensicherung?«

Millner tat, wie ihm geheißen, löste die Schnur und schob das Kärtchen in einen durchsichtigen, wiederverschließbaren Plastikbeutel, den er ihr mit spitzen Fingern reichte.

»Die Angaben stimmen alle, nehme ich an?«

»Soweit sie meinen Tätigkeitsbereich betreffen, ja«, entgegnete Millner. »Ob Rosalind Cotton nun der tatsächliche Name der Toten ist, werden Sie feststellen müssen, fürchte ich. Das herauszufinden, übersteigt bei weitem meine Kompetenzen.« Dann schnippte er mit den Fingern. »Da ist noch etwas. Sie hat einen Bluterguss hinter dem linken Ohr, daher nehme ich an, der Mörder schlug sie mit einem stumpfen Gegenstand zu Boden, bevor er sie tötete.«

»Haben Sie eine Ahnung, womit er sie niedergeschlagen haben könnte?«

»Da kommt alles Mögliche in Frage. Ein in einen Strumpf gewickelter Stein, ein Sandsack möglicherweise ... Jedenfalls nichts, was härter ist als ein Gummiknüppel.«

»Sagen Sie mal, Dr. Millner, stammen diese Kärtchen eigentlich aus der Pathologie des Krankenhauses – irgendeines Krankenhauses?«

»Sie sind aus herkömmlicher Pappe ausgeschnitten worden. Und das nicht mal besonders ordentlich. Wir dagegen bestellen sie bei einem Großhändler.« Der Gerichtsmediziner betrachtete einen Augenblick schweigend seine Fingernägel und meinte dann: »Wenn ich der Verrückte wäre, Chief Inspector Marley, glauben Sie mir, ich hätte mich wenigstens um Authentizität bemüht.« Und onkelhaft legte er ihr die Hand auf den Rücken. »Wollen wir zusammen hinausgehen, was meinen Sie?«

Dorothy nickte nachdenklich.

Ein Zettel am Zeh.

5

Die Nächte waren das Schlimmste, ein dumpfer Schwebezustand zwischen Wachen und Träumen. Unruhig wälzte er sich im Halbschlaf herum, registrierte unterschwellig, dass die sorgsam ausgerichtete Gummiunterlage verrutscht war und Falten geworfen hatte, sodass sie ihn drückte. Sobald sich die Dunkelheit herabsenkte und er die Augen schloss, vermochte er *sie* zu sehen.

Schläfst du, Pete?

Ihr schwarzes Haar. Ihren ungetrübten, mädchenhaften Blick. Das Lodern unschuldiger Verlockung in ihren Augen, wenn sie ihn von unten her ansah. Ihr grenzenloses Vertrauen.

Nein, ich kann nicht mehr schlafen.

Und diesmal log er nicht. Nein, es war kein Schlaf – seit Tausenden von Jahren war es das nicht mehr gewesen –, nur ein dumpfes, an- und abschwellendes Rauschen; verschüttet unter einer Flut von Alkohol, so, als triebe sein Geist ohne jegliche Kontrolle tief unter dem Meeresspiegel mit den Gezeiten …

Wo bist du, Pete? PETE?

Da war er wieder, jener verängstigte Ausdruck auf ihrem Gesicht – eine Mischung aus purem Entsetzen und Ungläubigkeit –, als die Erkenntnis sie traf, als Vertrauen und Hoffnung mit einem Mal wie riesige vereiste Spiegel barsten und die Scherben flogen.

Pete! Oh Gott! NEIN! Peeeete!

Dies war der Moment, an dem bei ihm die Tränen flossen. Er spürte, wie sie ihm über die Wangen liefen, konnte nichts dagegen tun, sosehr er es sich auch wünschte. Sie kamen einfach, während er schlief. In dem Punkt waren sie wie die Träume.

Die Nächte waren das Schlimmste.

Psss ... Pssss ... Psssss ... Pipi machen, Pete ...

Aber manchmal war es auch das Erwachen.

6

»Hi, Dotty.« Es war Constable Angela Robinson, die am folgenden Morgen um Viertel vor zehn in Chief Inspector Dorothy Marleys Büro erschien; die Augen niedergeschlagen, wie jemand, der einen dummen Fehler begangen hat, aber nicht recht weiß, wie er ihn wieder ausbügeln soll. Sie kaute an ihrem linken Daumennagel und sah aus, als wolle sie sich am liebsten in ihrer blauen Uniform verkriechen. »Wegen der Sache gestern ...«

Dorothy blickte von den Protokollen der Zeugenaussagen auf, die Ralph Cloud ihr vor etwa einer Stunde auf den Tisch gelegt hatte, und seufzte.

Diese *›Sache gestern‹* – Angelas strikte Weigerung nämlich, sich für den Wochenenddienst einteilen zu lassen – war kein einmaliger Vorfall gewesen. Es war auch die Sache von letzter Woche, letztem Monat, letztem Jahr und hatte sich in jüngster Zeit zu einem ernsten Problem ausgewachsen. Seit Angela Robinson vor gut einem Jahr von der Kent-Police-Force in Maidstone nach Brighton gewechselt und ihr als Constable zugeteilt worden war, gab es zwischen ihnen ständig Auseinandersetzungen wegen des Dienstplans. Denn Angela, die ihren schwer kranken Bruder nach jahrelanger häuslicher Pflege, wie sie ihr einmal erzählt hatte, schließlich in einem Heim bei Hawkhurst hatte unterbringen müssen, bestand starrköpfig darauf, ihn jedes Wochenende zu besuchen. Dass Angela und sie sich auch privat nahestanden, machte es für Dorothy nicht unbedingt einfacher – das berufliche Problem wurde dadurch nur zur persönlichen Streiterei.

Dorothy drehte sich zu Angela um. »Wir werden uns darüber unterhalten müssen, Angie.« Sie beugte sich auf ihrem Bürostuhl vor. »Bitte, versteh mich nicht falsch. Es ist ja nicht so, dass ich kein Verständnis für deine Situation habe. Im Gegenteil – ehrlich.«

»Es war dumm von mir, so zickig zu sein.« Angela errötete. »Ich war einfach überreizt. Es tut mir schrecklich leid.«

»Das muss es nicht.« Dorothy hätte die Vorgesetzte heraushängen lassen können, so wie Bloomfield und selbst Bless es oftmals taten. Doch einen Untergebenen wegen einer solchen Entgleisung zu tadeln oder gar herunterzuputzen, das war nicht ihr Ding. Stattdessen sagte sie: »Weißt du, ich kann mir gut vorstellen, wie schlimm das für dich sein muss, ihn in diesem Heim zu haben.« Sie stand auf, nahm Angelas Hände. »Du möchtest, dass es ihm gut geht. Und das ist vollkommen verständlich. Er ist dein Bruder. Er liegt dir am Herzen. Ich nehme an, für meinen würde ich dasselbe tun.«

Angela schluckte und nickte. »Trotzdem …«

»Trotzdem kommen wir nicht drum herum, es zu klären. Wir müssen es klären. Ein für alle Mal. Denn du hast auch ein Leben außerhalb dieses Pflegeheims.«

»Ja, ich weiß, das sagt Robert auch immer.«

»Und du hast einen Job zu machen, Angie. Einen sehr verantwortungsvollen dazu. Das darfst du nicht vergessen. Okay?«

»Okay.«

»Okay. Komm her.« Und sie legte ihre Arme um die große schlanke Frau mit den dunklen Haaren, rieb ihr mit der flachen Hand über den Rücken. »Wir werden versuchen, den Dienstplan so zu gestalten, dass du so oft wie möglich an den Wochenenden zu ihm kannst, hm?«

»Danke dir, Dotty.«

»Schon in Ordnung.« Sie ließ sic los. »Und jetzt nichts wie ran an die Arbeit, ehe uns Bloomfield so sieht.« Sie musste beinahe lachen. »Sonst hält er uns noch für …«

»Lesben«, sagten sie wie aus einem Mund und lachten lauthals, verstummten jedoch sogleich, als die Tür aufging und Ralph Cloud mit einem dicken Aktenordner unter dem Arm hereinspazierte. Über seiner linken Braue klebte ein Heftpflaster, was bei Ralphie nichts Ungewöhnliches war. Selten sah man ihn ohne irgendeine Art von Blessur, um die er einen Verband gewickelt oder auf die er ein Pflaster geklebt hatte. Cloud zog Verletzungen an wie ein Magnet. Dorothys schlimmste Befürchtung war, dass er eines Tages nicht zum Dienst erscheinen würde, weil er sich morgens beim Rasieren die Kehle durchgeschnitten hatte.

»Störe ich bei etwas?« Der Sergeant blieb im Türrahmen stehen. Augenscheinlich hatte Cloud ihr Lachen schon auf dem Flur gehört.

»Wir sprachen eben über … die Zeugenaussagen«, ließ Dorothy mit einem Zögern in der Stimme verlauten.

Angela sah sie mit gerunzelter Stirn an. Und dann, während sie verlegen an ihren schulterlangen Locken herumzupfte und Cloud ein schiefes Lächeln schenkte, sagte sie: »Nicht ganz, Ralph. Wir haben über meinen Bruder geredet.«

»Und über Bloomfield«, fügte Dorothy hinzu.

Cloud gewann langsam den Eindruck, dass sich die Kolleginnen über ihn lustig machten. Er nickte übertrieben langsam, marschierte zu seinem Platz hinüber und knallte den Ordner auf den Schreibtisch. »Die beiden zusammen müssen ja ein echter Brüller sein.« Er zog eine Schublade auf und warf den Ordner hinein. »Haben Sie sich inzwischen die Zeugenaussagen angesehen, Chief?«

»Klar, Schatz.« Und das hatte Dorothy in der Tat. Sie gaben nicht allzu viel her. Scheinbar hatte zur fraglichen Zeit niemand vom Pier aus nach unten geschaut, niemand etwas Verdächtiges beobachtet, niemand den Transport der Leiche bemerkt. Die meisten der zweiundachtzig von Cloud befragten Personen waren entweder zu sehr mit dem intensiven Studium der körperlichen Vorzüge ihrer Urlaubsbekanntschaften beschäftigt gewesen, um noch etwas anderes als Lippen, Schenkel und Brüste wahrzunehmen, oder aber derart betrunken gewesen, dass sie sich kaum noch ihrer eigenen Namen entsannen.

Einem Mr. Boyle war seinen Angaben zufolge gegen Viertel vor zehn ein junges Liebespaar aufgefallen, das sich am Stand der Computer-Astrologen wegen ihrer nicht zusammenpassenden Sternzeichen in die Haare gekriegt hatte. Die junge Frau war hysterisch geworden und in Tränen ausgebrochen, als der Computer für mit ihr harmonierende Partner jedes andere Sternzeichen ausgespuckt hatte, nur nicht das ihres gegenwärtigen Freundes. Der arme Kerl war daraufhin von ihr geohrfeigt worden, als habe er allein das schlechte Ergebnis zu verantworten. Danach hatte sie ihn zornig weiter zu den Computer-*Graphologen* gezerrt, um ihr Schicksal ein zweites Mal herauszufordern.

Dann war da die Aussage einer über neunzigjährigen, gichtgeplagten Dame auf Krücken, deren Gebiss klapperte (das hatte Ralph mit Bleistift an den Seitenrand geschrieben): Sie war auf einen Mann in grauem Mantel, kariertem Schal und weichem, tief in die Stirn gezogenem Filzhut aufmerksam geworden, der auf der Promenade einen alten Rollstuhl mit quietschenden Rädern vor sich hergeschoben hatte. Man musste wahrlich kein Psychologe sein, um sich die Sehnsucht der Frau nach einem fahrbaren Untersatz zu erklären; und die Kleidung des Mannes stammte geradewegs aus einem Agatha-Christie-Roman.

Ganz besonders viel versprechend, dachte Dorothy nicht ohne Sarkasmus, war die Aussage eines blinden Mannes, der beim Pinkeln über die Brüstung am Ende des Piers, hinter einer der Kirmesbuden das leise Stöhnen zweier Männer vernommen hatte.

Sämtliche Aussagen waren zwischen zehn und fünfzehn Zeilen lang. Die umfangreichste hatte Richard Dadd abgeliefert; sie umfasste ganze fünfzehn Seiten! Dorothy legte keinen Wert darauf, sie zu lesen.

»Wobei haben Sie sich das denn eingefangen, Ralph?«

Angelas Frage riss Dorothy augenblicklich aus ihren Gedanken. Sie sah zu ihrem Sergeant hinüber, der reflexartig seine Augenbraue betastete, während er sich nebenher an der Schreibtischschublade zu schaffen machte.

Das Schubfach krachte zu.

»Autsch!« Beim Schließen hatte Cloud sich den rechten Daumen geklemmt. »Verdammter Mist!« Er fluchte verhalten, fuchtelte wild mit der Hand in der Luft herum und steckte den lädierten Finger schließlich in den Mund. »Sparen Sie sich Ihre Kommentare.«

»Ich bin schon zufrieden, wenn Ihnen der Kopf nicht abfällt, Clouseau«, meinte Dorothy in scherzhaftem Ton. »Wenigstens nicht, bevor wir diesen Fall hinter uns haben.«

»Machen Sie sich nur lustig über mich.« Cloud grunzte

missbilligend. »Zumindest habe *ich* ihre Adresse herausbekommen.«

»Wessen Adresse?«, fragte Angela.

»Die von Rosalind Cotton, selbstverständlich. Dreiundzwanzig Jahre alt. Arbeitete als Tänzerin in verschiedenen Nachtclubs.« Er blickte triumphierend in die Runde. »Wir haben einen Bericht über sie. Das Mädel ist vor einem Dreivierteljahr aktenkundig geworden: Verdacht auf Prostitution. Wohnte in der Kemp Street.«

Kemp Street. Dorothy war plötzlich unbehaglich zumute. »Wo?«

Cloud wiederholte den Namen der Straße. »Ist nicht allzu weit vom Bahnhof ...«

»Ich bin nicht blöde, Cloud«, unterbrach sie ihn barsch. »Ich weiß, wo diese verdammte Straße ist!«

Kemp Street, dachte sie. Ausgerechnet.

7

Robert Marley starrte missmutig den pulsierenden Cursor auf dem Bildschirm seines Laptops an und begutachtete die wenigen Zeilen, die er während der letzten halben Stunde geschrieben hatte:

»Nein, ganz sicher nicht!«, entrüstete sie sich. »Das können Sie mir nicht anhängen. Ich war den ganzen Abend über mit Malcolm zusammen.« Die wütende Patricia Weatherstorm erinnerte Miriam an einen Kochtopf oder einen kleinen Vulkan; sie bildete sich sogar ein, aus Patricias Ohren Dampf entweichen zu sehen. »Fragen Sie ihn doch, wenn Sie wollen.« Sie wandte sich ab.

Marley blies die Wangen auf, stützte resigniert den Kopf in beide Hände. Verdammt, dachte er. Die Personen bewegten sich so schwerfällig wie riesige Zinnsoldaten durch seinen Roman. Und dieser idiotische Name erst: Patricia *Weatherstorm*. Aber was Besseres war ihm nicht eingefallen. Hätte er die hinterhältige Giftmörderin etwa Mary Miller nennen sollen? Wohl kaum. Bei einem so verdächtig unverdächtigen Namen wüsste ja gleich jeder Bescheid. Und wie wäre es mit Alice Trigger? Klang nicht übel, hätte er an einem Western geschrieben. Für einen Thriller taugte die gute Alice nicht. Da musste schon was Mondäneres her. Loveday Brooke vielleicht? Nein, die gab es schon. Außerdem gehörte sie zu den Guten.

Er blieb bei Weatherstorm, nahm einen Schluck aus dem Teebecher neben sich und schrieb:

»Aber er hat Sie doch angerufen. Das wollen Sie doch nicht leugnen, oder?«

Natürlich hatte er angerufen. Letzte Nacht.

Er tippte:

»Angerufen! Angerufen!«, kreischte Patricia. Sie wurde puterrot im Gesicht und löste sich vor Miriams Augen zischend in Luft auf …«

Marley stöhnte. »Großer Gott …« Was schrieb er da nur für einen Schwachsinn. Er schaltete den Computer aus, ohne auf *Speichern* zu klicken, stand vom Schreibtisch auf und massierte auf dem Weg in die Küche angestrengt seine Nasenwurzel.

Der Kühlschrank knurrte vernehmlich, als er das Eisfach

öffnete und eine Dose *Heineken* herausnahm; bereits die vierte an diesem Morgen. Wenn er so weitermachte, würde er sicher noch zum Alkoholiker werden. Aber vielleicht war er das ja schon. Seit diesem Anruf gestern Abend hatte er jedenfalls ohne Bier nicht eine einzige brauchbare Zeile mehr zu Papier gebracht – mit Bier allerdings auch nicht.

Wiederholt hatte Marley versucht, Dorothy zu erreichen. Ihr Mobiltelefon war jedoch wie immer ausgeschaltet gewesen. Er fragte sich, wofür sie überhaupt eines besaß, wenn sie es niemals einschaltete. Waren Polizisten nicht sogar dazu verpflichtet, immer und überall erreichbar zu sein? Dotty bildete da offensichtlich eine Ausnahme, denn auch auf der Wache war sie nicht zu sprechen gewesen. Sicher, er hätte jedem x-beliebigen Polizisten von dem Anruf erzählen können, aber das wäre ihm ein wenig unangenehm, ja, peinlich gewesen. Der Gedanke, dass sich die halbe Brighton Police im Pub das Maul über den »berühmten Krimiautor« zerriss, weil der wegen eines idiotischen Anrufs gleich die Hosen voll hatte, behagte ihm nicht sonderlich. Da wartete er lieber, bis er seine Schwester sah.

Außerdem bringt er nur Frauen um, sinnierte Marley. Und dann: Jedenfalls waren es bislang ausschließlich Frauen gewesen. Doch das konnte sich ändern. Was, wenn der Killer genug von ihnen hatte und sich nun dem vermeintlich starken Geschlecht zuwandte? Es kam durchaus vor, dass ein Serientäter plötzlich seine Vorgehensweise änderte, zu einer anderen Tatwaffe griff oder sich aus einer Laune heraus auf männliche statt weibliche Opfer verlegte. Beispiele gab es genug; die Kriminalgeschichte war voll davon.

Marley schüttelte sich. Er riss den Verschluss der *Heineken*-Dose auf und schlurfte mit dem Bier ins Arbeitszimmer zurück, wo er erneut den Teebecher füllte.

Am *31. November*, hatte der Anrufer gesagt. Bis dahin blieben ihm immerhin noch zweieinhalb Monate. Einerseits ein sehr beruhigender Gedanke, aber andererseits: Wer erwartete schon Aufrichtigkeit von einem Mörder? Möglicherweise diente das ferne Datum nur dazu, ihn in falscher Sicherheit zu wiegen – in Wahrheit konnte er also stündlich dran sein!

Hinzu kam, dass sein Haus ziemlich einsam an der Küste lag. Als er es vor fünf Jahren vom Erlös seines ersten Buches *Irrende Wahrheit* (ein Überraschungserfolg, durch den er in Großbritannien und den USA quasi über Nacht berühmt geworden war) gekauft hatte, da war es ihm in seiner Abgeschiedenheit als Domizil ideal vorgekommen. Keine lauten Nachbarn weit und breit, die sich unentwegt stritten, keine schreienden Kinder, und vor allem keine keifende Mrs. Deutsch, seine ehemalige Vermieterin, die allwöchentlich mit ausgestreckter Hand ungefragt in seiner Souterrain-Wohnung in Kemptown aufgetaucht war; entweder um ihre Wuchermiete einzutreiben oder um ihm wegen der übervollen Müllsäcke (*»Papier! Was machen Sie bloß mit all dem Papier? Und immer in meinen Müll. Was denken Sie sich eigentlich dabei? Gar nichts wahrscheinlich!«*) die Hölle heiß zu machen. Diese Frau war ein Drachen gewesen, eine Medusa, wie sie im Buche stand, das Schreckgespenst eines jeden Mieters. Sie hatte einen Zweitschlüssel besessen und manchmal morgens um sieben neben seinem Bett gestanden, um sich über den erbärmlichen Zustand seiner zwei feuchten Zimmer auszulassen. Vor ihr hatte er immer ein wenig Angst gehabt. Damals war er froh gewesen, ihrem Machtbereich endlich entronnen zu sein. Jetzt kam ihm diese Abgeschiedenheit nicht mehr ganz so ideal vor – außer für einen Mörder vielleicht, der ihn in der selbst gewählten Einsamkeit ungestört quälen und töten konnte, ohne dass auch nur eine Menschenseele davon Kenntnis nahm.

Du lieber Gott, Marley, dachte er, *deine Schwester hat vollkommen recht. Du machst dir einfach zu viele Gedanken.*

In diesem Moment spazierte Tabby, Marleys zahnlose, rotbraune Katze, majestätisch zur Tür herein und strich ihm ein paar Mal schnurrend um die Beine, um sich dann den vermutlich wichtigeren Dingen im Leben einer Katze zuzuwenden. Mit einem Satz war sie auf Marleys Bürostuhl und kletterte von dort behände auf den Schreibtisch weiter, wo sie elegant den Laptop und einen Stapel Manuskriptseiten umschiffte und sich vor dem Fenster zusammenrollte – den Kopf auf die Vorderpfoten gelegt, den Blick gelangweilt auf das ruhige Meer, den Bootssteg am verlassenen Strand oder einfach ins Katzen-Nichts gerichtet.

»Hey, Tabby.« Er trat neben den Schreibtisch und schaute gleichfalls zum Fenster hinaus. Das Meer lag so ruhig da wie ein Spiegel. Am Horizont kreuzte ein winziger Dreimaster. Ohne die Katze anzusehen, meinte Marley: »Wir sind in Schwierigkeiten. Man hat uns bedroht, und wir können unsere Schwester nicht erreichen. Meinst du, wir sollten hinfahren und sehen, wo sie steckt?«

Tabbys Antwort bestand lediglich aus einem trägen Blinzeln. Für die Probleme und Ängste ihres Ernährers schien sie nicht allzu viel übrig zu haben.

»Du könntest wirklich ein bisschen mehr Interesse zeigen«, murmelte Marley und nahm einen Schluck Bier aus dem Teebecher. Aber diese Katze zeigte ja nicht mal Dankbarkeit.

Marley hatte Tabby im letzten Winter bei sich aufgenommen. Die Katze war Mitte Dezember aus dem Nirgendwo in seinem Garten aufgetaucht, hatte sich im tiefen Schnee – unweit der Hintertür – eine Höhle gegen die Kälte gegraben und ihn jeden Morgen so lange zitternd und aus flehenden Augen angeblickt, bis er sie letztendlich hereingelassen und ihr eine Schale Katzenfutter hingestellt hatte. Marley, der sich nie für einen ausgesprochenen Tierfreund gehalten hatte, war extra nach Brighton gefahren, um dem verwahrlosten Ding eine Dose *Whiskas* zu kaufen. Vielleicht, hatte er damals gedacht, war dieser Anflug von Barmherzigkeit eine Folge des Alters, so wie auch jene Art von liebevoller Milde, die einstmals strenge Väter oft im Umgang mit ihren Enkeln an den Tag legten, eine Folge des Alters war.

Aber Marley war erst vierunddreißig, und Enkel sagten wenigstens *Opa*. Tabby dagegen strafte ihn mit Nichtbeachtung. Trotz der warmen Kuscheldecke im Wohnzimmer, des Kratzbaums in der Küche und des in schöner Regelmäßigkeit gefüllten Fressnapfs ging sie egoistisch ihrer eigenbrötlerischen Katzenwege.

Marley stand noch immer neben dem Schreibtisch am Fenster (der Dreimaster war mittlerweile verschwunden – *oder gesunken*), als es an der Tür schellte.

Der Mörder, schoss es ihm durch den Kopf. Und er suchte seinen Arbeitsplatz nach einer Waffe ab. Als er jedoch keine fand, schnappte er sich kurzerhand die Katze. Das maunzende und sich wehrende Wollknäuel unter den Arm geklemmt, stieg er die knarzende Treppe ins Erdgeschoss hinunter.

Durch das schmale Fenster neben der Haustür sah er Richard Dadds Wagen in der Einfahrt stehen. Er setzte Tabby auf den Boden, ehe er die Sicherheitskette aushakte, die beiden Schlösser entriegelte und die Tür einen Spaltbreit öffnete.

»Hi, Richard.« Marley war erleichtert, den Reporter des *Evening Argus* zu sehen. Der wäre sicherlich der letzte Mensch, dem es in den Sinn käme, ihn ermorden zu wollen. »Komm rein.«

»Hey, Bob.« Dadd bedachte ihn mit prüfenden Blicken, als er zögernd eintrat. »Alles in Ordnung mit dir?«

»Ja, selbstverständlich.« Marley war ein bisschen blass um die Nase, als er sagte: »Ich hatte nur jemand anderen erwartet.«

»Ich hoffe, ich komme nicht ungelegen.«

»Nein, ganz und gar nicht.«

Tabby schien das anders zu sehen. Sie baute sich fauchend vor Dadd auf, den Schweif hoch aufgerichtet. Dann huschte sie schleunigst davon.

»Das Biest mag mich nicht.«

»Das Biest sagt nicht mal danke.«

»Bist du wirklich okay? Du siehst verdammt schlecht aus, Bob«, sagte Dadd.

Marley schloss die Haustür und wies zur Treppe. »Ich fühle mich auch verdammt schlecht«, entgegnete er grummelnd. Und während er ihn ins Wohnzimmer hinaufführte: »Da habe ich doch wohl das Recht, schlecht auszusehen.«

»Hast du etwa getrunken?« Oben angekommen, sah ihn Dadd besorgt und mit zusammengezogenen Augenbrauen an, den Kopf zur Seite geneigt.

»Ein paar Biere.«

»Es ist noch nicht mal Mittag.«

»Ich kann die Uhr lesen, Dick, glaub mir.«

Dadd ließ seinen Blick in stummer Bestürzung durchs Zimmer schweifen. Überall am Boden lagen Bücher und Zeitschriften herum, sie stapelten sich auf Sesseln, Tischen und Stühlen und auf dem abgewetzten roten Sofa. Marleys

Wohnung kam ihm vor wie eine Studentenbude kurz vor den Klausuren – nur wesentlich größer. Sogar der Fernseher musste als Papierablage herhalten. »Wenn du ein Problem hast ...«

»Setz dich hin«, sagte Marley bestimmt. Er hatte genug gehört. »Und spiel hier nicht den Moralapostel.« Rasch klaubte er ein paar Bücher vom Sofa auf, suchte nach einer freien Stelle und stapelte sie schließlich vor einer der drei mächtigen Glastüren, die die Stirnseite des Zimmers beherrschten und auf die sonnenbeschienene Hochterrasse hinausführten. »Ich habe einen Abgabetermin für mein nächstes Buch. Meinem Agenten habe ich vorgelogen, ich käme damit wunderbar voran, es schriebe sich fast von allein ...« Er verstummte. »Die Wahrheit ist: Ich habe nicht einmal fünfzig Seiten davon fertig.« Und seufzend plumpste er in einen der beiden Wohnzimmersessel. »Darüber hinaus ...«

»Darüber hinaus was?«

»Nichts.« Marley war nicht danach, über den Drohanruf und seine Ängste zu sprechen. Nicht, solange er Dotty nicht erreicht hatte. »Hast du meine Schwester in den letzten Tagen gesehen?«

»Ja. Gestern am Palace Pier. Sie haben wieder eine Frauenleiche gefunden. So wie es aussieht, derselbe Täter.« Dadd stützte, auf dem Sofa sitzend, die Ellenbogen auf die Knie und lehnte sich vor. »Ich war dort, um Recherchen für den *Argus* anzustellen. Aber sie hat mich abblitzen lassen. Statt eine Story zu bekommen, habe ich ihrem Sergeant meine Lebensgeschichte erzählen müssen. Stell dir vor, der Kerl hat mich bis fast halb drei festgehalten und mich mit seinen lächerlichen Fragen malträtiert, als sei ich wirklich verdächtig.« Er senkte kopfschüttelnd den Blick, starrte die polierten Spitzen seiner Schuhe an. Mit leiser Stimme sagte er: »Ich glaube, Dorothy kann mich nicht ausstehen.«

»O ja, das glaube ich auch.«

»Danke, vielen Dank, Bob. Du hast das Talent, einen richtig aufzubauen.«

»Nein, mal im Ernst.« Marley streckte die rechte Hand aus und legte sie ihm auf die Schulter. »Ich kenne Dotty. Sie mag dich, wirklich. Sie kann sich nur nicht auf dich einlassen.«

»Ach, und wie soll ich das ändern?«

»Gib deinen Job auf.«

»Du bist verrückt.« Dadd lachte.

»Das sagt Dotty auch immer.« Marley grinste unglücklich. »Da seid ihr wenigstens in dem Punkt einer Meinung.«

»Nach allem, was man so hört, kommst du ja mit der kleinen Robinson auch nicht gerade weiter, was?«

Das war wie ein Schlag ins Gesicht. Seine Beziehung zu Angela war in der Tat alles andere als unproblematisch. Denn während Dotty sich offensichtlich vor Verehrern kaum retten konnte, schien Amor, was ihn betraf, nur jede Menge Giftpfeile aus seinem Köcher zu ziehen.

Manchmal wünschte er, er wäre nicht zu dieser Party ins *Jury's Out* gegangen – vermutlich wären sie sich dann niemals über den Weg gelaufen. Eigentlich hatte er auch gar keine Lust dazu gehabt, aber Dotty hatte ihn überredet. (*»Ach komm, Robert, stell dich nicht so an. Das wird sicher lustig. Sie ist eine neue Kollegin, die ihren Einstand feiert. Sie wird dir gefallen. Die anderen kennst du doch alle. Außerdem musst du kommen, ich hab nämlich schon ein bisschen mit dir angegeben.«*) Dotty hatte recht behalten. Die Party *war* lustig geworden, nur etwas laut für seinen Geschmack. Und die neue Kollegin *hatte* ihm gefallen.

Angela wirkte anfangs ein wenig steif und befangen, daher gab Marley sich alle Mühe, sie in ein zwangloses Gespräch zu verwickeln.

»Herzlichen Glückwunsch, Constable Robinson. Und – danke für die Einladung.« Er reichte ihr die in Zellophan eingewickelte Flasche, die er mitgebracht hatte. »Alles Gute in Ihrem neuen Job.«

»Oh – *Jack Daniels*.« Sie betrachtete sein Mitbringsel, als handle es sich um einen Schierlingsbecher. »Danke sehr. Den hab ich noch nie probiert.«

»Dann schlage ich vor, Sie vermeiden ihn auch in Zukunft«, sagte er lächelnd. »Der ist nur für die ganz, ganz schlechten Tage. Ich hoffe, Sie kommen niemals in die Verlegenheit, ihn öffnen zu müssen.«

Sie lachte. Ein gutes Zeichen.

»Wo haben Sie gearbeitet, ehe Sie hierher nach Brighton kamen?«

»In Maidstone«, sagte sie. »Und Sie schreiben Kriminalromane, habe ich gehört. Ich frage mich immer, wie man zu so einem Beruf kommt?«

»Ganz einfach: Ich habe nichts anderes gelernt.« Er zuckte mit den Schultern und grinste. »Außerdem gibt es doch nichts Schöneres, als jeden Tag ein paar Leute umzubringen, habe ich recht?«

Als Angela ihn daraufhin nur entsetzt anstarrte und »Das ist nicht komisch, Mr. Marley!«, sagte, brach die Frau von Inspector Lawrence, die neben ihnen am Tisch lehnte und beinahe ebenso betrunken war wie Marley, in schallendes Gelächter aus.

Im Laufe des Abends taute Angie jedoch merklich auf und war (nach einigen Gläsern Pernod mit Cola) dazu übergegangen, ihn beim Vornamen zu nennen. Sie standen vertraulich an der Theke zusammen und tranken – Marley natürlich wie immer viel zu viel –, als er sie fragte: »Sagen Sie mal, Angela, wollen Sie mich heiraten?«

»Was?« Sie stellte abrupt ihr Glas hin.

»Das war ein Scherz.«

»Ach so.«

Und nach einer Weile: »Haben Sie eigentlich einen festen Freund?«

Sie antwortete nicht darauf. Kein Wort über Tony. Nicht an diesem Abend.

Nichtsdestotrotz ließ sie sich später von ihm im Taxi nach Hause begleiten. Doch seinem ungeschickten Versuch eines Gutenachtkusses auf der Treppe vor ihrer Haustür wich sie aus.

»Wissen Sie was, Angie?« Er musste sich mit beiden Händen am Treppengeländer festhalten, um nicht umzufallen. »Ich weiß es nicht genau, aber ich glaube, ich habe mich in Sie verknallt. Wenn es stimmte, fänden Sie das schlimm?«

»Sie sind ja völlig betrunken, Robert.« Sie lächelte verlegen. »Sie wissen doch überhaupt nichts von mir.«

Doch er wusste genug. Für ihn war es Liebe auf den ersten Blick gewesen.

Seither war beinahe ein Jahr vergangen. Mittlerweile wusste Marley, dass Angie ihn mochte, seine Gefühle vielleicht sogar erwiderte, doch sosehr er sich auch bemühte, er kam einfach nicht richtig an sie heran. Immer stand ihnen ihr kranker Bruder im Weg, in dessen Pflege sie vollends aufzugehen schien. Für einen weiteren Mann sei da einfach kein Platz, wie sie stets hinzufügte, wenn sie ihn zum x-ten Mal daran erinnert hatte, dass schon ihre Ehe mit Tony daran zerbrochen war. *Tony*. Die erste große Liebe: *Tony, der Wunderkna-*

be. Marley kannte ihn überhaupt nicht; trotzdem – zum Teufel mit ihm! Die Tonys dieser Welt konnten ihm sämtlich gestohlen bleiben. Denn *er* war Robert! Und *er* war anders! Wie oft hatte Marley versucht, ihr dies zu erklären und dass auch sie mit ihren sechsundzwanzig Jahren das Recht auf ein eigenes Leben hatte, aber Angie wollte nichts davon hören. Warum nur machte sie es ihm so verdammt schwer?

»Oder …«, hakte Dadd vorsichtig nach, »habt ihr etwa schon …?«

Marley knirschte mit den Zähnen. Das war wirklich ein Thema, über das er jetzt ganz und gar nicht reden mochte. »Willst du ein Bier?«, wich er ihm aus. »Ich hab welches im Kühlschrank.«

»Wie du weißt, trinke ich nicht.«

»Das ist sehr löblich.« Marley stand auf und schickte sich an, in die Küche zu gehen. »Du hast aber doch nichts dagegen, wenn ich es tue?«

Dadd enthielt sich einer Antwort und wartete, bis Marley mit einer Dose *Heineken* in der Hand zurückkam. Als Marley sich gesetzt hatte, sagte Dadd: »Die Letzte wurde erstickt, nicht erdrosselt. Allem Anschein nach hat der Würger seinen Modus Operandi geändert.«

»Soll vorkommen«, meinte Marley. »Wart's ab. Es dauert nicht mehr lange und er bringt Männer um.«

»Was glaubst du, warum er sie tötet?«

»Was weiß ich?« Hinter Marleys Stirn begann sich allmählich ein dumpfer Schmerz breitzumachen, und er rieb mit den Fingerspitzen seine Schläfen. »Ich bin Schriftsteller, kein Polizist. Frag meine Schwester.«

»Hör auf damit«, meinte Dadd. »Ich weiß, dass du dir Gedanken darüber machst. Du schreibst über solche Sachen. Du bist selbst verdreht genug, um …«

»Der Würger zu sein?«, beendete Marley den Satz.

»Dir all das Zeug auszudenken, meine ich. Du hast eine Theorie, stimmt's? Was ist er deiner Ansicht nach für ein Mensch?«

»Ein mit einer eingebildeten göttlichen Mission betrauter Psychopath vielleicht.«

»Ist das dein Ernst?«

»Weiß nicht. Schon möglich. Es kann so vieles dahinterstecken.« Marley nippte an seinem Bier. Es schmeckte ihm nicht mehr. Dennoch behielt er es in der Hand. Die angenehm kühle Dose gegen die Stirn gepresst, meinte er nachdenklich: »Nachdem er sie umgebracht hat, zieht er sie bis auf die Socken aus, vergewaltigt sie. Die Kleider nimmt er jedes Mal mit.« Er nahm das *Heineken* herunter und stellte es auf den Couchtisch. »Denkbar wäre aber auch, dass die Socken gar nicht den Frauen gehören, sondern dass der Killer sie mitbringt. Nimm das erste Opfer zum Beispiel: Die Immobilienmaklerin. Attraktiv, beruflich erfolgreich. Was trägt eine solche Frau? In Minirock und Seidenstrumpfhosen könnte ich sie mir sehr gut vorstellen. Aber in Socken? Die würde sich doch in Ringelsöckchen nicht mal beerdigen lassen.«

»Das letzte Opfer trug allerdings Schuhe«, wandte Dadd ein. »Keine Söckchen.«

»Trotzdem. Ein Fußfetischist, würde ich sagen.«

»Und warum nimmt er dann die übrigen Kleider an sich?«

»Weil ihm kalt ist?«

»Red keinen Unsinn.«

Unterdessen hatte sich Tabby unbemerkt angeschlichen und sprang mit einem mächtigen Satz auf die Anrichte neben dem Sofa, wo sie es sich zwischen den Büchern bequem machte. Ihre hypnotischen gelben Augen waren auf den Reporter gerichtet, die Spitze ihres buschigen Schwanzes zuckte nervös.

»Deine Katze macht mir Angst.«

Marley hörte gar nicht hin. Ihm war nämlich gerade ein weiterer und – wie er fand – sehr plausibler Grund dafür eingefallen, weshalb der Mörder den Frauen die Socken angezogen haben könnte. »Er kann ihren Anblick nicht ertragen«, verkündete er beinahe fröhlich. »Das ist es!«

»Ich verstehe nicht ganz.«

»Überleg doch mal. Er zieht ihnen die Socken an, nicht, weil er Füße so abgöttisch liebt, sondern im Gegenteil: weil er sie hasst.«

Im selben Augenblick sprang Tabby unvermittelt von der Anrichte herunter direkt vor Dadds Füße – zahnlos fauchend und mit peitschendem Schweif blieb sie vor seinen glänzenden schwarzen Lackschuhen sitzen.

»Ich glaube«, sagte der Reporter, »das hat er mit deiner furchtbaren Katze gemein.«

»Nein«, versicherte Marley grinsend. »Da gehe ich jede Wette ein – meine furchtbare Katze hasst den *ganzen* Richard Dadd.«

8

Die Haustür war weiß gestrichen. Auf dem Gehsteig vor dem Treppenabsatz lag ein Dreikantholz. *Rosalind's Cottage* stand in stolz geschwungenen blauen Buchstaben auf dem handbemalten Porzellanschild über der Klingel.

Das Haus in der Kemp Street wirkte trotz der frisch renovierten blauen Fassade gleich beim ersten Anblick abstoßend auf Dorothy. Das mochte daran liegen, dass sie mit dieser Straße mehr verband als andere.

Ihr Vater war selbst Polizist in Brighton gewesen, und dies war der Ort, an den man ihn in seiner letzten Nacht gerufen hatte, damit er eine vermeintliche Rangelei zwischen Jugendlichen beendete. Obgleich sie damals erst sechzehn gewesen war, vermochte Dorothy sich noch so genau an das Läuten des Telefons zu erinnern, als wäre es gestern gewesen. Sie hatten beim Abendessen gesessen und den bevorstehenden Urlaub besprochen. Ahnungslos, hungrig und voller Pläne. Er hatte Bereitschaftsdienst gehabt, war losgefahren und nie wiedergekommen. Kollegen hatten seine Leiche am nächsten Morgen an der Küste gefunden, mit einer Kugel im Hirn. Und obgleich es eine Handvoll Verdächtiger gab, war niemand je für dieses Verbrechen zur Verantwortung gezogen worden.

In Ausübung seiner Pflicht verstorben, hatte es im Kondolenzschreiben des Chief Constable geheißen. *Verstorben*, dass sie nicht lachte; das klang, als habe er während der Bürostunden einen Herzinfarkt erlitten.

Seit jener Nacht, in der ihr Vater ums Leben gekommen war, hatte sie gewünscht, sie könnte ihn eines Tages rächen. Ihrem zwei Jahre jüngeren Bruder Robert ging es ebenso. Im Laufe der Jahre hatte jeder auf seine Weise eine Möglichkeit gefunden, das Geschehene für sich zu verarbeiten. Robert war Autor geworden und bereitete seine Erinnerungen mittels kalter, gefühlloser Kriminalromane auf. Dorothy dagegen hatte einen anderen Weg gewählt, den realistischeren, wie sie meinte. Sie war zur Polizei gegangen, um solche Dinge, wie sie ihrem Vater zugestoßen waren, zu vereiteln. Sie hatte sich für die Wirklichkeit entschieden. Robert dagegen war ein unverbesserlicher Fantast. Ein Mann, der ihrer Meinung nach Gott spielte. Sosehr sie ihren kleinen Bruder auch liebte, seine Beschäftigung mit dem fiktiven Verbrechen kam ihr vor wie eine immerwährende Flucht vor der Wirklichkeit. In seinen Romanen war alles so einfach. Er hielt die Fäden der Geschichte in der Hand, legte all die falschen Fährten, während er seine wahren Absichten hinter sorgsam versteckten Hinweisen verbarg, und führte die Personen herum, als seien es hölzerne Schachfiguren, nur um mit ihrer Hilfe letztendlich ein vorher kalkuliertes Ziel zu erreichen. So etwas gab es in der Wirklichkeit nicht. In ihren Augen war das Betrug. (Und Dorothy wurde nicht müde, ihm dies zu sagen, wenn er ihr wie immer seine ersten Rohentwürfe vorlas.) Das Leben war anders, weit weniger vorhersehbar. In der Wirklichkeit existierten keine solchen klar abgesteckten Grenzen von Gut und Böse. Daher waren Roberts Romane für sie durchsichtiger als Transparentpapier. Nach den ersten zwanzig, spätestens dreißig Seiten kam sie ihm jedes Mal auf die Schliche.

»Chief?« Sergeant Cloud, der hinter ihr und Constable Angela Robinson gestanden hatte, machte einen Schritt vorwärts und tippte Dorothy auf die Schulter. »Alles in Ordnung?«

»Oh, ja, ja. Klar.« Dorothy drückte unverzüglich den Klingelknopf. »Ich musste nur gerade an den Brighton-Torso-Fall denken«, log sie und bemerkte, wie ihre Ohren heiß wurden. »Das war im Nachbarhaus, glaub ich.«

»Nummer zweiundfünfzig, ganz richtig«, sagte Cloud. »Allerdings in den Vierzigern. Wir sollten uns vielleicht erst mal auf die Gegenwart konzentrieren.«

Die Tür wurde ihnen von einem blassen Mädchen mit violetten, kurz geschnittenen Haaren geöffnet, das eine löchrige Jeans und ein grünes, offensichtlich selbst gefärbtes

T-Shirt trug. Dorothys Einschätzung nach war die junge Dame gerade mal 15, allerhöchstens 17 Jahre alt. Sie hatte die Arme eng über der flachen Brust verschränkt und schaute die drei Erwachsenen irritiert an. Ihr Blick huschte zwischen ihnen hin und her wie eine kleine verschreckte Maus, die sich einer ganzen Schar von Katzen gegenübersah. »Ja, bitte?«

»Hi, ich bin Dorothy Marley.« Den Chief Inspector behielt sie vorerst lieber für sich, um das Mädchen nicht in Panik zu versetzen. »Und wer bist du?«

»Hey, Mann. Sind wir hier im Kindergarten, oder was?« Das Mädchen kniff feindselig die Augen zusammen und stemmte die Hände in die Hüften. »Ich erkenne eine Horde Bullen, wenn ich sie seh. Also, wenn Mum euch geschickt hat, um mich wegzuholen, dann macht nicht so ein Affentheater, ja? Ich bin kein Baby mehr! »

Wow, dachte Dorothy, da haben wir ja ein richtiges Schätzchen erwischt. Doch sie sagte: »Hör zu, Süße, ich kenne deine Mum nicht; und ehrlich gesagt, ist sie mir im Augenblick auch völlig egal. Wir ermitteln in einem Mordfall. Also, wie heißt du?«

»Paula«, sagte das Mädchen. Aus ihren Armen schien plötzlich alle Kraft gewichen zu sein. Sie baumelten wie verdorrte Zweige an ihr herab. Dorothy wusste nicht, was Paula mehr aus der Fassung gebracht haben mochte – das schlichte Wörtchen ›Mordfall‹ oder die Tatsache, dass sich die Polizei nicht für die Belange von Paulas Mutter interessierte. Das Mädchen blinzelte, wackelte ein paar Mal schwach mit dem Kopf, als könne sie so ihre Gedanken ordnen, und sagte: »Es ist doch nicht wegen Rosie, oder?«

Sergeant Cloud räusperte sich lautstark.

»Dürfen wir erst mal reinkommen?«, fragte Dorothy.

»Ja«, sagte Paula und wies mit einer schwachen Handbewegung ins Haus. »Aber es ist nicht sehr ordentlich.«

»Das macht nichts.« Dorothy folgte ihr – Angela und Ralph im Schlepptau – durch den engen Hausflur ins Wohnzimmer.

Überall an den Wänden hingen gerahmte Fotos. Schnappschüsse zumeist: Rosalind vor einem Bus inmitten einer Gruppe von Teenagern. Rosalind mit wehendem Haar auf einer Bruchsteinmauer. Ein Bild gefiel Dorothy besonders. Es zeigte die Verstorbene in einem kleinen Ruderboot, das am Ende eines Landungsstegs festgemacht hatte, vielleicht am Ufer des River Dart aufgenommen. Sie saß zwischen zwei anderen Mädchen mit asiatischem Aussehen und trug eine zu große Kapitänsmütze auf dem Kopf, die nicht so recht zu ihrem hautengen blauen Stretchkleid passen wollte, lächelte augenzwinkernd in die Kamera. Momentaufnahmen vergangenen Glücks.

Im Wohnzimmer angekommen, sagte Paula: »Sie können sich hinsetzen, wenn Sie mögen.« Was die Haushaltsführung betraf, schien das Mädchen äußerst strenge Maßstäbe anzulegen, denn die eingangs von ihr angesprochene Unordnung beschränkte sich auf einen Korb unerledigter Bügelwäsche unter dem Fenster. Alles war blitzsauber. Nirgends ein Körnchen Staub.

Rechts und links der Tür stand je ein braunes Ledersofa, mit knallbunten Decken und Kissen darauf. Der Tür gegenüber befand sich ein elektrischer Kamin mit künstlichen Kohlen, auf dessen Sims die verschiedensten Nippessachen angeordnet waren: Ein kleines, schwarzes Kätzchen aus Gips räkelte sich neben einer ausgefallenen bunten Teekanne in seinem Körbchen, dann ein Elefant aus Elfenbein, ein rotwangiger Schäfer aus Holz, dem eine lange Pfeife im

Mund steckte, und ein Briefbeschwerer mit Wintermotiv – jene Kugeln, in denen ein richtiger Schneesturm tobt, wenn man sie schüttelt. Den meisten Platz nahm indessen ein niedriger runder Tisch in der Mitte des Zimmers ein. Stühle, geschweige denn Sessel, gab es keine.

Paula ließ sich im Schneidersitz vor dem Kamin nieder, nachdem Cloud und Angela nebeneinander auf dem Sofa rechts der Tür Platz genommen hatten.

Dorothy setzte sich neben das Mädchen auf den Boden. »Rosalind Cotton ist deine Schwester, nicht wahr?«

»Wollen Sie was trinken?«, fragte Paula ausweichend. Sie fuhr sich zerstreut mit den Händen durchs Haar, bis es in alle Himmelsrichtungen abstand. »Ich glaub, wir haben Whisky, Rum und so'n Zeugs.« Sie blinzelte nervös, als Angela ihr Angebot mit einem traurigen Kopfschütteln quittierte und Cloud, die Lippen zu dünnen Strichen zusammengepresst, seinen Notizblock hervorholte. »Cola ist aber auch da«, fuhr sie hastig fort. »Und Orangensaft und Wasser.«

Dorothy gewann den Eindruck, als redete Paula bloß, um keine Stille einkehren zu lassen, um den schrecklichen Moment hinauszuschieben, da man ihr zwangsläufig erzählen würde, dass es sich bei der Toten, die die Polizei in der vergangenen Nacht am Strand gefunden hatte, um Rosie handelte. Dorothy war sicher, dass das Mädchen ahnte, wenn nicht gar wusste, weshalb sie hier waren. Die Bullen standen schließlich nicht ohne triftigen Grund plötzlich bei einem vor der Tür.

»Bist du ihre Schwester?«, wiederholte sie.

»Nein.«

»Wie lautet dein vollständiger Name?«

»Paula Finn.«

»Und wie alt bist du?«

»Fünfzehn. Na ja, eigentlich erst vierzehn«, setzte sie sofort hinzu. »Aber ich hab bald Geburtstag.«

»Wann denn?«

»Im November.« Das genaue Datum blieb sie ihnen schuldig.

»Dachte ich's mir doch«, warf Ralph Cloud ein. »Ein richtiges Skorpionmädchen.« Und er stach Angela Robinson beinahe ein Auge aus, als er unvorsichtigerweise mit seinem Bleistift herumgestikulierte.

»Keine Ahnung.« Paula zuckte mit den Schultern und sah ihn herablassend an. »Ich glaub an diesen Scheiß nicht.«

Cloud schob beleidigt die Unterlippe vor.

Dorothy fand, dass es langsam Zeit wurde, wieder zum Thema zurückzukehren. Sie fragte: »Hast du gehört, was gestern Nacht am Pier geschehen ist?«

Schweigen.

Und dann nach einer ganzen Weile: »Rosie ist sicher bei diesem Sean. Das ist ihr Freund, müssen Sie wissen.« Paula klang nicht so, als sei sie sehr überzeugt von dem, was sie sagte. Ihre Stimme wurde mit jedem Wort leiser. »Ein Vollidiot. Bei ihm ist sie manchmal – wenn er sie denn abholt, heißt das. Hat 'ne Glatze. Ich weiß nicht, was Rosie an dem findet. Der ist sicher schon vierzig oder so. Na ja, mir kann's eigentlich gleich sein. Ich hab sowieso 'nen Schlüssel. Da kann ich hier immer rein.«

»Ich fürchte, wir haben keine guten Nachrichten, Paula.« Für diese abgegriffene Floskel hätte Dorothy sich am liebsten die Zunge abgebissen. Sie streckte die Hand nach dem Mädchen aus, doch Paula schüttelte sie ab.

»Meine Eltern lassen sich scheiden«, sagte sie zusammenhanglos. »Da ist zu Hause ständig Stress angesagt. Aber hier darf ich tun und lassen, was ich will. Rosie lässt mich sogar ihren Computer benutzen. Chatten, mailen – was man eben so macht. Nur an ihre Mails darf ich nicht 'ran, in dem Punkt ist sie ziemlich streng. Aber sonst ... Sie sagt immer: ›Paula‹, sagt sie immer, ›du bist 'n richtiges Genie.‹ Das ist natürlich übertrieben. Aber ich hab schon was auf dem Kasten.« Sie strahlte, als sie Dorothy ansah und fragte: »Braucht ihr Bullen nicht 'ne Website?«

»Wann hast du Rosie denn zuletzt gesehen?« Diese Frage hatte Angela gestellt.

»Ist schon 'ne Weile her. Fünf, sechs Wochen etwa.«

Angela rutschte auf die Sofakante vor. Das Kinn auf die geschlossene linke Faust gestützt, fragte sie freundlich: »Und – bist du nun mit ihr verwandt?«

»Sie ist 'ne verdammt klasse Freundin«, antwortete Paula.

Dorothy sah den Zeitpunkt für gekommen: »Und sie ist tot, Kleines«, sagte sie.

»Tot?« Das Mädchen wippte im Schneidersitz hin und her, hielt die Füße mit den Händen umklammert. »Sie kann nicht tot sein. Sie ist bestimmt bei Sean. Obwohl der sich gar nicht richtig um sie kümmert. Meist helfe ich ihr. Kauf manchmal für sie ein. Ist ja 'n ganz schöner Ritt von der North Street hier 'rauf.«

»Kannst du mir sagen, wie ihr Freund mit Nachnamen heißt?«, schaltete Cloud sich abermals ein. Den Bleistift immer noch in der Hand, balancierte er nun sein kleines Notizbuch auf dem rechten Knie. »Und seine Adresse würde ich mir auch gern notieren, wenn du sie hast.«

Paula rümpfte angewidert die Nase. »Curtis«, sagte sie und nannte Cloud eine Adresse in Rottingdean. So, wie sie es ausgesprochen hatte, klang beides wie ansteckende Krankheiten – wahrscheinlich schwarze Blattern und Pest.

»Außerdem möchten wir dich bitten«, sagte Dorothy,

»uns ins Krankenhaus zu begleiten, um sie zu identifizieren.«

»Da gibt's nichts zu identifizieren.« Paula hörte auf zu wippen und starrte in die Luft. Ihre Augen glänzten feucht. Eine einzelne Träne rann ihr über die Wange, und sie wischte sie hastig fort. »Wir haben doch noch am Tag vorher telefoniert. Sie hat gesagt, Samstag wäre okay. Und vielleicht wär noch 'ne alte Freundin von früher da, wenn ich abends käme. Dann könnten wir was zusammen kochen.«

»Weißt du, wer diese Freundin war, die Rosie erwartete?«

Paula schüttelte den Kopf. »Sie hat mir den Namen nicht gesagt, nur, dass es jemand von früher wäre.«

»Verstehe. Hielt Rosie denn normalerweise ihre Verabredungen mit dir ein?«

»Ja, meistens. Aber manchmal legt sie auch einen Zettel für mich hin, wenn ihr Freund sie abholt. Und als sie nicht da war, hab ich mir gedacht, gut, dann ist sie eben bei Glatzen-Sean. Ich denke, er hatte nur noch keine Gelegenheit, sie zurückzubringen.« Sie nickte, so, als wolle sie sich selbst von der Richtigkeit ihrer Worte überzeugen.

»Nur diesmal hinterließ sie keine Nachricht für dich, nicht wahr?«

Paula sagte nichts dazu.

»Ich weiß, wie schrecklich das alles ist. Aber wir brauchen deine Hilfe, Paula.« Dorothy legte den Arm um die Schultern des Mädchens. Und diesmal wehrte Paula sich nicht. »Jemand hat deine Freundin getötet. Wir könnten gemeinsam herausfinden, wer es getan hat.«

»Sie irren sich!« Paula sprang so abrupt auf die Füße, als sei ein Sprengsatz unter ihrem Hintern detoniert. »Verdammt noch mal, das ist nicht Rosie! Das ist irgendwer anders! In der Zeitung haben sie geschrieben, die tote Frau hätte unter dem Pier gelegen. Als ich die Beschreibung von der Frau gelesen hab, da hab ich mir zuerst auch Sorgen gemacht, weil sie sonst nämlich immer hier ist, wenn ich komme. Aber dann hab ich mir das Ganze überlegt. Wie soll sie denn da hingekommen sein, ganz ohne Hilfe?«

»Was meinst du damit?«

»Na, mit dem klapprigen alten Ding von der Wohlfahrt durch den Sand und den Kies am Strand.« Ihre Hände schossen vor lauter Empörung in die Höhe. »Mit dem Scheißrollstuhl konnte sie ja allein nicht mal bis zum Waitrose-Supermarkt fahren!«

Dorothy starrte das Mädchen an.

Cloud und Angela saßen blass und wie versteinert auf dem Sofa.

Keiner von ihnen brachte einen Ton heraus.

9

»Wie oft habe ich Rose in den letzten Monaten gebeten, zu mir zu ziehen. Aber davon wollte sie ja partout nichts hören. Sie war schon vorher ein unverbesserlicher Dickschädel.« Sean Curtis – braungebrannt und muskulös – saß in Unterhemd und Boxershorts am Küchentisch seiner Fünfundvierzig-Quadratmeter-Wohnung in Rottingdean und schüttelte immer wieder fassungslos den kahl rasierten Kopf. Seine sehnigen Finger spielten nervös mit dem Kaffeebecher, den er gedankenverloren auf der verschrammten Tischplatte hin und her drehte, während er sprach. »Aber seit dem Unfall war sie total verändert. Hat sich eingebildet, ich sei nur noch aus Mitleid mit ihr zusammen – als ob ich das nötig hätte.«

Insgeheim konnte Dorothy dem nur beipflichten. Sie bezweifelte, dass es in Sean Curtis' Leben jemals einen Mangel an willigen Damen gegeben hatte. Und auch sie selbst konnte sich nicht gänzlich seiner *animalischen* (sie hasste das Wort zutiefst, aber es traf den Nagel genau auf den Kopf) Anziehungskraft erwehren. Er war eben genau der Typ Mann, auf den die Frauen flogen. Dreitagebart, kantiges Kinn, von Lachfältchen eingerahmte grüne Augen. Paula Finn mochte ihn Glatzen-Sean nennen; ihr jedenfalls war er auf Anhieb sympathisch gewesen.

Dorothy hatte Angela mit der ehrenvollen Aufgabe betraut, Paula Finn zu Dr. Millner ins *Brighton General Hospital* zu begleiten, und war dann mit Cloud nach Rottingdean gefahren, um Rosalind Cottons Freund zu befragen. Mrs. Ellison, der alten Dame, die den vermummten Mann mit dem Rollstuhl am Pier beobachtet hatte, würden sie anschließend einen Besuch abstatten.

»Wie alt sind Sie, Mr. Curtis?« Cloud, den Bleistiftstummel angriffslustig auf dem Papier, lehnte lässig an der Spüle.

»Fünfunddreißig, wieso?«

»Reines Interesse. Miss Cotton war wesentlich jünger als Sie, nicht wahr?«

Curtis rieb sich fahrig mit der Hand übers Gesicht. »Ja. Ein paar Jahre.«

»Zwölf, um genau zu sein. Ich finde, das ist eine ganze Menge.«

»Zwölf oder zwanzig – was spielt das für eine Rolle? Wir haben uns geliebt.«

Cloud wölbte skeptisch eine Augenbraue – jene, über der kein Heftpflaster klebte. »Sie sagten vorhin, Sie seien seit anderthalb Jahren mit ihr zusammen gewesen.«

»Am siebten Februar wären es zwei gewesen«, präzisierte Curtis mit leiser Stimme. Trauer und Verbitterung schwangen in seinen Worten mit. »Zwei Jahre …« Ein roter Schleier lag über seinen Augen, als er den Kopf hob, Dorothy anschaute und fragte: »Darf ich Rose noch einmal sehen, Inspector, bevor …« Seine Augen füllten sich mit Tränen, und er hob das Gesicht zur Decke. Das Wort *Beerdigung* ging ihm nicht über die Lippen.

»Selbstverständlich.« Dorothy, die bislang in der offenen Küchentür gestanden und Cloud die Befragung überlassen hatte, glitt nun auf den zweiten freien Stuhl am Tisch und legte ihre Hände sanft auf Curtis' geballte Fäuste. Ein Mann, der gerne lachte, dachte sie, der es nicht gewohnt war, vor anderen derartige Gefühle zu zeigen, der nicht einmal im Traum damit gerechnet hätte, jemals in eine solche Situation zu geraten. »Ich wollte Sie ohnehin darum bitten, morgen im Krankenhaus vorbeizuschauen.« Ihr rechter Daumen streichelte seine weißen Knöchel, als sie ihn fragte: »Trugen Sie beide sich mit dem Gedanken zu heiraten?«

»Vor dem Unfall schon.« Er wischte sich in einer ungeschickten Bewegung die Tränen ab, lächelte beinahe. »Wir haben einige Male darüber geredet, ja.«

»Und danach nicht mehr?«, fragte Cloud spitz. Es war nicht zu übersehen, dass er sein Gegenüber nicht sonderlich ins Herz geschlossen hatte.

»Nein, danach nicht mehr sehr oft.« Curtis blies die Wangen auf. »Wie ich Ihnen schon sagte, Sergeant: Danach wollte sie mich anscheinend nicht mehr.«

»Hat Miss Cotton jemals damit gedroht, Sie zu verlassen?«

»Nein, nie.«

»Wegen eines Jüngeren möglicherweise?«

»Nein«, sagte Curtis mit zusammengebissenen Zähnen. Die Muskeln seines Kiefers traten deutlich hervor. Ihm war anzusehen, wie viel Mühe es ihn kostete, seine Wut im Zaum zu halten. Und dann nochmals: »Nein – *Sir.*«

»Und da sind Sie sich ganz sicher, ja?« Der Notizblock schnappte zu. In der kleinen Küche klang das Geräusch wie ein Pistolenschuss. »Oder haben Sie sie um die Ecke gebracht, weil die Kleine das Interesse an Ihnen verloren hatte?«

»Jetzt reicht's mir aber!« Curtis war mit wutverzerrtem Gesicht aufgesprungen und drauf und dran, Cloud an die Gurgel zu gehen, doch Dorothy drückte ihn mit sanfter Gewalt auf den Stuhl zurück. »Ich habe seine beleidigenden Fragen wirklich gründlich satt! Muss ich mir das von diesem Arschloch gefallen lassen?«

Clouds Zeigefinger schoss mahnend in die Höhe. »Vorsichtig, Curtis. Vorsichtig. Sonst sind Sie am Ende noch wegen Beamtenbeleidigung dran!«

»Ich habe gerade den großartigsten Menschen verloren, der mir in dieser beschissenen Welt begegnet ist, und dieser Scheißkerl behandelt mich, als sei ich das Schwein, das sie umgebracht hat!«

Ehe Ralph Gelegenheit bekam, etwas zu entgegnen oder eine weitere Impertinenz von sich zu geben, ging Dorothy dazwischen: »Seien Sie still«, zischte sie. »Alle beide!« Was zum Teufel war bloß in Cloud gefahren? Sie bedachte ihren Sergeant mit einem Blick, der einen sensibleren Mann auf der Stelle getötet hätte, und meinte, an Curtis gewandt: »Erzählen Sie uns doch ein bisschen über Sie beide. Wie haben Sie sich kennen gelernt? Das würde mich interessieren. Wann und wie trug sich der Unfall zu?«

Kleine Grübchen wurden auf Curtis' Wangen und Kinn sichtbar, als er erneut zur Decke hinaufblickte und sagte: »Rose war eine ausgezeichnete Tänzerin. Sie hatte so was …

was Unwirkliches, wenn sie sich auf der Bühne bewegte. Zerbrechlich und durchscheinend wie ein Engel.« Er breitete lächelnd die Arme aus. »Nach einem ihrer Auftritte sprach ich sie einfach an und lud sie ins Theater ein.«

»Ins Theater?« Dorothy war verblüfft.

»Ja. Ich hielt's für etwas einfallsreicher, als ihr an der Theke einen auszugeben, wie all die anderen Typen. Und sie sagte tatsächlich ja.«

Kein Wunder. Auch Dorothy hätte ohne Umschweife ja gesagt. Einen solchen Mann nahm man mit Kusshand. Sie räusperte sich und fragte: »Wobei ist sie verunglückt?«

»Eine scheißblöde Sache.« Wieder schüttelte er den Kopf; energischer diesmal. »Stürzte eines Nachmittags während der Probe im *Stardust* von der Bühne.« Er knallte den Becher auf den Küchentisch. Der kalte Kaffe schwappte über den Rand und ergoss sich auf die Tischplatte. »Sie machte einen Schritt zu weit und fiel dermaßen unglücklich auf die Lehne eines Stuhles, dass sie sich das Rückgrat brach. Wir versuchten, dem Veranstalter wegen der schlechten Beleuchtung an den Karren zu fahren, aber ...« Er verstummte.

»Und wann war das?« Sergeant Cloud hatte neue Kraft geschöpft und stieß sich von der Spüle ab.

»Vor knapp sechs Monaten, am zwölften März.«

»Sagt Ihnen der Name Christine Gordon etwas?«

»Nein, nichts.«

»Margaret Penhalligan?«

Kopfschütteln.

»Das nehme ich Ihnen nicht ab, Curtis.« Cloud verschränkte die Arme vor der Brust. »Das sind die Namen der Opfer des Brighton-Würgers. Sie haben in allen Zeitungen gestanden.«

»Ich lese keine Zeitung.«

Cloud grunzte verächtlich. »Aber bei Paula Finn dürften doch wohl die Glöckchen klingeln?«

»Der kleine Wirbelwind, dem Rose manchmal Unterschlupf gewährte.« Er lachte rau und hustete. »Natürlich kenne ich sie.«

»Und – was halten Sie von dem Mädchen?«

»Paula hat viel für Rose getan.« Er wiegte sanft den Kopf hin und her. »Die ist schon in Ordnung. War immer für sie da.«

»Wissen Sie, wie das Mädchen Sie nennt, Mr. Curtis?«, fragte Cloud.

»Keinen blassen Schimmer«, erwiderte er. »*Glatzenfresse* vielleicht? Das hat sie wenigstens mal zu mir gesagt.«

Dorothy konnte Clouds aggressiven Befragungsstil nicht länger ertragen. Warum er Curtis gegenüber den harten Polizisten heraushängen ließ, war ihr schleierhaft. Freundlich fragte sie: »Sie und Rose sahen sich doch sicher regelmäßig, nicht wahr? Auch gestern?«

»Nein. Ich musste arbeiten. Wir haben am Nachmittag nur kurz telefoniert.«

»Und erwähnte sie bei der Gelegenheit, dass sie bereits Pläne für den Abend hatte?«

»Nein, tat sie nicht.« Curtis sah irritiert aus. »Was für Pläne sollen das gewesen sein?«

»Von Paula wissen wir, dass Rose gestern Abend eine alte Freundin treffen wollte. Was wir nicht wissen, ist, wer diese Freundin ist und ob Rose die Verabredung tatsächlich eingehalten hat. Vielleicht können Sie uns da weiterhelfen?«

»Eine alte Freundin?«, fragte Curtis und sah ihr verzweifelt in die Augen. »Ich verstehe nicht. Ich dachte, es ginge darum, ihren verdammten Mörder zu kriegen. Und eine Frau wird meine Rose bestimmt nicht umgebracht haben.«

»Natürlich nicht. Aber wenn es uns gelingt, ihren Tagesablauf zu rekonstruieren, wäre das hilfreich. Die Frage ist: Wann und wo begegnete Rose ihrem Mörder? Und was veranlasste sie dazu, ihm dermaßen zu vertrauen?«

»Sie denken, Rose kannte den Mann?«

»Nicht unbedingt. Doch auszuschließen ist es nicht. Nun …?«

Curtis holte tief Luft. Dann sagte er sehr langsam: »Seit ihrem Unfall ging sie kaum noch unter Leute. Stattdessen saß sie zu Hause vor dem PC. Außer wenn sie mit Paula oder mir zusammen war. Zu ihren Kolleginnen aus dem Club hatte sie keinen Kontakt mehr.« Er zog die Schultern hoch. »Sie hielt sich für einen Krüppel, wissen Sie? Für hässlich. Und Mitleid hätte sie nicht ertragen. Sie war eine wirklich stolze Frau.«

»Und vor dem Unfall?«, fragte Dorothy. »Gab es da eventuell jemanden, der Rose gehasst haben könnte?«

»Nein, kann ich mir nicht vorstellen.«

»Ein …« Sie hob beschwichtigend die Hand. »Ein eifersüchtiger Liebhaber, ein Exfreund, etwas in der Art. Jemand, der glaubte, noch eine offene Rechnung mit ihr begleichen zu müssen.« Aus dem Augenwinkel registrierte sie Clouds puterrote Ohren. Was sein unangebrachtes Böser-Macho-Police-Officer-Verhalten bei der Vernehmung betraf, ging ihr allmählich ein Licht auf.

»Ich … ich weiß wirklich nicht …« Curtis' Worte wehten davon wie dünne Nebelschwaden. »Wenn es einen anderen gab, dann war mir davon nichts bekannt.«

»Schon gut. Hatte Rose noch lebende Angehörige?«

»Jedenfalls nicht hier in Brighton«, antwortete er. »Sie stammt aus einem kleinem Nest in Suffolk. Hab vergessen, wie es heißt. Aber soweit ich weiß, leben ihre Eltern noch.«

»Womit verdienen Sie eigentlich Ihre Brötchen, Mr. Curtis?«, wechselte Dorothy das Thema.

»Ich arbeite bei der Müllabfuhr.« Er ließ den Becher los und langte nach der Packung *John Players* auf dem Tisch. Er nahm eine Zigarette heraus und klemmte sie sich zwischen die Lippen.

Dorothy gab ihm Feuer. »Ziemlich harter Job, was?«

»Ach, so schlimm ist es nicht.« Er inhalierte tief und stieß den Rauch seufzend durch die Nase aus. »Obwohl, meine eigentliche Berufung sehe ich eher im Schreiben von Kurzgeschichten.«

»Tatsächlich? Was schreiben Sie denn so?«

»Krimis«, sagte er. Und zum ersten Mal entdeckte Dorothy statt lähmender Trauer so etwas wie Hoffnung oder Zuversicht in seinen Zügen; ein flüchtiges, kaum greifbares Flackern nur. »Wollen Sie mal sehen?«

»Klar doch.«

Er verließ die Küche und führte sie in einen kleinen Raum im rückwärtigen Teil der Wohnung. Dieser war bis unter die Decke mit Bücherregalen vollgestopft. Eine altmodische Triumph-Büroschreibmaschine stand auf dem behelfsmäßigen Schreibtisch, einer aufgebockten Apfelsinenkiste.

»Der Verschlag war wohl mal als Vorratskammer gedacht«, sagte Curtis. »Hab ihn mir ein bisschen hergerichtet.«

Dorothy nahm die Bücher in den oberen Regalen in Augenschein: Arthur Conan Doyle, Dorothy L. Sayers, Agatha Christie, Martha Grimes. Dann entdeckte sie zu ihrer Überraschung ein Regalfach, das sämtliche Werke Robert Marleys enthielt. Ein signiertes und gerahmtes Porträtfoto des Autors stand davor.

Neben der *Triumph* lag ein Stoß Manuskriptseiten. »Darf ich?«

»Nur zu.«

Sie hob einen dünnen Stapel loser Seiten hoch, blätterte wahllos darin herum und blieb schließlich an einem längeren Absatz hängen, in dem es um die grausige Entdeckung einer männlichen Leiche ging (der vierten, so viel sie verstand), die in einer abgelegenen, alten Mühle kopfüber im Dachgebälk baumelte. Die Verletzungen des Toten (man hatte dem Ärmsten wohl wie bei einem Karnickel die Haut abgezogen) wurden in allen Einzelheiten beschrieben. Eine Spur zu blutrünstig für Dorothys Geschmack, wenn auch nicht schlecht gemacht. Allerdings hätte Robert bestimmt seine helle Freude daran, dessen war sie sicher. Kommentarlos legte sie die Blätter auf den Stapel zurück.

»Eine brotlose Kunst, ich weiß das«, meinte Curtis. »Macht nichts. Ich hab schon als Kind geschrieben. Bringt einen irgendwie auf andere Gedanken in schwierigen Zeiten, wissen Sie?«

Dorothy zog einen Kugelschreiber und ihre Karte hervor und kritzelte einen Namen und eine Telefonnummer auf die Rückseite. »Rufen Sie bei Gelegenheit mal diese Nummer an«, sagte sie und reichte ihm das Kärtchen.

Curtis las den Namen. »Du meine Güte. Sie haben die Nummer von dem Kerl?«

»Der *Kerl* ist mein Bruder«, lächelte Dorothy. »Ich bin sicher, er kann bei seinem Agenten ein gutes Wort für Sie einlegen.«

»Dieser Muskelprotz ist mir nicht geheuer, Chief«, verkündete Cloud, als sie kurz darauf wieder auf die verdreckte Sackgasse hinaustraten, wo sich die schwarzen Müllsäcke auf dem Gehweg stapelten und eine Gruppe schmuddeliger Kinder kreischend um ihren Wagen herumtollte.

Es fing an zu regnen.

»Ich weiß, Schatz«, sagte Dorothy. *Denn niemand, den ich vögeln würde, ist dir geheuer*, dachte sie. Aber sie sprach es nicht aus. Manchmal war es einfach klüger, die Wahrheit für sich zu behalten.

Auf der Fahrt zurück zum Polizeipräsidium nahm Dorothy Cloud wegen seines unangemessenen Verhaltens Sean Curtis gegenüber ins Gebet. Sie machte ihm klar, was sie von der Nummer hielt, die er dort abgezogen hatte – nämlich nichts.

Anfangs protestierte der Sergeant noch, lamentierte herum und redete unentwegt von persönlichen Gefühlen, die es aus den Ermittlungen herauszuhalten galt. Dorothy erwiderte, das täte sie – im Gegensatz zu ihm – grundsätzlich, woraufhin Ralph entgegnete, dass er da gänzlich anderer Meinung sei, denn schließlich habe *er* den Muskelprotz nicht angetatscht.

Als sie zwanzig Minuten später in die John Street einbogen und Dorothy den Wagen vor dem Haupteingang parkte (wie üblich im absoluten Halteverbot), war Cloud mittlerweile verstummt. Mit verschränkten Armen hockte er schmollend auf dem Beifahrersitz und sah den perlenden Regentropfen zu, die wie Tränen am Seitenfenster hinabliefen.

Die Scheibenwischer quietschten.

Dorothy drehte den Zündschlüssel, und das Surren des Motors erstarb.

Sie löste ihren Sicherheitsgurt. »Ralphie«, sagte sie, »Sie wissen, wie sehr ich Sie mag.« Und Dorothy mochte ihn wirklich. Cloud war ein ausgezeichneter Polizist, ein großartiger Kollege und einer der wenigen Menschen, die ihr uneingeschränktes Vertrauen besaßen, in deren Gegenwart sie sich völlig sicher fühlte. Ihm konnte sie ohne Scham sogar von den Migräneanfällen erzählen, die sie häufig überkamen, wenn sie ihre Periode hatte, und Ralph ging einfach los und besorgte Aspirin. Aber bisher hatte Dorothy in ihm nie etwas anderes als einen Freund gesehen, was möglicherweise an dem großen Altersunterschied lag. Cloud war immerhin acht Jahre jünger als sie. Etwas tollpatschig und niedlich wie ein kleiner Bruder. Dass auch er ein Mann war, der sie anziehend finden könnte, war ihr zuvor nie in den Sinn gekommen. Und ein seltsames Gefühl von Beklommenheit befiel sie nun mit einem Mal, als sie ihn anschaute. »Ralph, ich habe den Eindruck …«

»Gut, ich war etwas grob zu ihm«, unterbrach er sie rasch. Cloud legte die Hände auf seine Knie, die Finger abgespreizt, und meinte: »Sie haben ja recht, Chief. Wie ich die Sache angegangen bin, das war falsch. Wird nicht wieder vorkommen. Versprochen.« Ehe sie etwas erwidern konnte, räusperte er sich, machte ebenfalls seinen Gurt los und sagte: »Sie stehen schon wieder im Halteverbot, Chief. Sie werden noch Ihren Führerschein verlieren.«

Dorothy nickte.

Schließlich hatten Gefühle in einem Mordfall rein gar nichts zu suchen.

Oben im Flur kam ihnen Constable Bellowes auf halber Strecke mit rotierenden Armen und der Hiobsbotschaft entgegen, Chief Inspector Peter Bloomfield warte bereits seit Stunden auf sie.

Für gewöhnlich war Dorothy recht gut darin, dem »Herrgott«, wie sie und die gesamte Kriminalabteilung ihn nannten, aus dem Weg zu gehen. Doch diesmal war sie chancenlos. Bloomfield stand bereits wie ein erzürnter Gott in ihrem Büro, als sie und Cloud dort eintrafen. Er war außer sich vor Wut.

Angela Robinson und Paula Finn waren mit ihm im Zimmer.

»Eine minderjährige kleine Göre eine Leichenidentifizierung vornehmen zu lassen!«, brüllte er Dorothy an, kaum, dass sie das Büro betreten hatte. »Haben Sie den Verstand verloren, Chief Inspector Marley?«

Dorothy musterte ihn genau, ehe sie antwortete. Bloomfield sah übernächtigt aus. Tiefschwarze Ringe lagen unter seinen Augen. Für einen Mann von zweiundvierzig Jahren sah er ziemlich verbraucht aus, fand sie. Vorzeitig ergrautes schwarzes Haar, zentnerschwere Tränensäcke und hässliche Pockennarben auf der linken Wange. Schon mit einem halbwegs gutgelaunten Bloomfield war es unmöglich zu arbeiten; in seinem Zorn allerdings war er noch unzugänglicher und boshafter als gewöhnlich. Und wenngleich Dorothy es auch nicht gerne zugab, doch dieser Mann schüchterte sie ein. Sie versuchte, es sich nicht anmerken zu lassen.

Angela hingegen, die schon am Tag ihres ersten Zusammentreffens mit Bloomfield erfolglos um Versetzung in eine andere Abteilung ersucht hatte, war kaum in der Lage, ihre Furcht zu verbergen. Sie kauerte zusammengesunken auf Clouds Bürostuhl und zitterte am ganzen Körper. Der Chief Inspector hatte seinen Zorn sicherlich zuerst an ihr ausgelassen.

Paula schien weniger beeindruckt von Bloomfields Wutausbrüchen zu sein; sie lehnte breitbeinig, die Hände in den Hosentaschen ihrer verblichenen Jeans vergraben, an der Wand mit dem riesigen Stadtplan von Brighton & Hove, in dem lauter bunte Fähnchen steckten, und sah aus, als tangierte sie all das Theater nicht im Geringsten. Dorothy vermutete jedoch, dass es vielmehr die Trauer war, die das Mädchen derart paralysierte.

»Was wollen Sie, Peter?«, fragte Dorothy schließlich. »Irgendwer musste sie doch wohl identifizieren.«

»Aber nicht ein verdammtes Kind, Marley!«

»Zeigen Sie mir die Vorschrift, die besagt, dass das verboten ist.«

Sein Gesicht war so schattig, als habe jemand ein dunkles Tuch darübergelegt. »Wollen Sie, dass die kleine Schnecke einen irreparablen Schaden davonträgt, oder was bezwecken Sie mit Ihren unüberlegten Handlungen anderes?« Er rieb sich mit der Hand den Nacken. »Ihr Weiber macht auch nichts als Mist, wenn man euch mal einen Moment aus den Augen lässt. Ihnen ist doch wohl klar, dass ich das dem Chief Superintendent melden muss. Und der wird nicht besonders erfreut darüber sein.«

»Im Vertrauen, Peter«, gab Dorothy einschmeichelnd zurück. »Sie können mich mal.«

»Die Sache wird noch ein Nachspiel für Sie haben, Marley. Darauf können Sie Gift nehmen. Und was Ihre Beförderung anbelangt«, er machte eine bedeutungsvolle Pause, »die können Sie sich sonst wohin …«

»Aber, Sir …« Angela erhob in zaghaftem Protest die Stimme, doch Bloomfield schnitt ihr mit einer herrischen Geste das Wort ab.

»Halt's Maul, Schätzchen«, raunzte er sie an. »Wenn du es hier zu etwas bringen willst, wage es ja nicht, mir ins Wort zu fallen. Verstanden?«

Sie nickte unterwürfig.

»Jetzt machen Sie aber mal halblang, Chief Inspector«,

mischte Cloud sich ein. »Sie mögen zwar der ranghöhere Beamte sein, aber das gibt Ihnen noch lange nicht das Recht, beleidigend zu werden.«

»Ich habe jedes verfluchte Recht, *Sergeant!*«, bellte er. »Und wenn Sie glauben, sich den Emanzen anschließen zu müssen, dann gehen Sie von mir aus auch verdammt noch mal mit ihnen unter!«

Der Herrgott hatte gesprochen. Cloud fehlten die Worte.

»Sie können einem wirklich leidtun, Mister Frauenhasser«, sagte Paula unvermittelt. Sie hatte sich seit Beginn der Auseinandersetzung nicht von der Stelle gerührt, stand noch immer mit ausdrucksloser Miene an die Karte gelehnt. »Was für ein trauriger Mensch Sie doch sein müssen, wo niemand Sie mag.« Sie schüttelte den Kopf. Eine solche Äußerung hatte Dorothy von der impulsiven Paula nicht erwartet.

Bloomfield wohl auch nicht, denn aus seinem Gesicht war plötzlich alle Farbe gewichen. Ein, zwei Sekunden starrte er das Mädchen mit offenem Mund an. Dann, als er seine Fassung wiedererlangt zu haben schien, zischte er: »Den Stuss kannst du dir für dein Poesiealbum aufsparen, Mädchen.«

»*Ich* hatte eine Freundin«, fuhr Paula mit monotoner Stimme fort. Sie tat einen Schritt vorwärts und blieb reglos stehen. Das Einzige, was sich an ihr bewegte, waren ihre Lippen. »Wir haben immer viel zusammen gemacht, Rosie und ich. Weil – Mum und Dad haben sich ja doch nur um sich selbst gekümmert; haben sich ständig angeschrien wegen jeder Kleinigkeit. Und da hat Rosie gesagt: ›Vergiss den ganzen Scheiß erstmal, wir fahr'n in Urlaub‹ – obwohl sie selbst genug Schwierigkeiten hatte. Sie hat mich nach Bath mitgenommen, wo diese römischen Bäder sind. Das war toll. In Stratford on Avon war'n wir auch – Shakespeare und so. Sie war einfach die beste Freundin, die man haben kann ...« In ihre Züge kam Bewegung. »Und Sie spielen sich auf, nur weil ich sie noch mal besucht hab.« Die melancholische Ausdruckslosigkeit, die Paula bislang zur Schau getragen hatte, fiel jetzt jäh von ihr ab, segelte wie ein beiläufig abgestreiftes Kleidungsstück zu Boden. Sie funkelte Bloomfield böse von unten her an, und jedes ihrer Worte war wie ein kleiner Peitschenhieb, als sie fragte: »*Sie* kennen wohl keine Gefühle, Mister Oberschlau?«

»Hör mir bloß mit der Tour auf. Deine beste Freundin ist tot, das ist schlimm. Aber es werden jeden Tag unzählige Frauen getötet, und sie alle sind irgendjemandes beste Freundin gewesen. Ich kann nicht jedes Mal mittrauern, wenn jemand stirbt. So herzlos dir das vorkommen mag: Bei unserer Arbeit geht es nicht um Gefühle. Wir sind hier bei der Polizei. Da geht es in erster Linie um Fakten.«

»Wissen Sie überhaupt ...«

»Jetzt sei still, Kind!«, fuhr er ihr über den Mund.

»... was das ist, einen Menschen lieb zu haben?« Paula redete unbeirrt weiter.

»Ich sagte, sei still!«

»Ich wette, Sie haben nicht mal 'ne richtige Freundin.«

»Raus!« Die Stimme des Chief Inspectors durchschnitt die entstandene Stille wie Donnerhall. »Schaffen Sie mir dieses Kind vom Hals, Marley, aber schnell!«

10

Zwei Stunden darauf saß Dorothy ganz allein in Mrs. Ellisons Wohnzimmer in deren Haus in Hangleton und hörte sich geduldig die Krankengeschichte der zweiundneunzigjährigen Dame an. Der Geruch von ranzigem Bratenfett hing in der Luft.

»... und wegen der Schmerzen schlafe ich ziemlich schlecht«, sagte diese eben. »Das kommt von der Gicht. Noch so eine Erscheinung des Alters. Glauben Sie mir, meine Liebe, Sie werden es eines Tages selbst erleben. Und die Ärzte verschreiben einem nur noch die preiswerten Sachen aus China oder Asien. Was haben wir mit diesen Leuten zu tun? Wir sind Engländer – kein Wunder, dass die Pillen nicht helfen.«

Während Mrs. Ellison wie ein Wasserfall weitersprudelte, sich lang und breit über das degenerierte britische Gesundheitswesen ausließ, von wirkungslosen Tabletten und obskuren Abführmitteln sprach (die bei ihr angeblich Verstopfung hervorriefen, weil sie die billigen Produkte nicht vertrug, die man ihr von Seiten der Krankenkasse zumutete), schweiften Dorothys Gedanken ab.

Sie sah noch immer Paula Finn vor sich, und wie das Mädchen sie vorhin in der Kantine des Präsidiums angefleht hatte, nicht nach Hause zurückgebracht zu werden.

»Aber ich will nicht zu meinen Eltern«, rief Paula so verzweifelt, als stünde ihr dort die Hinrichtung bevor. Sie umklammerte ihren Kakaobecher wie einen Rettungsring.

»Es geht nicht anders«, sagte Angela.

Paula sah todunglücklich aus. Die Wangen fahl und eingefallen.

»Sie könnte doch vielleicht für einige Tage das Haus in der Kemp Street hüten«, schlug Cloud vor.

Sicherlich war reine Gutherzigkeit der Vater des Gedankens gewesen, dachte Dorothy, aber einen noch dümmeren Vorschlag hätte sie sich beim besten Willen nicht vorstellen können. »Das kommt überhaupt nicht in Frage, Cloud. Sie ist nun mal minderjährig.«

»Dorothy hat recht, Paula«, meinte Angela. »Das können wir einfach nicht machen. Verstehst du? Du bist erst vierzehn. Wir würden in Teufels Küche kommen.«

»Und wenn Sie es niemandem verraten?«, fragte sie hoffnungsvoll und sah dabei so kläglich drein wie ein kleiner verstoßener Hund. »Ich würd's bestimmt niemandem verraten.«

Dorothy hatte bereits mit dem Gedanken gespielt, Paula für ein paar Tage bei sich aufzunehmen, doch zu guter Letzt hatte Angela in milder Strenge verkündet, sie werde das Mädchen nun zu seinen Eltern fahren – alles andere sei unverantwortlich –, und damit die Diskussion ein für alle Mal beendet. Letztlich hatte sich Dorothy damit begnügt, dem Mädchen ihre Visitenkarte in die Hand zu drücken.

»Eine Zumutung, nicht wahr?« Mrs. Ellisons Teetasse fiel scheppernd auf die Untertasse herab. Das hauchzarte Minton-Porzellan klirrte. »Ich frage mich, wofür wir all das viele Geld bezahlen, wenn sie einem doch nichts Vernünftiges mehr verschreiben.«

Dorothy fragte sich nur, weshalb es so vielen älteren Menschen einfach nicht gelang, ihre Zahnprothesen ordentlich zu befestigen. Denn Cloud hatte recht gehabt: Mrs. Ellisons Zähne schienen ein Eigenleben zu führen; sie klapperten und klickten. Beim Sprechen schob die alte Dame abwechselnd mal die obere, mal die untere Zahnreihe vor, und das Geräusch jagte Dorothy jedes Mal kalte Schauer über den Rücken. Ob sie nicht wusste, dass es so etwas wie Haftpulver gab?

»Aber ich will mich nicht beklagen«, sagte Mrs. Ellison

mit einem kleinen Lächeln. »In meinem Alter hat man eben so seine Zipperlein. Vivian, meine Nachbarin, war dagegen immer kerngesund. Die lief noch jeden Tag bis runter nach Hove. Und das mit siebenundachtzig. Beth und ich – das ist meine andere Nachbarin –, wir dachten schon, sie würde tausend Jahre alt werden. Jeden Morgen kamen die beiden auf einen Kaffee her. Aber nachdem Fred, ihr Mann, letztes Jahr einen Schlaganfall hatte, ging das bei Vivian nicht mehr. Sie musste ihn ganz allein waschen und füttern. Fred war ja halbseitig gelähmt. Überlegen Sie mal, wie anstrengend das ist. Und dann war da noch Ronnie, ihr alter Setter. Der war so schwach, dass sie ihn in den Garten raustragen musste, wenn er ... na ja, Sie wissen schon. Vor vier Wochen fiel die gute alte Vivian dann beim Bügeln einfach um – das Herz. Fred und Ronnie sind immer noch da. Im Heim, versteht sich. Komisch, nicht?« Sie lächelte wieder und schob das untere Gebissteil vor. *Klick, klick.* »Noch ein Tässchen Tee, meine Liebe?«

»Nein, herzlichen Dank.« Sie hatte den Tee noch gar nicht angerührt; Spuren uralten Lippenstifts, die dem Tassenrand anhafteten, hatten sie davon abgehalten. Das Teegeschirr selbst war mit einem dünnen Schmierfilm überzogen, wie scheinbar alles in Mrs. Ellisons Haus. In den Zimmerecken wehten graue Spinnweben in der Zugluft, und beim Anblick der Möbel und vor allem der Fenster musste Dorothy an die Unsitte ihrer Großmutter denken, benutzte Bratpfannen und Töpfe, statt sie zu spülen, mit Salz und einer Speckschwarte auszureiben.

Sie hatte es vorgezogen, Mrs. Ellison zunächst einmal reden zu lassen – von sich selbst, ihren Krankheiten und Sorgen –, ehe sie auf den geheimnisvollen Mann mit dem Rollstuhl zu sprechen kam, da sie befürchtete, die unerzählten

Geschichten, die der alten Dame auf dem Herzen lagen und die sonst kaum einen Zuhörer fanden, könnten andernfalls ihr Gedächtnis eintrüben. »Haben Sie denn jemanden, der sich um Sie kümmert, Mrs. Ellison?«, fragte sie jetzt.

»Ein paar Mal kam so ein aufdringlicher junger Bengel vorbei und behauptete, die Wohlfahrt hätte ihn geschickt. Aber ich habe ihn weggejagt. Ich komme noch sehr gut allein zurecht.« Sie schob energisch ihr Kinn vor, und wie durch ein Wunder blieben die Zähne diesmal an ihrem Platz. »Weiß ich denn, ob der mich nicht beklauen wollte?«

»Und wer erledigt Ihre Einkäufe?«

»Die erledige ich natürlich selbst.« *Klick, klick.* Mrs. Ellison langte nach ihren Gehhilfen. »Mit denen bin ich zwar nicht mehr die Schnellste, aber ich kann mich aufrecht halten.« Sie lachte wie ein junges Mädchen. *Klack, klick. Klapp.* »Wozu gibt es schließlich Taxis?«

»Dann haben Sie sich also auch mit dem Taxi zum Pier fahren lassen?«

»Das mache ich oft, ja.« Sie blinzelte verträumt vor sich hin. »Als wir Kinder waren, durfte man dort noch Rollschuh laufen. Hui, hui, immer den Pier auf und ab.« Sie strahlte nun über das ganze Gesicht. »Stellen Sie sich vor, wir sind um die Wette gefahren. Immer im Kreis um die Buden. Wie das gerattert hat auf den Holzbohlen. Wer gewonnen hatte, durfte sich an *Maynard's* Kiosk ein Malztoffee kaufen. Kennen Sie *Maynard's* noch? Die waren in ganz England berühmt für ihre Süßwaren.« Und als Dorothy nickte, sagte Mrs. Ellison traurig: »Der ist auch längst futsch.«

»Der alte Kiosk steht noch«, wandte Dorothy ein. Sie wusste das nur, weil ihr Vater ihr von den heimtückischen Giftmorden erzählt hatte, die sich vor ziemlich genau einhundertdreißig Jahren in Brighton ereignet hatten.

Einige von Maynards Kunden waren damals nach dem Genuss seiner Pralinen unter entsetzlichen Qualen gestorben, und eine Zeitlang hatte es so ausgesehen, als würde der freundliche Geschäftsinhaber als Mörder am Galgen enden. Wie sich später herausstellte, war er jedoch vollkommen unschuldig. Eine geistesgestörte Frau hatte mehrere Schachteln bei ihm gekauft, sie mit Strychnin versetzt und anschließend wieder umgetauscht.

Ihr Vater war ein großartiger Geschichtenerzähler gewesen. Dorothy konnte sich an jedes einzelne seiner Worte erinnern, glaubte beinahe, seine tiefe Stimme zu hören, wenn sie an die Abende mit ihm dachte und sich ein wenig konzentrierte. Wenn ihr Vater erzählte, sah man das ganze Geschehen in bunten Bildern vor sich. Robert hatte diese Gabe von ihm geerbt. Nur waren es ausgedachte Lügengeschichten, die ihr Bruder seinen Lesern vorsetzte.

»Ja, der Kiosk ist noch da«, gab Mrs. Ellison zu. »Nur verkaufen sie dort keine Bonbons mehr. Früher hat mir Ernest manchmal welche mitgebracht.«

»Ernest?«

»Mein verstorbener Mann.« Sie schnalzte mit der Zunge, was erneut Bewegung in ihren Zahnersatz brachte. »Er ist jetzt bald fünfzig Jahre tot.« *Klick, klick.* »Wie schnell doch die Zeit vergeht. Nutzen Sie Ihre bloß, meine Liebe. Das Leben ist so schrecklich kurz.«

Dorothy warf einen Blick auf ihre Armbanduhr und gedachte genau das zu tun. Es war mittlerweile Viertel vor fünf. »Mrs. Ellison«, hob sie an. »Als Sie gestern den Pier besuchten, erwähnten Sie einem unserer Beamten gegenüber einen Mann mit einem Rollstuhl.«

»Ich dachte schon, Sie würden überhaupt nicht mehr darauf zu sprechen kommen«, sagte die alte Dame und klang zu Dorothys Überraschung dabei seltsam vergnügt. »Das ist doch für unsereins mal was anderes. Jedenfalls interessanter als das ewige Geschwafel über Krankheiten und undankbare Enkel, finden Sie nicht auch? Ja, ich sah diesen Mann. Und wie ich schon Ihrem Sergeant sagte, das war bestimmt der Mörder.« Mrs. Ellison führte die Tasse gemächlich an die Lippen, trank genüsslich einen winzigen Schluck und stellte sie ebenso gemächlich wieder hin.

Dorothy fragte sich, ob sie das wohl aus dramaturgischen Gründen tat. »Würden Sie mir bitte noch einmal beschreiben, wann und wie Sie auf ihn aufmerksam wurden?«

»Nichts lieber als das.« Plötzlich glitten ihre dünnen, mit dunklen Altersflecken gesprenkelten Hände fahrig über den Deckel einer abgestoßenen grauen Blechdose, die bislang verschlossen auf dem Tisch gestanden hatte. »Oh, ich bin wirklich eine sehr schlechte Gastgeberin. Bitte verzeihen Sie mir, meine Liebe. Mögen Sie nicht einen Keks zu Ihrem Tee?«

Mit einem nachsichtigen Lächeln schüttelte Dorothy den Kopf. »Wie spät war es, als Sie den Mann sahen?«

Mrs. Ellison hatte den Deckel der Dose gelüftet, ließ ihn jetzt indes wieder sinken. »Um kurz vor halb elf etwa. Ich hatte mir ein Taxi bestellt und stand am Geländer, nicht weit vom Eingang entfernt, als ich ihn unten auf der Promenade sah. Es kam mir merkwürdig vor, dass er einen leeren Rollstuhl schob. Auf dem Sitz des Rollstuhls lagen Decken oder etwas Ähnliches. Ich denke mir, es waren Decken. Es war ja auch ein ungemütlicher Abend.«

»Was genau kam Ihnen merkwürdig vor?«

»Na ja. Zum einen schiebt niemand um diese Zeit einen *leeren* Rollstuhl vor sich her. Da drängt sich einem doch gleich die Frage auf, wo wohl derjenige ist, der eigentlich darin sitzen sollte. Und zum anderen: Dieser unmögliche Schlapphut, den er trug, den Schal ums Gesicht gewickelt; und dann der altmodische Mantel …« Mrs. Ellison schüttelte den Kopf und kicherte. »Als sei er aus Agatha Christies Bühnenstück *Die Mausefalle* entsprungen. Ich bitte Sie, wer trägt heutzutage noch solche Sachen?«

Dorothy musste lächeln. Ihre erste Einschätzung der alten Lady war definitiv falsch gewesen.

»Und das hat Ihr Interesse geweckt?«

»Ja. Und es war etwas an seinem Gang …«

Davon hatte nichts in Clouds Protokoll gestanden. »Er hatte eine Gehbehinderung?«, hakte Dorothy nach.

»Nein, nein. Keine Behinderung.« Mrs. Ellison berührte mit drei Fingern ihre Stirn, vermutlich, um sich besser konzentrieren zu können. »Es war etwas … Ich kann es nicht genauer in Worte kleiden. Es sah irgendwie falsch aus.«

»Falsch?« Damit konnte Dorothy nicht allzu viel anfangen. »Wie meinen Sie das?«

»Ich weiß auch nicht. Künstlich. Er bewegte sich wie … wie soll ich sagen? Wie ein Schauspieler.«

»Haben Sie gesehen, wohin er ging?«

»Zum Parkplatz an der Marina Parade hinauf. Beim Sealife-Center habe ich ihn dann aus den Augen verloren.«

»Sie haben nicht gesehen, ob er in ein Auto stieg?«

»Nein, leider nicht. Ich war schon im Begriff, nach meinem Taxi zu schauen, als plötzlich jemand nach der Polizei rief. Die Leute wurden ganz unruhig. Kurz danach wurde auch schon alles abgesperrt, und wir durften den Pier nicht mehr verlassen.«

»Solange Sie ihn sahen, schob er da die ganze Zeit über den Rollstuhl vor sich her?«

»Das tat er. Da bin ich sicher.«

Also hat er ihn mitgenommen, überlegte Dorothy. Sowie auch die Kleider der Toten. Doch warum? Warum hatte der Mörder sich die Mühe gemacht, Rosalind Cotton auszuziehen, ihr den Zettel an die Zehe zu binden, nachdem er sie in der Toilette erstickt hatte? Er hatte sich damit nicht nur der Gefahr ausgesetzt, beim Abladen der Leiche beobachtet zu werden; mehr noch, er war das Risiko der Entdeckung ganz bewusst eingegangen. Weshalb? Um Rosalinds Kleidung und den Rollstuhl in seinen Besitz zu bringen – als eine Art Trophäe möglicherweise? Ein solches Verhalten entsprach durchaus den Erkenntnissen, die Psychologen im Laufe der Jahrzehnte über Triebtäter gewonnen hatten. Erstaunlich viele Sexualmörder handelten so. Paul Britton, Großbritanniens führender Profiler, der über einen fast ans Unheimliche grenzenden Einblick in die Abgründe der menschlichen Seele verfügte und bereits zweimal für ihre Abteilung tätig gewesen war, würde vermutlich genauso argumentieren. Doch aus irgendeinem Grund, der sich ihr gegenwärtig selbst noch nicht offenbarte, mochte Dorothy nicht unbedingt an diese These glauben. Ihr Instinkt sagte ihr, dass hinter diesen Morden mehr steckte als die krankhaften Gelüste eines sexuell motivierten Psychopathen.

»Ich danke Ihnen, Mrs. Ellison«, sagte sie. »Sie haben uns sehr geholfen.«

»Aber gern, meine Liebe.« Die alte Dame, der Dorothys besorgter Gesichtsausdruck ganz offensichtlich nicht entgangen war, beugte sich vor und tätschelte aufmunternd ihren Arm. »Hören Sie. Sie kennen doch das alte Sprichwort, das besagt, man sei nie weiter als drei Personen von dem Menschen entfernt, den man sucht. Und das trifft natürlich auch auf Mörder zu.« Freundlich zwinkernd kniff sie die Augen zusammen. »Sie werden das schon schaffen, meine Liebe.

Tommy und Tuppence haben es schließlich auch immer geschafft.« Mrs. Ellison lächelte sie an, als sie fragte: »Sie haben doch einen Tommy an Ihrer Seite, nicht wahr?« *Klick, klack*.

Schon wieder Agatha Christie.

Ihr Bruder Robert hätte sich totgelacht.

11

Besagter Bruder hielt sich gegenwärtig im *Jury's Out*, seinem Stammpub, auf, saß allein auf der mit grünem Kunstleder bezogenen Bank am hintersten Tisch – mit umwölkter Stirn und sorgenvoller Miene über ein Pintglas gebeugt – und machte ganz den Eindruck, als wolle er aus lauter Langeweile die wenigen, allmählich zerplatzenden Schaumbläschen in seinem *Badger Bitter* zählen.

Das *Jury's* war ein kleines, gemütliches Pub an der Ecke Edward Street und George Street, lag den Law Courts am Eingang zur John Street gegenüber und wurde von Albert Edward Hall, einem pensionierten Polizisten, geführt. Überall an den Wänden befanden sich gläserne Schaukästen, die von Brightons ruhmreicher kriminalistischer Vergangenheit zeugten und neben Giftampullen, uralten Steckbriefen und antiken Handschellen auch einen viktorianischen Schlagstock, die ehemalige Perücke eines berühmten Richters und den endgültigen Beweis dafür enthielten, dass es sich bei dem berüchtigten Jack the Ripper lediglich um einen lustigen Streich der englischen Presse gehandelt hatte.

Es herrschte kaum Betrieb, was für einen Sonntagnachmittag nichts Außergewöhnliches war. Bei der Stammkundschaft handelte es sich – sah man von den Beamten der Brighton Police ab – hauptsächlich um Richter und Anwälte, und die verbrachten ihre freien Wochenenden meist mit der Familie.

An der Theke lehnte ein einzelner Mann in schwarzem Baumwollhemd und Jeans. Er und Albert Hall waren in ein angeregtes Gespräch vertieft. Weiter vorne saß ein junges Touristenpärchen, das sich vor einer Viertelstunde, mit Rucksäcken und Plastiktüten beladen, an einem Tisch am Eingang niedergelassen hatte und jetzt bei *Guinness* und Cola Unmengen von Büchern und Postkarten vor sich ausbreitete.

Robert Marley war gerade im Begriff, sich eine Zigarette anzustecken, als Angela Robinson wie aus dem Nichts vor ihm auftauchte und auf einem der beiden freien Hocker am Tisch Platz nahm.

»Du solltest das wirklich sein lassen.« Sie sah ihn an, als habe er gerade etwas unglaublich Schändliches getan – ihr unter den Rock gegriffen etwa. »Dir ist schon klar, dass du davon Krebs bekommst?«

Sie trug eine weiße Bluse und ein mintfarbenes Kostüm, das er noch nie an ihr gesehen hatte. Marley entschied, dass die Farbe nicht zu ihr passte; sie verlieh ihrem Gesicht ein kränkliches, fast wächsernes Aussehen.

»Ach.« Marley ließ sein Feuerzeug aufschnappen. »An einem verdammten Krebsgeschwür werde ich sicher nicht sterben.«

»Was macht dich denn da so sicher?«

»Ich weiß es eben«, entgegnete er giftig.

Marley überlegte kurz, ob er ihr von dem Anruf erzählen sollte. Immerhin war Angela die Frau, die er liebte, die er – so Gott wollte – eines schönen Tages zu heiraten gedachte. Allerdings war sie auch jene Frau, die ihm bereits zwei Körbe gegeben hatte und ihn seit fast einem Jahr hinhielt.

»Was hast du?« Sie streckte die Hand aus, berührte sanft seine Wange. Eine Geste, die er von ihr nicht gewöhnt war. Ihre Finger waren warm und rochen nach Seife. »Hat es mit uns zu tun?«

Er schüttelte den Kopf, beide Hände um das Bierglas gelegt. Ihr ›kleines Beziehungsproblem‹ kam ihm, gemessen an den Ängsten, die er seit dem nächtlichen Anruf ausstand, fast lächerlich vor. Seine Kehle fühlte sich an, als habe jemand ein Stahlband darumgelegt. Er schluckte mühsam. »Ach, Unsinn«, sagte er.

»Dann sag mir, was es ist.« Angela strich sich die dunklen Locken hinter die Ohren, die ein wenig zu weit abstanden. Gerade diese Unvollkommenheit liebte Marley an ihr. Er sah die Sommersprossen auf ihrer leicht nach links geneigten Nase, ihren Wangen. Die vollen, aber etwas unregelmäßig geformten Lippen. Wenn sie lächelte, kniff sie sie auf der rechten Seite einen Deut stärker zusammen.

Marley legte die Zigarette in den Ascher und nahm ihre Hände. Dann sagte er leise: »Man will mich umbringen, Angie. Im November. Der Würger rief gestern an.«

»Du hast sie ja nicht alle!«, entrüstete sich Angela und machte sich augenblicklich von ihm los. Ihre Hände flatterten wie kleine Vögel durch die Luft. »Damit treibt man keinen Spott!«

»Aber es ist wahr, verdammt!«

»Das ist doch absurd, Robert.« Sie blickte ihm tief in die Augen, suchte nach einer Finte. »Warum sollte er ausgerechnet dich auf dem Kieker haben?«

»Das ist ein Irrer.« Er nahm einen kräftigen Schluck *Badger*. »Solche Leute sind unberechenbar. Du weißt das doch.«

»Ich brauche erst mal was zu trinken«, murmelte Angela. Sie wandte sich mit erhobenem Arm zur Theke um, die Beine übereinandergeschlagen. »Hey, Albert! Ich hätte gern einen Pernod mit Cola.«

Albert nickte ihr zu. »Sofort fertig, Miss Robinson.«

Sie stand auf, um zu bezahlen.

Marley beobachtete derweil die beiden Touristen. Die junge Frau hatte einen Fotoapparat ausgepackt und schickte sich an, die Schaukästen zu fotografieren. Vor einem blieb sie jetzt stehen, die Kamera im Anschlag. Einen Schritt vorwärts, einen Schritt rückwärts. Kopfschüttelnd ließ sie die Kamera sinken, richtete ein paar Worte auf Dänisch oder Deutsch an ihren Begleiter, der wie ein genervter Regisseur auf seinem Stuhl hockte, ungeduldig mit den Schultern zuckte und sie mit einer gebieterischen Geste zum nächsten Schaukasten weiterschickte. Die junge Frau warf ihm zum Dank einen Kuss zu, und beide lachten. Auf dem Festland war die Welt also noch in Ordnung.

»Das Kleid steht dir nicht«, bemerkte Marley, als Angela wieder an den Tisch zurückkam und das Glas hinstellte.

»Danke.« Sie schaute mit säuerlicher Miene an sich herunter. »Das ist kein Kleid.«

»Was es auch ist, die Farbe ist scheußlich.«

»Nochmals danke.« Sie stieß einen riesigen Seufzer aus und setzte sich wieder. Ihre Augen tasteten ihn von oben bis unten ab. »Wenn du schlechter Laune bist …«

»Schlechter Laune?«, unterbrach er sie. »Ich bin nicht einfach schlechter Laune, Angie. Verflucht noch mal, ich habe eine Morddrohung erhalten!«

»Da wird sich jemand einen Spaß erlaubt haben, Robert«, versuchte sie ihn zu beruhigen. »Ich kann mir nicht vorstellen, dass der Würger ausgerechnet hinter dir her ist. Außerdem – woher soll er denn deine Telefonnummer haben, kannst du mir das verraten?«

Ein berechtigter Einwand, der nicht so leicht beiseitezuwischen war. Denn seit er erfolgreiche Bücher verfasste und regelmäßig in Talkshows auftreten musste, tauchte seine Nummer in keinem Telefonverzeichnis mehr auf. Nur seine Familie und die engsten Freunde kannten sie. Sogar seine Adresse hielt Marley geheim, und Fanpost wurde von Jermy, seinem Agenten in London, an ihn weitergeleitet. »Tatsache ist nun mal, er hat die Nummer.«

»Das ist lächerlich. Denn das würde ja bedeuten ...« Angela lachte heiser. Ein Schreckenslachen. »Es würde bedeuten, dass du den Würger kennst.«

Daran hatte Marley noch gar nicht gedacht. Hilflos blickte er in Angelas warme braune Augen und krächzte: »Du lieber Gott. Ich muss dringend mit Dotty sprechen.«

Und die spazierte in ebendiesem Moment zur Tür herein.

12

Richard Dadd war jener ungeheuerliche Gedanke, der ihm seither keine Ruhe mehr ließ, beim frühen Abendessen in einer Sandwich-Bar in der North Street gekommen, als er auf eine ältere Dame mit eisengrauen Haaren aufmerksam geworden war, die eine Tüte mit der Aufschrift *Barnes & Noble* bei sich getragen hatte. Jetzt saß der Reporter an seinem Platz im Großraumbüro des *Argus House* in der Crowhurst Road vor dem Computer und rief einen kurzen Artikel auf, den er selbst erst vor wenigen Wochen verfasst hatte.

»Frauenmörder kehrt nach 18 Jahren in die Freiheit zurück.«

War es wirklich ein Zufall, dass der Beginn der Mordserie in Brighton mit der Entlassung eines Mannes zusammenfiel, der vor achtzehn Jahren wegen eines ganz ähnlichen Delikts rechtskräftig verurteilt worden war? Die Parallelen zum Würger von Brighton waren in Dadds Augen erstaunlich: Es hatte Briefe gegeben und einen Mord. Soweit er sich erinnerte, war das Opfer damals ebenfalls erdrosselt worden und hatte nichts weiter am Leib getragen als ein Paar geringelter Söckchen.

Doch sein Computer – und auch die Recherche im Internet – gab nur ungenügende Informationen her. Wenn er sich alle Einzelheiten ins Gedächtnis rufen und wirklich gute Arbeit leisten wollte, musste er unbedingt an seine alten Unterlagen bei der *Sun* gelangen. Dort hatte er mit neunzehn als Redaktionsbote angefangen und war aufgrund seiner überragenden Leistungen geradezu kometenhaft aufgestiegen. Bereits 1982 hatte er, kaum einundzwanzigjährig, als Crime-Reporter für das Sensationsblatt über den Fall Barnes berichtet. Viele ältere Semester neideten ihm seine einstigen Erfolge. Darunter Kollegen, die ihn schon damals als Liebchen des Chefs bezeichnet hatten und ihn noch heute für ihre Entlassung verantwortlich machten. Dabei hatte er doch immer nur versucht, seine Arbeit ernst zu nehmen und ordentliche Resultate zu erzielen. Irgendwann hatte er diesen Druck nicht länger ausgehalten, seinen Abschied genommen und war zum *Argus* gegangen, wo die Uhren eine Spur langsamer tickten.

Dadd schlug sein Telefonregister auf und wählte eine Londoner Nummer.

Das Freizeichen ertönte, doch es verstrich eine ganze Zeit, bis jemand abhob und eine sympathische Frauenstimme sich meldete: »Sheila Stanley, *The Sun*.«

»Hi, Sheila, Richard Dadd am Apparat.«

»Richard …« Eine Pause. Er konnte das Rascheln der Papiere auf ihrem Schreibtisch hören und stellte sich lebhaft vor, wie sie hastig nach einer spiegelnden Fläche suchte, um den Sitz ihrer Frisur zu überprüfen. Dass sie diese Angewohnheit besaß, hatte Dadd festgestellt, als er sie einmal während eines Überraschungsbesuchs in ihrer Redaktion von einem der Nebenanschlüsse aus angerufen hatte. Irgendwo im Hintergrund klingelte unablässig ein Telefon. »Von dir habe ich ja seit einer Ewigkeit nichts gehört.« Ihre Stimme hatte einen etwas atemlosen Klang. »Wie geht es dir?«

»Gut, Sheila, danke. Wie läuft's mit dir und Sam?«

»Abserviert.«

Keine Frage, dachte Dadd amüsiert, wer da wen *abserviert* hatte. Sheila war das allseits begehrte Sonnenscheinchen vom Dienst. »Ich wollte mich schon längst mal bei dir gemeldet haben«, sagte er daraufhin.

»Ich glaub dir kein Wort. Du rufst doch nie ohne Grund hier an.«

»Ertappt. Hör zu, du musst mir einen Gefallen tun. Ich brauche kurzfristig ein paar Sachen aus dem Archiv.«

»Du weißt, dass ich das eigentlich nicht darf.«

»Lässt du dich auf ein Abendessen ein?«

Eine erneute Pause. »Hier in London?«

»Wo immer du willst.«

»Hm. Was für Sachen meinst du?«

»Kopien von Notizen, die ich für eine Reihe von Artikeln gemacht habe.«

»Ein bestimmter Fall?«

Dadd bestätigte dies. »Ein Mord in Suffolk. Liegt ungefähr achtzehn Jahre zurück. Du müsstest die Unterlagen entweder unter dem Stichwort *Barnes, Brian* oder *Camping-Killer* finden.«

»Achtzehn Jahre, sagst du?« Das war zweifellos lange vor ihrer Zeit. »Hat unser Wunderknabe die Artikel etwa als Schüler eingereicht?«

Dadd lachte. »Du schmeichelst mir, Sheila. Hast du es dir notiert?«

»Bin dabei. Und was soll ich tun, wenn ich sie gefunden habe?«

»Fax sie mir einfach.« Und er gab ihr die Nummer durch.

»Möglicherweise schaffe ich es heute nicht mehr«, sagte sie. »Könntest du dich bis morgen früh gedulden?«

»Ungern.«

»Na schön.« Ein Stoßseufzer. »Ich geb mir Mühe. Es könnte aber später werden«, fügte sie einschränkend hinzu.

»Das macht nichts. Das Beste wird sein, du faxt mir die Unterlagen gleich nach Hause. Die Nummer kennst du ja.«

»Zu Befehl, Mister Dadd«, schmunzelte sie.

»Danke dir.« Sheila war wirklich ein Goldkind, und das sagte er ihr auch. Denn kaum jemand sonst hätte sich für ihn diese Mühe gemacht. Seit seinem Ausscheiden stand er in der Redaktion der *Sun* nicht mehr besonders hoch im Kurs. »Du bist schon immer meine Lieblingskollegin gewesen.«

»Ha, ha. Was ist mit dem Abendessen, das du mir versprochen hast?«

»Ist dir Dienstagabend recht?«

»Das ist ja schon übermorgen«, meinte sie erstaunt. Anscheinend hatte Sheila nicht damit gerechnet, dass er sein Versprechen überhaupt einlösen würde.

Dadd lauschte einige stille Sekunden lang und meinte dann: »Wenn es dir ein andermal lieber ist …«

»Nein, nein. Dienstag ist okay.«

»Sagen wir acht Uhr? Ich hol dich ab.«
»Großartig.«
Das fand er auch. »Bis Dienstag also.« Und er hängte außerordentlich zufrieden den Hörer ein.

13

»Was?« Marley wollte seinen Ohren nicht trauen. Fassungslos starrte er seine Schwester an. »Du hast was?«

»Dich angerufen«, gab Dorothy kleinlaut zurück. »Ich war der Anrufer gestern Abend.«

»Na toll!« Er trank sein *Badger* in einem Zug aus und knallte das Glas auf den Tisch. »Was, zum Teufel, hast du dir bloß dabei gedacht?«

Angela Robinson saß geduckt zwischen den beiden Kontrahenten, und ihr Blick sprang in so rascher Folge zwischen den Parteien hin und her, als verfolge sie ein spannendes Tennismatch. Aus Sicherheitsgründen zog sie es vor zu schweigen. Sogar Albert hinter der Theke hatte den Kopf zwischen die Schultern geklemmt.

»Es tut mir wirklich leid, Robert. Ich …« Dorothy stockte und suchte nach einer halbwegs vernünftigen Erklärung. »Ich musste es einfach tun. Weil …«

»Weil du total verrückt bist«, schloss Marley. »Kannst du dir vorstellen, welche Todesängste ich ausgestanden habe?«

»Robert, es tut mir doch aufrichtig leid«, versicherte Dorothy und sah ihren Bruder um Verständnis heischend an. »Aber ich habe ein riesiges Problem.«

»Ja. Ganz offenkundig.«

Sie knirschte mit den Zähnen. »Und mit dem Anruf bei dir wollte ich mir Gewissheit verschaffen.«

»Darüber, ob du wirklich ein Problem hast?«, fragte Marley. »Darauf hätte ich dir auch so Brief und Siegel gegeben.«

»Hör mir doch wenigstens mal für einen Augenblick zu.« Sie hob Einhalt gebietend beide Hände, die Finger gespreizt. »In unserer Stadt geht ein Serientäter um, Robert. Es hat den Anschein, als rufe er seine Opfer an, als schreibe er ihnen, bevor er sie umbringt. Uns liegen mehr als dreihundert dieser Drohanrufe vor. Doch merkwürdigerweise hat keines der späteren Opfer wegen eines solchen Anrufs Anzeige erstattet. Ich wollte mit dem kleinen Experiment einfach beweisen, dass sich jeder, der auf diese Weise bedroht worden wäre, aus lauter Angst unverzüglich an die Polizei gewandt hätte.«

»Was dir ja wunderbar gelungen ist.« Marley schüttelte verständnislos den Kopf. »Dir ist doch klar, dass ich nie wieder einen 31. November werde verleben können, ohne an den Würger zu denken?«

»Musst du auch nicht«, sagte sie. »Du wirst überhaupt keinen 31. November mehr erleben.«

Marley lächelte schwach, auch wenn ihm sein Herz vor Kummer bleischwer wurde. »Du bist wirklich verrückt, Dotty.« Und, so traurig es war, er zweifelte nicht daran, dass sie seine Schwester über kurz oder lang aus dem Polizeidienst entfernen würden.

Dorothy schien zu ahnen, was er dachte. »Ich bin nicht durchgedreht, wenn du das glaubst«, sagte sie. »Du wirst den Tag nicht erleben, Bruderherz, weil du ihn nämlich noch nie erlebt hast. Einen 31. November gibt es nicht.«

»Oh!« Und sein Lächeln wurde merklich milder und breiter, als er nun die Monate an den Knöcheln seiner Hände abzählte. Angela brach bei diesem kindlichen Anblick in schallendes Gelächter aus. Es war ein befreiendes, ansteckendes Lachen, und Marley musste über sich selbst und seinen Mangel an Scharfsinn grinsen. Ein Tag, der in keinem Kalender verzeichnet war, eine Stimme, die ihn an seine Mutter erinnert hatte … Zugegeben – für einen Krimiautor war er nicht gerade auf Zack gewesen. »Du hast definitiv 'ne kolossale Schraube locker, Dotty«, sagte er.

Dorothy sah ihn mit Hundeblick an. »Verziehen?«

»Verziehen«, grummelte Marley, noch immer grinsend, und knuffte sie in gespielter Wut mit ausgestrecktem Zeigefinger in die Seite. »Aber ich kann beim besten Willen nicht begreifen, was Mama meint, wenn sie ständig sagt, von dir könne ich mir noch eine Scheibe abschneiden.«

Oder etwa doch? Das Szenario eines neuen Romans tauchte schlagartig und ungefragt vor seinem geistigen Auge auf, wie ein lange vergessener Traum. Klar und deutlich sah er den verschlossenen, aber hilfsbereiten Nachbarsjungen vor sich, wie der, von niemandem verdächtigt, seine blutige Spur durch den Süden Englands und Marleys Buchseiten zog. Und nur weil Roger (so taufte er spontan den etwas dicklichen Jungen, der bei der Mannschaftsaufstellung im Sportunterricht immer als Letzter übrig blieb und von Jungen wie Mädchen gleichermaßen gehänselt wurde) an einer bislang unerkannten psychischen Störung litt, infolge derer er jede Floskel tatsächlich wörtlich nahm: *»Dieser Thomas wird noch an seiner Faulheit ersticken!« – »Immer will er mit dem Kopf durch die Wand, der ungezogene Bengel!« – »Von deiner Schwester solltest du dir eine Scheibe abschneiden, Roger. Das solltest du wirklich …«*

Albert Halls plötzliches Erscheinen brachte Marley halbwegs in die Wirklichkeit zurück.

Albert hatte ein Tablett in der Hand und hielt ihm und Dorothy nun je ein kleines Glas unter die Nase. Zwei weitere stellte er auf den Tisch. Die Gläser, welche er Dorothy und Marley gereicht hatte, enthielten scheinbar klares Wasser, während in den beiden anderen eine trübe, gelbe Flüssigkeit gegen den Rand schwappte.

»Was ist das?«, fragte Dorothy.

»Ein Freundschaftstrunk auf Kosten des Hauses. Bevor sich die Geschwister hier gegenseitig den Schädel einschlagen. Man nennt es *Leben & Tod*«, erklärte der Wirt. »Es wird Ihnen hoffentlich helfen, Ihre Streitereien zu begraben.«

»Und woraus besteht es?«, wollte Angela wissen, nachdem sie daran gerochen hatte. »Das Zeug riecht nach nichts.«

»Wodka mit Salz und Pfeffer und Honigwein«, sagte Albert mit einem freundlichen Lächeln. »Das Rezept hat mir ein Pole verraten. Sie müssen zuerst den Wodka trinken – symbolisch für Ihren Streit – und sich anschließend mit dem Honigwein füttern, um ihm die Schärfe zu nehmen.«

Sie taten, wie ihnen befohlen, flößten sich die Flüssigkeiten gegenseitig ein. Und irgendwie war ihnen nachher tatsächlich wohler.

»Ich hab dich lieb, kleiner Bruder«, sagte Dorothy. »Was ich getan habe, tut mir wirklich schrecklich leid.«

Marley streckte die Hand aus und zerzauste liebevoll ihr langweiliges glattes Haar. »Ich hab dich auch lieb, du verrückte Nudel. Aber du hast mir eine verdammte Heidenangst eingejagt.«

Albert grinste breit, als er die beiden friedlichen Gesichter betrachtete. Er sammelte die Gläser ein und kehrte zum Tresen zurück.

»Ich hab mich nur gefragt«, sagte Dorothy, »weshalb die drei Frauen – immer angenommen, sie wurden tatsächlich bedroht – nicht zur Polizei gegangen sind.«

»Dass sie bedroht wurden, steht doch wohl außer Zweifel, Dotty«, bemerkte Marley. »Was ist mit all den Anrufen, den Briefen?«

»Ich bin mir nicht mehr so sicher. Diese Drohungen könnten auch Finten sein, um von den eigentlichen Morden abzulenken. Was für einen Grund sollte der Würger haben, seine Morde vorher anzukündigen? Die Gefahr, dass sich jemand an die Polizei wendet, ist doch viel zu groß.«

»Wie du selbst gesagt hast«, gab ihr Bruder zu bedenken, »ist es euch bei der Vielzahl der Drohanrufe gar nicht mehr möglich, alle zu schützen, die sich bei euch melden.«

»Nein, darum geht es nicht«, sagte Dorothy. »Der Punkt ist: Keine der Frauen, die er schließlich tötete, hat sich gemeldet. Nicht eine von ihnen! Verstehst du?«

Marley verstand sehr wohl. »Du glaubst …«

»Sie erhielten einen solchen Anruf niemals«, beendete Dorothy den Satz für ihn. »Wie soll man sich diese Passivität anders erklären?«

Marley fragte: »Und was ist mit den Kuverts, die ihr in ihren Wohnungen gefunden habt?«

»Dafür habe ich leider noch keine Erklärung«, gestand sie. »Obwohl ich lange darüber nachgedacht habe.«

Angela drehte ihr Pernodglas zwischen den Händen und meinte schüchtern: »Es mag albern klingen, aber was ist, wenn der Würger sie erst nach der Tat in den Wohnungen der Frauen platziert hat?«

Dorothy runzelte skeptisch die Stirn. »Und weshalb sollte er das getan haben?«

»Um den Anschein zu erwecken, ihnen sei ihr Tod angekündigt worden, natürlich.«

»Keine schlechte Idee«, überlegte Marley. »In einem Roman würde es funktionieren.« Und er fügte hinzu: »Da er die Opfer beinahe nackt zurücklässt, könnte es doch durchaus sein, dass er ihre Schlüssel an sich nimmt, sich nach der Tat Zugang zu ihrer Wohnung verschafft und die Umschläge hinterlässt. Ist das so abwegig? Habt ihr die Wohnungsschlüssel der Frauen denn gefunden?«

»Haben wir tatsächlich. Und da zerbricht eure niedliche, kleine Theorie. Im ersten Fall hing der Wohnungsschlüssel an einem Nagel im Korridor, wo er, nach Aussage sämtlicher Freunde der Toten, immer gehangen hatte, und …«

»Dotty!« Marley sah seine Schwester an, als habe diese den Verstand verloren. Der Kriminalschriftsteller hatte anscheinend zu seiner alten Form zurückgefunden. »Wenn der Schlüssel, nachdem sie das Haus verlassen hatte, dort nach wie vor hing, wie hätte die Dame …«

»Christine Gordon«, warf Dorothy ein.

»Okay. Wie hätte Mrs. Gordon nach ihrem Spaziergang später zurück in ihre Wohnung gelangen sollen?«

»Menschen sind vergesslich. Höchstwahrscheinlich war sie in Gedanken ganz woanders und zog einfach die Tür hinter sich zu, ohne an den Schlüssel zu denken.«

»Na schön.« Das war eine Möglichkeit. »Und was ist mit den beiden anderen Frauen?«

»Im Fall von Opfer Nummer zwei, Margaret Penhalligan, fand Cloud die Schlüssel auf dem Küchentisch.«

»War die Wohnungstür denn abgesperrt?«, fragte Marley.

»Das kann ich nicht mit Sicherheit sagen«, gab Dorothy zu. »Sie musste jedenfalls aufgebrochen werden.«

»Und im letzten Fall?«

»Haben wir das noch nicht überprüft, Robert.« Dorothy klang jetzt ziemlich gereizt, und in ihren Ton hatte sich eine Spur Sarkasmus geschlichen, als sie sagte: »In einem deiner Romane würde sich bestimmt ihre Mitbewohnerin als brutaler Killer entpuppen, darauf verwette ich meinen Kopf.«

»Sie hatte eine Mitbewohnerin?« Marley spielte diese Möglichkeit in Gedanken durch. Ein Mann, zwei Frauen. Und die eifersüchtige Freundin tötet zwei wildfremde Menschen, nur um vom eigentlichen Verbrechen, dem Mord an Rosalind Cotton, abzulenken. Der Film *»Weiblich, ledig, jung sucht …«* kam ihm in den Sinn. Ein Szenario, das ihm einleuchtete.

»Vergiss es, Robert. Die Kleine ist erst vierzehn.«

Weiblich, ledig, sehr, sehr jung sucht … Marley schüttelte, vor Enttäuschung schnaufend, den Kopf. »Du widerlegst andauernd deine eigenen Theorien, Dotty. Demnach müssen die Frauen sehr wohl gewusst haben, dass sie sterben würden.«

»Und was ist«, meldete Angela sich erneut zögerlich zu Wort, »wenn die Opfer glaubten, sich bereits an die Polizei gewandt zu haben, nachdem sie die Briefe erhalten hatten?«

»Was willst du damit andeuten?«, fragte Dorothy.

»Na ja, jemand könnte sich doch als Polizist ausgegeben haben.« Angela trank ihren Pernod wie ein kleiner Vogel. »Der Würger könnte den Frauen die Umschläge zugeschickt und sich ihnen dann als Polizist vorgestellt haben. Er überzeugt sie davon, dass er alles in seiner Macht Stehende unternehmen wird, um den Absender dingfest zu machen, und sie keine Angst mehr haben müssen. Dann …«

»Dann was?«

»Na, dann lockt er sie unter irgendeinem Vorwand dorthin, wo er sie haben will, und tötet sie. Das Schöne ist: Die Frauen wiegen sich die ganze Zeit über in Sicherheit.«

»Das ist ja großartig!«, rief Marley staunend aus. »Für den Plot eines Buches wäre das ein geradezu genialer Gedanke. Mein neuester Thriller steckt in einer schlimmen Krise. Du solltest meine Co-Autorin werden, Angie.«

Angela errötete, nickte und kicherte. »Liegt doch irgendwie auf der Hand, oder nicht? Wer wäre denn noch weniger verdächtig als jemand, der sich als Polizist ausgibt?«

»Klarer Fall«, sagte Marley grinsend und bestellte ein weiteres *Badger Bitter*. »Ein *echter* Polizist natürlich.«

14

Um fünf Minuten vor einundzwanzig Uhr lag Richard Parsons Dadd, der Reporter des *Evening Argus*, in dem alten, abgewetzten Ohrensessel, den seine Großmutter ihm vermacht hatte, im Halbdunkel seiner Wohnung und sah zufrieden den weiß schimmernden Papierschlangen zu, die seit fünfzehn Minuten aus dem Faxgerät neben dem Telefon auf den Boden quollen. Als die Übertragung nach einer kleinen Ewigkeit beendet war, stand er auf und warf einen Blick auf die letzte Seite in seinen Händen.

Bis Dienstag, Sheila!, hatte sie handschriftlich unter die Kopie einer Adressenliste geschrieben.

Bis Dienstag, dachte er. Dadd riss das Thermopapier ab, faltete es ordentlich zusammen und ging damit zum Schreibtisch, einem klobigen, glänzenden Möbelstück, das vor dem Wohnzimmerfenster stand. Dort nahm er Platz und begann konzentriert zu lesen. Draußen auf der Kings Road wanderten noch vereinzelte Schatten über die Gehsteige dahin, namenlose Gestalten auf dem Weg in ihr warmes Zuhause.

Eine Stunde später knipste Dadd die Lampe an seinem Schreibtisch aus, ging in den Korridor, wo er sich seinen Mantel überstreifte und den Hut aufsetzte. Dann trat er in den kalten Hausflur hinaus.

An einem so fruchtbaren Abend wie diesem konnte ein Spaziergang am Wasser nicht schaden, fand er, während er die Wohnungstür geräuschlos hinter sich zuzog und die Treppe hinunterging. Es war ein außerordentlich befriedigender Tag gewesen. Ein Tag, der ihn der Vergangenheit und möglicherweise auch der Wahrheit ein Stückchen nähergebracht hatte.

Morgen – eventuell noch heute Abend, wenn er nicht zu spät zurückkam – würde er Dorothy Marley anrufen. Denn wenn seine Theorie stimmte und er ihr ein oder zwei Hinweise geben könnte, die ihr weiterhalfen (*Nicht zu viele natürlich, Daddy. Sonst bist du am Ende schneller wieder abgemeldet, als du bis drei zählen kannst*), würde sie sich ihm gegenüber vielleicht ein wenig zugänglicher zeigen.

Und während er Stufe für Stufe nach unten nahm, drang er in Gedanken tiefer und tiefer in die Vergangenheit vor. Er dachte an Brian Barnes, an das eingedrückte Zelt auf der Lichtung im Wald, dachte an die schöne bleiche Tote mit dem tiefschwarzen Haar, die er vor so vielen Jahren gesehen hatte.

Und an Long Weldon, jenen kleinen Ort in Suffolk, wo im Winter niemals Schnee fiel und im Sommer die Mücken tanzten …

15

Im *Jury's Out* war das Gespräch unterdessen auf die zähneklappernde Mrs. Ellison gekommen. Nach einem weiteren *Bitter* hatte Dorothy Angela und ihrem Bruder das erquickende Gespräch vom Nachmittag in allen Einzelheiten geschildert.

»Und wie stünden die Chancen bei einer Gegenüberstellung?«, fragte Angela, die nach dem Genuss ihres vierten oder fünften Pernod sprach, als habe sie einen ganzen Beutel Kosmetikwatte verschluckt. »Würde sie den Mann denn wiedererkennen?«

»Das bezweifle ich sehr. Mrs. Ellisons Aussage zufolge war er durch den Schal ja total vermummt.«

»Dann hat uns diese Spur also nicht einen Schritt weitergebracht, was?«

»Oh, so würde ich es nicht ausdrücken«, entgegnete Dorothy, die nebenher Albert winkte und ihm zurief, er möge ihr bitte eine Cola bringen. »Wir wissen jetzt immerhin, dass jene sternförmige Spur, die Cloud in dieser Damentoilette fand, nicht von Rosalind Cottons strampelnden Füßen verursacht wurde. Und auch die beiden parallelen Spuren neben der Toilettenschüssel können nicht so zustande gekommen sein, wie wir uns das zunächst dachten.«

Marley steckte sich eine neue Zigarette an und fragte: »Du meinst, sie stammen von den Schuhen des Mörders?«

»Oder den Rädern des Rollstuhls«, sagte Dorothy. »Ganz sicher bin ich mir auch da noch nicht. Viel interessanter ist allerdings, was Mrs. Ellison über den vermeintlichen Täter sagte.«

»Und das wäre?« Angela nahm die Cola von Albert entgegen und stellte sie Dorothy hin.

»Danke sehr. Es war sein Gang, der ihr auffiel. Er kam ihr ausgesprochen merkwürdig vor.«

»Ein Gehfehler?«, warf Marley ein, während Albert wieder entschwand, diskret wie ein Geist. »Wenn er eine Behinderung hatte und der Frau dadurch hilfsbedürftig oder einfach als ein Leidensgenosse erschien, könnte ihm das geholfen haben, sie in die Toilette zu locken.«

»Genau das dachte ich zuerst auch. Aber das war es wohl nicht. Mrs. Ellison tat die Möglichkeit einer Behinderung nämlich ausdrücklich ab. In ihren Augen war es kein Hinken oder dergleichen.«

»Wahrscheinlich besoffen.« Angela grinste wie ein Honigkuchenpferd.

»Sie nannte seine Art zu gehen *falsch*«, erklärte Dorothy. »Sie verglich sie vielmehr mit den Bewegungen eines Schauspielers.«

»Da komme ich nicht mehr mit«, gab Angela zu. »War es denn jemand, der eine Behinderung vortäuschte?«

Dorothy nickte. »Schon möglich. Um es mit Mrs. Ellisons Worten auszudrücken, es war etwas ausgesprochen *Künstliches* an seinen Bewegungen.«

»Sieh mal an«, entfuhr es Angela. »Erinnert mich irgendwie an Peter Finn.«

Du liebe Güte – Paulas Eltern. Die hätte Dorothy beinahe vergessen. »Na los, erzähl mal – was haben die Finns für einen Eindruck auf dich gemacht?«

Angela verdrehte entnervt die Augen, soweit der Alkohol dies nicht bereits getan hatte. »Gott sei Dank habe ich nur ihn kennen gelernt. Professor für angewandte Mathematik oder so was. Maßgeschneiderte Klamotten, Haus und Mobiliar – alles vom Feinsten. Einen so gelackten Burschen habe ich selten gesehen. Der war so künstlich wie die Fassade des Grand Hotels.« Eine tiefe, senkrechte Falte entstand auf ihrer Stirn. »Ehrlich gesagt, kann ich das Mädchen bestens verstehen. Von elterlicher Liebe war bei ihm nämlich nicht viel zu spüren. Als Paula ihm von Rosalinds Tod erzählte, nahm er sich nicht mal die Zeit, seine Tochter zu trösten. Er schien eher erleichtert darüber zu sein. Sagte nur: ›Ach Gott, wie traurig‹ und irgendwas von wegen, dann hätte die Rumtreiberei ja nun ein Ende, und ging zur Tagesordnung über.«

»Was ist mit der Mutter?«

»Mr. Finn hat mir erzählt, sie hätte geschäftlich in London zu tun.« Angela wiegte affektiert die Schultern hin und her und näselte: »Ein Dutzend neue Handtäschchen kaufen, nehme ich an. Oder was ähnlich Wichtiges erledigen.«

»Ich denke, wir sollten der glücklichen Familie mal ein wenig auf den Zahn fühlen.«

»Ja, das könnte nicht schaden.«

»Ich kümmere mich morgen darum«, sagte Dorothy, die ihr halbvolles Glas von sich schob und aufstand, als Albert Hall jetzt zur letzten Bestellung des Abends rief. »Ich fahr nach Hause, Leute. Soll ich euch mitnehmen?«

»Her habe ich den Bus genommen. Also, wenn es dir keine Umstände macht, würde ich gerne mitfahren.«

»Überhaupt keine, Angie. Liegt doch auf dem Weg. Und was ist mit dir, Bruderherz?«

»Vielen Dank«, sagte Marley, der, sein unvollendetes Manuskript im Hinterkopf und die immer nachhaltiger drängelnde Stimme seines Agenten im Ohr, ein weiteres *Badger* und einen Beutel gesalzene Erdnüsse orderte. »Ich glaube, ich bleibe noch ein bisschen hier und lasse mir ein oder zwei wirklich scheußliche Morde einfallen, während ich Albert beim Spülen zusehe.«

»Na dann – gute Nacht.«

Draußen zuckten die ersten Blitze über den wolkenschweren Himmel.

16

Heute fühlte er sich wesentlich schlechter als sonst, und daran war allein dieses Punk-Mädchen schuld. (Nach zwei Stunden auf dem Speicher war er zu dieser Erkenntnis gelangt.) Es hatte ihn nach anfänglichen Erfolgen wieder vollkommen aus der Bahn geworfen. Zwar glaubte er nicht, dass sie wirklich etwas über ihn und seine Lebensumstände wusste, doch ihre gefühllosen Andeutungen hatten ihn zutiefst verletzt.

Aufrecht im Bett sitzend und ein Kissen im Rücken, vergrub er sein Gesicht in den Händen, rieb sich die Augen und hoffte inständig, wenigstens heute Nacht einmal durchschlafen zu können.

Boscombe, sein Therapeut, hatte ihm versichert, die Träume würden verschwinden, sobald er die Kraft aufbrächte, über jene Nacht zu sprechen, sich der Wahrheit endlich zu stellen und sich seine Schuld einzugestehen. Doch davon war er meilenweit entfernt; da konnte Boscombe reden, so viel er wollte.

Ihm fielen die Augen zu.

Ich muss Sie darum bitten, Pete, sagte der Mann im weißen Kittel, der ihn hinunter in den eisigen, farblosen Raum im Keller des Krankenhauses geführt hatte. Die gekachelten Wände machten ihm Angst. Sie schienen von Sekunde zu Sekunde näher zusammenzurücken. Vor einem matten, chromglänzenden Schubfach mit der Nummer 201-W blieb der Mann stehen und zog es heraus. Dampf stieg wie kondensierender Atem von dem grauen Leichensack auf, der darin lag. Der harte Kunststoff knisterte wie eine brüchige Zeltplane, als der Mann im Kittel den Reißverschluss des Sacks öffnete und die nackte Frauenleiche darin bloßlegte. Renees Körper war bleich und schön, ihre ehemals gebräunte Haut von einer ihm unbekannten, bronzenen Blässe überzogen. Nur die dunklen Ringe unter ihren Augen und die blutunterlaufenen Strangulationsmarken an ihrem Hals ließen auf die Art ihres Todes schließen.

Das fällt schwer, nicht wahr?

Er nickte.

Können Sie Angaben zu dem Vorfall machen, Pete?

Ein geflüstertes Nein.

Wo waren Sie, als es passierte?

SO SAG DOCH DIE WAHRHEIT, PETE!

Ich weiß es nicht. Ich war bewusstlos.

Sie hatten keine Möglichkeit, ihr zu helfen?

Eine einzelne blutige Träne rann aus dem linken Augenwinkel über ihre Wange und tropfte wie in Zeitlupe in die graue Kunststoffhülle, ehe Renee plötzlich die Augen aufschlug und er in die schwarze Leere ihrer geweiteten Pupillen blickte.

Ich war bewusstlos, sagte er. Seine Stimme klang, als habe er Helium inhaliert, und seine Blase war zum Bersten gefüllt.

Renees eingefallene Lippen formten stumme Worte, und als sie sich plötzlich ruckartig aufrichtete und mit ihren kalten Fingern seine Wange streifte, da begann er zu schreien. Laut und durchdringend wie beinahe jede Nacht.

Und noch während er sich in den Laken seines Bettes wie ein Embryo zusammenrollte, spürte er die warme Feuchte seines eigenen Urins zwischen den Beinen und begann verzweifelt zu schluchzen …

Erst viele Stunden später war er in der Lage aufzustehen. Er duschte sich und kleidete sich an.

17

Im *Rat & Candle*, einem schmucklosen Arbeiterpub in einer der heruntergekommensten Gegenden Rottingdeans, war der Begriff *Sperrstunde* allem Anschein nach ein Fremdwort.

Noch um halb eins dröhnte laute Musik aus den versteckt angebrachten Boxen der Stereoanlage, und gut zwei Dutzend Besucher drängten sich in der von blauem Zigarettenrauch geschwängerten Atmosphäre an den Tischen und der Theke. Im Nebenraum spielte eine Gruppe Jugendlicher Billard. So wütend, wie sie sich anbrüllten, erwartete man fast, sie würden sich bei nächster Gelegenheit mit ihren Queues gegenseitig die Schädel einschlagen.

Sean Curtis war bereits am späten Nachmittag hierhergekommen. Nach dem Besuch der beiden Polizisten hatte er es zu Hause einfach nicht mehr ausgehalten. Seit Stunden saß er nun schon auf einem der abgewetzten runden Barhocker an der Theke, sein drittes Glas Bier noch immer halb voll vor sich, und war von einer ungeheuren, beinahe greifbaren Leere erfüllt. Rosie war fort – weit und endgültig. Die schreckliche Erkenntnis, nie wieder den Klang ihrer Stimme und ihr manchmal etwas übertrieben lautes Lachen zu hören – etwas, mit dem er sie oft aufgezogen hatte, weil es ihn entfernt an das Geschrei von Pavianbabys erinnerte –, war so unerwartet über ihn gekommen, dass es ihm für eine Ewigkeit die Luft zum Atmen geraubt hatte. Denn ihre Stimme für immer verstummt zu wissen, hatte ein Gefühl erzeugt, so kalt und schneidend, als seien seine Adern mit Eiswasser gefüllt.

Lange hatte er darüber nachgedacht, ob nicht alles anders gekommen wäre, wenn er sie an jenem Abend wie vereinbart angerufen hätte, statt aus Frust über ihren letzten Streit die Spätschicht für Paul, einen jüngeren Kollegen, zu übernehmen, dessen Frau während der letzten Nacht in den Wehen gelegen hatte. Rose war gegen halb elf gestorben – um 23.58 Uhr war Paul Vater geworden.

Warum war Rose nur allein zur Promenade gefahren? Was

konnte sie bloß dazu bewogen haben? Es war so gar nicht ihre Art. Vielleicht war er an allem schuld.

Im Laufe des Abends hatte das Gewitter eingesetzt. Jetzt trommelte der Regen schon seit mehreren Stunden gegen die Fensterscheiben.

Gegen sechs hatte sich Albert Wells, einer der älteren Müllwerker, die die Firma vor einem Jahr in den vorzeitigen Ruhestand geschickt hatte, zu ihm gesellt. Mit Al ließ es sich reden. Der war okay. Zumal er nicht andauernd schmerzhafte Fragen stellte, sondern sich darauf beschränkte, einem einfach nur zuzuhören.

»Ich kann das alles beim besten Willen nicht begreifen, Al«, wiederholte Curtis zum sicherlich hundertsten Mal an diesem Abend. »Warum ausgerechnet sie?«

»Schwer, Junge«, murmelte Al. »Das weiß nur Gott allein.«

Curtis schnippte mit den Fingern gegen den Rand seines Glases. »Ich scheiße auf einen Gott, der das geschehen lässt.« Ein Fluch, der völlig kraftlos und resigniert über seine Lippen kam.

»Sag das nicht, Sean. Sag nicht solches Zeug. Da kommt nichts Gutes von.«

Was sollte denn wohl noch Schlimmeres kommen, dachte er verzweifelt und deutete ein Kopfschütteln an. Und er fragte sich allen Ernstes, was das wohl für ein zynischer Gott sein mochte, der Rose zunächst einen schweren Unfall überleben ließ und sie dann ein halbes Jahr später einem Mörder in die Hände spielte?

Das war so sinnlos.

Ohne Rosie kam ihm die ganze Stadt wie eine mächtige Ansammlung seelenloser, grauer Bauklötze und Mauern vor; steril und bar jeglicher Farbe. Wenn er jetzt, wo ihm alles an ihr und all das, was sie gemeinsam erlebt hatten, noch in unverfälschter Frische gegenwärtig war, nicht wenigstens einen Teil von ihr festhielt, würde er Rosie irgendwann ganz an das Vergessen verlieren.

Er sah Al an und fragte: »Meinst du, ich sollte versuchen, ihre Eltern zu sehen? Ich meine – die kennen mich ja nicht mal.« Eine Pause. Und dann: »Ach, das ist idiotisch, was?«

Al schob sich, die buschigen, grauen Augenbrauen zusammengezogen, eine selbst gedrehte Zigarette zwischen die Lippen, vergaß aber vor lauter Nachdenken, sie anzuzünden. »Tja, kommt drauf an«, sagte er schließlich. »Aber ich würd's machen, denk ich.« Und er nickte mit Nachdruck. »Klar, ich würd's machen, wenn ich du wäre. Sie war doch deine Kleine, oder?«

Curtis nickte.

»Na, also.«

Wenn er es recht bedachte, war es nicht viel, was ihm von Rosie bleiben würde, wenn die Polizei erst einmal ihren Leichnam zur Bestattung freigab und die Angehörigen kämen, um ihren Haushalt aufzulösen; nur ein paar Schnappschüsse vielleicht, das kleine keltische Kreuz aus geschwärztem Silber, das sie ihm letztes Jahr aus Cornwall mitgebracht hatte – und seine Erinnerungen natürlich.

Schon das allein war Grund genug, ihre Eltern aufzusuchen – Menschen, die er nie kennen gelernt und von denen Rosie stets nur als »ihre rechtschaffenen alten Leute« gesprochen hatte.

Er ließ sein Feuerzeug aufschnappen und hielt Al die Flamme hin, ehe er sich selbst eine verknitterte *John Players* ansteckte und sagte: »Du hast recht. Ich mach's. Ich fahr hin.«

»Gute Entscheidung«, stimmte Al ihm zu, indem er

schnaufend von seinem Barhocker rutschte. »Das Beste, was du machen kannst, Junge. Und ich geh derweil mal nachsehen, wie's um ›Big Al‹ steht.« Und damit verschwand er hinkend in Richtung Toilette.

Curtis fragte sich, wie Rosies Eltern wohl reagieren mochten, wenn er unangekündigt bei ihnen auftauchte. War es vielleicht besser, sie vorher anzurufen? Er war sich nicht sicher.

Plötzlich wurde ihm klar, dass sie höchstwahrscheinlich nicht einmal wussten, dass es ihn überhaupt gab. Rosie hatte ihn ihren Eltern nie vorgestellt. Auch konnte er sich nicht daran erinnern, dass je sein Name gefallen war, wenn sie in seinem Beisein mit ihnen telefoniert hatte. Sicherlich, dachte er jetzt, hätte er wohl nicht ganz deren Vorstellung von einem adäquaten Schwiegersohn entsprochen, und Rosie war aus diesem Grund einem Zusammentreffen mit ihnen aus dem Weg gegangen. Denn jene »rechtschaffenen alten Leute« konnten schließlich alles sein – von pensionierten Beamten bis hin zum tiefgläubigen Pastorenehepaar. Er würde sich wohl einfach überraschen lassen müssen. Allerdings hatte er keine Ahnung, wo genau sie eigentlich lebten; er kannte nur Rosies lakonische Auskunft »irgendwo in Suffolk«.

Ob diese rothaarige Polizistin die Adresse kannte?

Vermutlich. Denn schließlich gehörte es zu den Aufgaben der Polizei, die nächsten Verwandten zu benachrichtigen. Aber würde man ihm die Adresse geben?

Die einzige andere Möglichkeit, die ihm einfiel, war, Paula danach zu fragen. Die hatte sie bestimmt. Aber das Mädchen war ihm, milde ausgedrückt, nicht sonderlich wohlgesinnt. Die Kleine hasste ihn sogar – eine Tatsache, an der sich kaum rütteln ließ. Und dabei wusste er nicht einmal, warum. Doch jedes Mal, wenn er auf sie traf, warf sie ihm die abscheulichsten Schimpfwörter an den Kopf. Woher dieser Hass eigentlich rührte, war ihm unbegreiflich – vermutlich hatte es schon genügt, dass er überhaupt existierte, um bei ihr in Ungnade zu fallen. Und jeder Versuch seinerseits, ihr Vertrauen zu gewinnen, war auf Granit gestoßen.

Er verstand Paula nicht. Zunächst hatte er angenommen, es könne eine Art von Eifersucht sein, die ihre Ablehnung ihm gegenüber nährte, die vollkommen unbegründete Angst, Rosie an ihn zu verlieren. Aber diese Erklärung hatte er sehr bald verworfen. Denn auch, wenn sie Rose allem Anschein nach ins Herz geschlossen hatte und sogar eine gute Freundin in ihr sah, bezweifelte er doch, dass das Mädchen tatsächlich zu tieferen Gefühlen imstande sei. So, wie er es sah, gab es in Paulas Leben nicht vieles, was sie mehr liebte als ihren Computer. Sie verbrachte ganze Tage und Nächte damit, im Internet zu surfen und – davon ging er aus – die Regierungen dieser Welt mit selbst programmierten Viren zu malträtieren. Noch immer war er der Überzeugung, dass der Urheber des »I LOVE YOU«-Virus, der dem FBI und Scotland Yard vor ein oder zwei Jahren so viel Kopfzerbrechen bereitet hatte, ganz sicher nicht auf den Philippinen zu suchen war. Er dagegen stand mit Computern auf Kriegsfuß und hatte in seinem ganzen Leben noch nicht eine E-Mail verschickt; möglicherweise hielt Paula ihn daher für einen kompletten Idioten.

Eine schlanke, kühle Hand mit langen, schwarz lackierten Nägeln legte sich ihm von hinten auf die Schulter, und er schreckte aus seinen Gedanken hoch.

Curtis kannte die zu der Hand gehörende Frau nur allzu gut.

»Hey, Sean.« Cathleen Hope, vierunddreißig, ledig und so offenkundig auf Männerfang, dass es ihn anekelte, schwang sich auf Als verlassenen Barhocker, stellte ein Cocktailglas vor sich hin und schlug die Beine übereinander.

Die hatte ihm gerade noch gefehlt. Curtis versuchte, sie zu ignorieren.

Was Frauen betraf, hielt er es mit Alfred Hitchcock: Weibern, denen das Wort SEX in leuchtend roten Lettern auf die Stirn geschrieben zu stehen schien, übten nicht den geringsten Reiz auf ihn aus; im Gegenteil – sie stießen ihn ab. Und Cathleen, die seit Rosies Unfall immer wieder hartnäckig versucht hatte, ihn herumzukriegen, wirkte in ihrem kurzen Mini und dem viel zu engen, bauchfreien Top, das ihren mächtigen Brüsten kaum genug Platz bot, wie eine ganze Werbetafel für billigen Sex.

Mit wippender Fußspitze saß sie da und blinzelte ihn an. Vergeblich wartete sie auf eine Reaktion von ihm. Nach einer ganzen Weile meinte sie dann: »Hab von der Sache mit deiner Süßen gehört.« Sie lächelte schwach mit heruntergezogenen Mundwinkeln. Der missglückte Versuch einer schlechten Schauspielerin, Mitgefühl zu heucheln. »Tut mir echt leid.«

Er seufzte leise und fragte sich, wo zum Teufel Al nur steckte? Aber der war entweder auf der Toilette eingeschlafen oder hatte – was wahrscheinlicher war – eine der Fünf-Pfund-Schwalben aufgegabelt, die im dunklen Hof des Pubs ihren lieblosen Geschäften nachgingen. Jedenfalls war er nirgends zu sehen.

Als Curtis noch immer nicht reagierte, änderte Cathleen ihre Taktik. »Hab's am Nachmittag im *Argus* gelesen, Süßer«, sagte sie in süffisantem Ton. »Also tu nicht so, als sei nichts passiert.« Die Worte schienen ihr wie Karamelltoffees auf der Zunge zu zergehen. »Sie schreiben, der Würger habe deine Rose erwischt.«

Er konnte nicht glauben, dass sie das eben wirklich von

sich gegeben hatte – selbst ein Toaster besaß mehr Mitgefühl. Seine Reaktion bestand lediglich aus einem hilflosen Kopfschütteln, und er spürte, wie ihm erneut die Tränen heiß in die Augen stiegen.

»So spielt das Leben nun mal«, fuhr Cathleen fort, den Kopf zur Seite geneigt. »Und trotzdem geht es weiter.« Ihre schlanken Hände glitten über seine rechte Schulter und kletterten wie Schlingpflanzen an seinem Hals hinauf. Doch er spürte sie kaum. »Du musst wieder auf andere Gedanken kommen, Sean. Du brauchst jetzt jemanden, um Abstand von der ganzen Sache zu kriegen.«

Den einzigen Abstand, den er brauchte (ein, zwei Lichtjahre am besten), war der zu ihr. Er ergriff ihre Handgelenke und drückte sie mit sanfter Gewalt auf die polierte Holzfläche der Theke.

»Hey, Cathy!«, rief in diesem Moment ein angetrunkener Mann mit erhobenem Glas vom jenseitigen Ende der Theke zu ihr herüber. Sein angegrautes schwarzes Haar hing ihm in wirren, verschwitzten Strähnen in die Stirn. »Lass endlich den Jungen in Ruhe. Der hat auch ohne dich schon genug Scheiße am Hals.«

»Ach, halt doch dein Maul, Shorty«, gab Cathleen zurück. Sie reckte affektiert die Nase in die Luft und zeigte ihm den Mittelfinger.

Der Mann hatte definitiv recht, dachte Curtis, als Cathleen jetzt von ihrem Hocker stieg und ihm, auf Zehenspitzen stehend, mit dem Handrücken über die Wange strich und flüsterte: »Weißt du, was mich richtig heiß macht, Sean?«

»Nein.« Und er wollte es auch nicht wissen.

»Die Vorstellung von Sex in der Öffentlichkeit.« Ihre Zungenspitze berührte sein Ohrläppchen. »Wie wär's mit der Toilette?«

Er zeigte keinerlei Gefühlsregung. Warum, in Gottes Namen, hörte sie nicht einfach damit auf?

»Ich bin nicht dazu aufgelegt.«

Sie rückte ihren üppigen Busen ins rechte Licht, zupfte mit beiden Händen am Saum ihres Rocks herum und säuselte: »Du bist doch nicht mit einem Mal schwul geworden?«

»Lass mich einfach in Ruhe. Okay?«

Doch sie rückte im Gegenteil noch näher an ihn heran, tauchte ihren Zeigefinger in das Cocktailglas vor sich und befeuchtete damit den Spalt zwischen ihren Brüsten. Dann legte sie ihm abermals ihre warmen, schlanken Arme um den Hals. »Ich trag kein Höschen drunter, weißt du?«, hauchte sie ihm ins Ohr. »Ich könnte dich glücklich machen, Sean. Heute Nacht.« Ihre Lippen vibrierten. Ihr heißer Atem schlug sich feucht an seiner Ohrmuschel nieder. »Jede Nacht.«

Er wandte sich zu ihr um, machte ihre Hände von sich los und sagte mit leiser Stimme: »Hey, komm. Verpiss dich.«

»Du bist wohl auf 'nem Heiligentrip, wie?«, stieß Cathleen wütend hervor. Ihre Wut war das Produkt gekränkter Eitelkeit. Seine Ablehnung hatte sie verletzt, und sie schlug ihm die flache Hand vor die Brust. »Was du brauchst, Süßer«, fügte sie nicht minder wütend hinzu, »ist mal wieder 'n heilsamer Fick! Den hast du doch mit der Schlampe im Rollstuhl schon seit mindestens 'nem halben Jahr nicht mehr gehabt!« Das Mädchen wölbte lasziv die Hüften vor. »Na? Was ist? Willste nicht mal probier'n?«

Schweigend und den Kopf in den Nacken gelegt, kramte Curtis in seiner Gesäßtasche herum und zog schließlich einen Fünfer hervor, den er in der Faust zerknüllte und dem grinsenden Mädchen unter die Nase hielt, ehe er ihn ihr grob in den Ausschnitt stopfte. Dann glitt er von seinem

Barhocker herunter und schüttete der völlig überrascht nach Luft schnappenden Cathleen den Inhalt seines Pintglases ins Gesicht.

Wie zu Eis erstarrt stand sie da, mit verlaufendem Makeup und angeklatschten Haaren. Es herrschte Totenstille im Pub; sogar die Musik schien ausgesetzt zu haben.

Curtis nahm seine Jacke und ging.

»Vielleicht dürftest du *mir* ja mal einen blasen, Süße«, meldete sich Shorty nochmals zu Wort und fügte glucksend hinzu: »Aber du bist ja nicht mal richtig trocken hinter den Ohren.«

Erst als Curtis die Tür erreichte, begann Cathleen hysterisch zu schreien. Ihr Gekreische und die Flüche, die sie ihm hinterherschickte, verfolgten ihn bis auf die Straße, gingen aber bald im tumultartig aufbrandenden Gelächter unter.

Es goss noch immer.

Das Schild über der Tür schaukelte knarrend im Wind.

Curtis hielt den Kopf gesenkt, während er in der Dunkelheit die Lewes Road hinuntertrottete und an den kommenden Morgen dachte.

Morgen …

Für Rose gab es kein Morgen mehr. Er dagegen würde morgen aufstehen, Wasser über seinen Körper laufen lassen, sein Frühstück zubereiten, wie immer. Er würde sie noch einmal sehen – morgen. Und dann würde er weitermachen wie bisher. Weitermachen und weitermachen und weitermachen und weiter … bis er alt war.

Er sah kurz auf. Die Straße lag wie ein finsterer Tunnel vor ihm in den wehenden Regenschlieren. Das Licht des neuen Morgens schien ihm unendlich weit entfernt.

Platsch! Platsch! Platsch! ging er durch die Pfützen.

Ralph Cloud ließ den Motor seines roten Mini an. Seit vielen Stunden schon hatte er darauf gewartet, dass Curtis herauskam. Und in einigem Abstand und mit ausgeschalteten Scheinwerfern folgte er dem gebeugt gehenden Mann vor sich die Lewes Road hinunter.

18

Wenn sie wirklich dachten, sie könnten alles mit ihr machen, sie behandeln, als sei sie nichts weiter als ein unmündiges Schulkind, dann hatten sie sich aber mächtig geschnitten. Keine Minute länger wäre sie in diesem Käfig geblieben, den Mum und Dad und auch diese junge Polizistin als ihr Zuhause bezeichneten.

Paula Finn zog die Tür von Rosalinds Cottage hinter sich zu und tastete im Dunkeln nach dem Lichtschalter im Flur.

Wie wenig sie doch von ihr wussten; wie wenig sie sich doch um Paula – die wahre Paula – und deren Interessen scherten. Ihre Mutter beschwerte sich nur andauernd darüber, dass sie sich nicht in angemessener Weise kleidete. (*»Was sollen nur die Nachbarn von dir halten, Paula? Probier doch mal dieses hübsche Baumwollkleid an, es ist von Gaultier. Du wirst zugeben müssen, dass es dir besser steht als diese … diese selbst geschneiderten Scheußlichkeiten.«*) Und Vater hielt sie für eine verzogene Herumtreiberin, die es nie zu etwas bringen würde. Aber sie würde es ihnen zeigen. O ja, das würde sie.

Ihre Eltern waren doch nur daran interessiert, ihre verlogene Scheinwelt aufrechtzuerhalten. Schlimm genug, dass sie sich »auseinandergelebt« hatten, wie ihre Mutter es ihr gegenüber ausgedrückt hatte. Aber weshalb war es denn notwendig, dies vor ihren versnobten Freunden und den spießigen Nachbarn zu verheimlichen? Wenn der Hund in den Vorgarten geschissen hat, putzt man es eben weg. Aber ihre Eltern – hätten sie einen Hund besessen – würden wahrscheinlich leugnen, dass ihrer überhaupt eine Verdauung hatte.

Was für einen Sinn hatte es, wenn sie weiterhin die intakte Familie spielten, wo doch ihr Vater heimlich eine seiner zwanzig Jahre jüngeren Studentinnen bumste und Mum von montags bis freitags ihren Frust in teurem Rotwein ertränkte und dabei an nichts anderes dachte, als am Wochenende endlich nach London zu fahren, um dort ihren Geliebten in Hampstead zu treffen.

Es gewitterte jetzt stärker.

Paula drehte den Schlüssel im Schloss um und warf ihren Schlafsack (um den sie gegen den Regen eine alte Malerplane gewickelt hatte) unter die Garderobe. Der vertraute Geruch des Hauses ließ sie erleichtert aufatmen. Dies hier war ihr Zuhause. Hier fühlte sie sich wohl.

Sie hängte den Wohnungsschlüssel an den Haken neben der Tür, entledigte sich ihres klitschnassen Wollpullovers, den sie zunächst über dem Waschbecken im Bad sorgfältig auswrang, bevor sie ihn auf der Kommode unter dem Spiegel zum Trocknen ausbreitete, und knipste das Flurlicht aus. Schließlich legte sie es nicht unbedingt darauf an, die Nachbarn zu alarmieren (denn wer hatte nicht von Miss Cottons Tod gelesen?). In Rosies Arbeitszimmer hätte sie blind gefunden.

Dort angekommen, ließ Paula das Rollo herunter und schaltete die Stehlampe neben dem Schreibtisch ein. Dann nahm sie auf dem Bürostuhl davor Platz.

Während sie dasaß und die Geschehnisse des vergangenen

Tages Revue passieren ließ, wurde ihr bewusst, dass Rosie nie wieder auf diesem Stuhl sitzen würde. Und dabei hatte sie so lebendig ausgesehen im Krankenhaus; genau wie jemand, der sehr tief schläft. Ein bisschen blass vielleicht auf diesem sauberen Tisch aus Chrom, der sogar über einen Duschkopf und einen Abfluss verfügte. Aber nicht so, als sei sie wirklich gestorben – als sei sie auf *solche* Weise gestorben …

Dann fiel ihr der grässliche, grob vernähte Schnitt an Rosies Haaransatz wieder ein, der – wie ihr der große, grauhaarige Mann mit den Einweghandschuhen und dem steinernen Gesicht umständlich zu erklären versucht hatte – von einer *forensischen* Untersuchung des Gehirns herrührte. Paula wusste sehr wohl, was dieses Wort bedeutete. Für sie kam dessen Bedeutung jedoch einem schweren, irreparablen und absichtlich verursachten Systemfehler gleich.

Denk an was anderes, Paula!

Es war ganz leicht gewesen, durch das Kellerfenster zu schlüpfen, nachdem ihr Vater die Haustür versperrt und die Alarmanlage aktiviert hatte. Paula hätte ihm natürlich sagen können, dass das Fenster im ehemaligen Kohlenkeller der Schwachpunkt ihres so schrecklich sicheren Hauses war, dass jeder noch so bekloppte Einbrecher nur durch den Garten zu kommen und die Kontakte mit Hilfe eines einfachen Metallstreifens zu überbrücken brauchte, um an all den wertvollen Tand zu gelangen, den Dad von seinen Reisen mitgebracht hatte und der ihn mit so kindlichem Stolz erfüllte. Doch Paula war schließlich keine Idiotin. Das Fenster im Keller war – solange sie Rosie gekannt hatte – ihre einzige Verbindung zur Außenwelt gewesen, ihr schmales Tor in die Freiheit. Sie hätte die Nächte kaum mehr zählen können, in denen sie auf diesem Weg unbemerkt in die Kemp Street geflohen und erst in den frühen Morgenstunden zurückgekehrt war. Auf dieselbe Weise war sie auch an diesem Abend hinaus in die Freiheit gelangt.

Paula tastete nach dem Kugelschreiber in der Gesäßtasche ihrer Jeans. Diesmal würde sie gewiss nicht zurückkehren. Sie würde ihren Eltern einen Brief hinterlassen und dann fortgehen – ganz egal wohin, Hauptsache fort. Da sie gestern in dem ganzen Durcheinander total versäumt hatte, nach ihren Mails zu sehen, wollte sie sich nur vorher noch einmal schnell vergewissern, ob ihr in letzter Zeit jemand vom WTG geschrieben hatte.

Paula drückte auf den Knopf des Computers, unter dem POWER stand, und wartete, bis das System hochgefahren war, was bei dem veralteten Ding eine Ewigkeit dauerte.

Ungeduldig zählte sie die Sekunden, bis die verschiedenen Symbole auf dem Bildschirm erschienen.

Sie klickte den POSTEINGANG an und wartete abermals.

Um ihre E-Mails abrufen zu können, musste sie das Kennwort eingeben. Rosie hatte ihr großzügig erlaubt, ihre E-Mail-Adresse zu verwenden. Und widerstrebend hämmerte Paula nun LOVE YOU SEAN in die Tastatur.

Das alte Modem pfiff und piepte gequält, als sich langsam die Verbindung zum Internet aufbaute.

Wie oft hatte sie Rosie gesagt, sie müsse sich endlich einen schnelleren Rechner anschaffen? Doch vergebens. Und so dauerte es ganze anderthalb Minuten, bis die Nachrichten endlich wie Kaugummiblasen auf den Bildschirm ploppten.

179 Nachricht(en), 17 ungelesen.

Für gewöhnlich erhielt Paula vier oder fünf Mails pro Woche, die sich natürlich summierten, wenn sie Rosie längere

Zeit nicht besucht hatte. Die meisten stammten von ihren Freunden aus der *Weird Technology Group* – einem Verein von jugendlichen Hackern, dem sie schon mehr als vier Jahre lang angehörte. Im Gegensatz zu ihrer Familie nahm man sie dort ernst. Alter spielte nicht die geringste Rolle beim WTG. Was dort zählte, war einzig und allein Können. Und davon besaß Paula eine ganze Menge.

Sie überprüfte die einkommenden Mails und stellte fest, dass, bis auf einige Spam-Mails, nichts Wichtiges eingetroffen war, seit sie das letzte Mal nachgeschaut hatte. Vom WTG war nichts dabei.

Paula markierte alle neuen Nachrichten als gelesen und drückte ENTER.

163 Nachricht(en), 1 ungelesen.

Eine Mail versteckte sich also noch irgendwo. Kein Wunder, dass sie sie übersehen hatte, bei der Vielzahl der gespeicherten Nachrichten.

Sie fuhr sich seufzend mit den Händen durchs Haar. Warum Rosie ihre Mails niemals löschte, würde sie im Leben nicht begreifen. Zumal es sich bei den meisten bloß um uralte Bestätigungen für Buch- oder CD-Bestellungen handelte, die Rosie längst bezahlt und auch erhalten haben musste.

Als Paula die verborgene Nachricht schließlich fand, war sie zum einen überrascht darüber, dass die Mail bereits seit Ende Juli unbemerkt dort zwischen den anderen geschlummert hatte. Zum anderen beschlich sie das plötzliche Gefühl, etwas Unrechtes zu tun, wenn sie womöglich die private Post ihrer toten Freundin las. Ein Gefühl, in das sich Scham mischte, bei dem Gedanken, sie könne Rosie auch jetzt noch verletzen.

Mit dem Rechner kannst du von mir aus machen, was du willst, Paula. Aber von meiner Post lässt du die Finger, klar?

Das einzige Verbot, das Rosie ihr gegenüber jemals ausgesprochen hatte. Und sie würde es respektieren. Daher beschloss sie, trotz ihrer Neugier den Text nicht aufzurufen, sondern betrachtete lediglich das Vorschaufenster.

Von: Remember
Betreff: Long Weldon *Eingang: 26.07.00 22.34*

Die Adressleiste enthielt folgende Buchstabenkolonne:

An: CGMPRCRG

Minutenlang starrte sie die flimmernden Zeilen an.

Und als sie dann unvermittelt das ihr vertraute Rasseln von Rosalinds Schlüsselbund vernahm und das Klicken des Türschlosses im Flur widerhallte, kam Paula für eine Sekunde der irrwitzige Gedanke, Rosie sei, wie durch ein Wunder, nach Hause zurückgekehrt. Sie fühlte sich ertappt. Doch schlagartig machte sie sich klar: Niemand, dem man das Gehirn herausgenommen hatte, um es in einer flachen Chromwanne mit Abfluss abzuduschen und für die Polizei zu untersuchen, würde jemals wiederkehren.

Wer auch immer gerade im Begriff war, das Haus zu betreten, führte sicherlich nichts Gutes im Schilde.

Sie kippte mehr vom Stuhl, als dass sie sprang, und schaltete instinktiv das Licht der Stehlampe aus. Nur der Computerbildschirm erhellte jetzt noch den Raum. Doch auch der würde, überlegte sie, in zwei oder drei Sekunden dunkel werden, da sie die Maus seit wenigstens fünf Minuten nicht mehr bewegt hatte.

Paula stand leise auf, verließ auf Zehenspitzen das Arbeitszimmer und schlich geräuschlos zur Tür des Schlafzimmers hinüber. Diese war nur angelehnt, und sie schlüpfte rasch hindurch. Als sie durch den Türspalt spähte, und nur eine Sekunde bevor der Bildschirm schwarz wurde, sah sie für einen kurzen Augenblick den Mann im grauen Mantel. Er trug einen großen altmodischen Filzhut, stand weniger als vier Meter von ihr entfernt am Computer und hatte ihr den Rücken zugewandt.

Dann wurde der Bildschirm plötzlich wieder hell.

Also muss er die Maus bewegt haben, dachte Paula. Außerdem sah sie, dass er die Mail aufgerufen hatte. Doch statt sie zu lesen, hatte er sie gelöscht und stieß sich jetzt abrupt vom Schreibtisch ab. Sein Kopf ruckte herum, wie bei einem Tier, das Witterung aufnahm. Sein Gesicht war nicht zu erkennen. Abgesehen davon, dass ein karierter Schal es teilweise bedeckte, schien der Fremde eine Art Strumpfmaske zu tragen. Er verließ das Arbeitszimmer, kam auf sie zu. Im letzten Moment bog er jedoch nach links in den Flur ab. Sie hörte, wie er die Wohnzimmertür öffnete und wieder zufallen ließ. Hastige Schritte. Dann das Knarren und Klappern der anderen Türen. Das Bad, die Küche, die Vorratskammer …

Es war nur noch eine Frage der Zeit, bis er sie hier im Schlafzimmer entdecken und …

Gleich wird er hier sein, Paula, schoss es ihr durch den Kopf. *Du steckst in Schwierigkeiten. In ziemlichen Schwierigkeiten sogar!*

Paula überlegte sich die nächsten Schritte sehr genau. Sie musste unbedingt hier weg, bevor er sie fand, so viel stand fest. Aber wie?

Bis zum Fenster waren es gut drei Meter. Wenn sie es öffnen wollte, um hinaus in den Hof zu gelangen, würde sie über das Bett steigen müssen. Danach galt es noch eine zwei Meter hohe Bruchsteinmauer zu überwinden. Wie lange würde sie dafür brauchen? Dreißig Sekunden? Zwei Anläufe? Eine Minute?

Im Dunkeln hatte sie das Türschloss ertastet und sichergestellt, dass der Schlüssel steckte. Wenn es ihr gelang, die Tür abzuschließen, würde er sie aufbrechen müssen. Das gäbe ihr einen kleinen Vorsprung. Sie hatte den Schlüssel kaum herumgedreht, als er sich krachend gegen das Türblatt warf.

Paula schrie.

Mit drei, vier Schritten war sie auf dem Bett. Es schaukelte und gab unter ihrem Gewicht nach, während sie sich mit vor Angst zittrigen Fingern fahrig am Griff des Fensters zu schaffen machte.

Abermals erbebte donnernd die Tür unter dem Ansturm des Fremden.

Die Tagesdecke hatte sich um Paulas Knöchel gewickelt, als sie das Fenster endlich geöffnet hatte und ihr der Regen in dicken Tropfen ins Gesicht klatschte. Umständlich streifte sie die Decke ab, kletterte über das Fenstersims und stolperte mit rasendem Puls in den Hof hinaus. Sie rappelte sich auf, schätzte die Entfernung zur Mauer ab, nahm, ohne weiter darüber nachzudenken, Anlauf und sprang.

Ihr Kinn prallte so hart gegen Stein, dass ein brennender Schmerz ihren Unterkiefer und die rechte Schläfe durchzuckte und sie helle Sterne sehen ließ, aber unter größter Kraftanstrengung zog sie sich an der Mauer hoch, bis sie mit den Oberarmen darauf zu liegen kam. Die Finger in die Zwischenräume der regenfeuchten Bruchsteine verkrallt, hievte sie sich vollends auf das Mauersims hinauf.

Hinter sich hörte sie das Bersten des Türschlosses.

Ihre Hände gehorchten ihr kaum noch. Sie hingen wie

nutzlose Anhängsel gefühllos und tatterig an ihren Armen. Paula ließ sich auf der anderen Seite hinunterfallen, schlug hart mit den Knien auf, aber sie spürte die dumpfen Schmerzen kaum.

Dann begann sie durch den Regen zu rennen – so schnell, wie sie noch nie zuvor in ihrem Leben gerannt war.

19

Dorothy war nicht schnell genug. Das Telefonklingeln erstarb, noch bevor sie eingetreten war.

Ihr Anrufbeantworter blinkte. Drei neue Nachrichten.

Sie strich sich die tropfnassen Haare aus dem Gesicht, schloss die Wohnungstür hinter sich, zog ihren Mantel aus und hängte ihn an einen der Garderobenhaken.

Die erste Nachricht stammte von Cloud, der seinen Feierabend damit zugebracht hatte, Rosalind Cottons Eltern ausfindig zu machen, und in der Tat fündig geworden war. Wie er herausbekommen hatte, lebten sie in einem kleinen Kaff namens Long Weldon. Er würde morgen früh versuchen, sie zu erreichen, sollte Dorothy nichts dagegen einzuwenden haben. Mit der Suche nach Rosalind Cottons geheimnisvoller alter Freundin hatte er hingegen weniger Glück gehabt, obwohl er sämtliche Clubs der Stadt abgeklappert und ihre ehemaligen Kolleginnen befragt hatte. Doch keine der Tänzerinnen, die sich ein halbes Jahr nach ihrem Unfall überhaupt noch an Rose erinnerten, wollte am fraglichen Abend mit ihr verabredet gewesen sein.

Als Nächstes erklang die sorgenvolle Stimme ihrer Mutter, die sich lautstark darüber beschwerte, seit fast drei Tagen nichts mehr von ihr gehört zu haben.

»Ich bin sehr beschäftigt, Mama«, sagte Dorothy leise zu sich selbst und drückte auf WEITER. »Morgen ruf ich dich an, versprochen.«

Dann: »Hi, Miss Marley, Richard Dadd hier. Bitte verzeihen Sie die späte Störung, aber ich habe einige Nachforschungen angestellt, für die Sie sich möglicherweise interessieren könnten. Es geht um unseren Würger. Ich denke, ich habe da ein paar ganz nette Informationen, die Sie *bestimmt* interessieren werden. Vielleicht rufen Sie mich deswegen morgen mal zurück.« Es folgte eine kurze Pause. »Dorothy? Wenn Sie – was ich leider nicht glaube – meine Nachricht bis zu Ende angehört haben, möchte ich Ihnen noch etwas Privates sagen: ...«

Sofort schaltete sie den Anrufbeantworter aus. Dadd hatte recht: Sie war nicht besonders erpicht darauf, den Rest zu hören.

Aber was für Informationen, überlegte Dorothy, während sie hinüber in die Küche ging und eine Flasche frische Milch aus dem Kühlschrank nahm, konnte er bloß besitzen, über die die Brighton Division nicht verfügte?

Sie riss die Folie vom Flaschenhals ab und trank einen kräftigen Schluck.

Man ist nie weiter als drei Personen von dem Menschen entfernt, den man sucht, fielen ihr auf einmal Mrs. Ellisons Worte wieder ein. *Das gilt natürlich auch für Mörder*.

Wenngleich ihr die Vorstellung, bei ihren Ermittlungen auf die Hilfe eines Klatschreporters zurückgreifen zu müssen, auch noch so widerstrebte, würde sie nicht umhin kommen, sich Richards Informationen anzuhören. Denn in Anbetracht der wenigen (bis gar nicht vorhandenen) Anhaltspunkte, die sie bislang in diesem Fall gesammelt hatte, konnte sie es sich einfach nicht leisten, Hinweise zu ignorieren; selbst wenn sie von einem Mann wie Richard Dadd stammten. Denn letzten Endes musste sie dem Würger auf die eine oder andere Art das Handwerk legen, koste es, was es wolle. Ganz gleich, woher die Informationen kamen, sie würde es schaffen *müssen*.

Tommy und Tuppence haben es schließlich auch immer geschafft – Sie haben doch einen Tommy an Ihrer Seite, nicht wahr?

Sollte Richard womöglich jener Tommy sein?

Gewiss nicht. Auch wenn er sich vermutlich selbst gern in dieser Rolle gesehen hätte – sie würde sich niemals dazu hinreißen lassen, einen Mann zu lieben, der mit dem Tod und dem Leid anderer Menschen seinen Lebensunterhalt verdiente.

Werd nicht schon wieder ungerecht, Dotty, würde Robert jetzt sagen. *Lebst du nicht auch davon?*

Wie oft hatte sie diese Diskussionen mit ihrem Bruder geführt? Allerdings gab es in Dorothys Augen einen Unterschied, einen gravierenden sogar: Denn sie tat etwas Konstruktives, versuchte, Leben zu retten, Verbrechen zu verhindern. Dadd dagegen beobachtete lediglich und versorgte seine sensationslüsterne Leserschaft mit blutrünstigen Details.

Und was Robert anging, so stand er Dadd in nichts nach. Wahrscheinlich war das der Grund dafür, dass sich die beiden so ausgezeichnet verstanden. Auch er stillte die billige Blutlust seines Publikums mit brutal inszenierten Morden. Mit dem Unterschied nur, dass sich jene Verbrechen, über die er berichtete, auf dem Papier ereigneten und er selbst darüber bestimmte, wer wann und wie als Nächstes zu sterben hätte. Im Grunde war er schlimmer als jeder Sensationsreporter.

Ihren kleinen Bruder liebte sie trotzdem. Was also wäre so schlimm daran, auch ihre Gefühle für Richard zuzulassen?

Du bist einfach noch nicht so weit, Dotty, dachte sie bei sich. Später. Gib dir die nötige Zeit.

Hätte Dorothy Marley an jenem Abend in die Zukunft schauen können, so wäre sie sicherlich schockiert darüber gewesen, wie wenig Zeit ihr dafür noch blieb.

20

Trotz ihres jagenden Pulses lief Paula weiter.

Wohin sie eigentlich sollte, darüber hatte sie sich bislang noch keinerlei Gedanken gemacht; nur darüber, wohin sie ganz sicher nicht wollte. Einmal war sie in eine Telefonzelle geschlüpft und hatte die Nummer der Polizistin gewählt, nach dreimaligem Klingeln jedoch sofort wieder aufgelegt, als die Scheinwerfer eines Wagens in der Entfernung aufgetaucht waren. Ohnehin würde Chief Inspector Marley am Ende auch nichts anderes tun, als sie wieder zurück zu ihren Eltern bringen.

Sie war verdammt schnell gerannt und sich nicht sicher, ob der Kerl mit dem Hut sie noch immer verfolgte. Doch als erneut ein verdächtig langsam fahrender Wagen vom Cannon Place in die Kings Road einbog, duckte sich Paula rasch hinter ein Gebüsch am *Paddling Pond*. Die kleinen Ruderboote lagen kieloben abgedeckt am Ufer. Hinter ihr befand sich der Eingang des baufälligen West Piers.

Der Wagen hielt nicht weit vom Grand Hotel entfernt im strömenden Regen an.

Warum sie nicht einfach ins Hotel gelaufen war, wusste Paula selber nicht. Wahrscheinlich hatte sie jedoch einfach Angst davor gehabt, bei ihrem Verfolger könne es sich um einen dieser bezahlten Privatschnüffler handeln. Denn es wäre ja nicht das erste Mal, dass ihre Eltern jemanden angeheuert hatten, um sie wieder einzufangen. Doch würde ein von »Familie Saubermann« engagierter Jemand wirklich so weit gehen, fremde Zimmertüren einzutreten?

Paula wartete nicht ab, bis der Mann ausgestiegen war, sondern lief geduckt auf das Tor des Piers zu.

Wie sie erwartet hatte, war es vergittert.

ACHTUNG! LEBENSGEFAHR! stand in blutroten Buchstaben auf einem weißen Schild am Eingang.

Völlig entkräftet kletterte sie über das Tor hinweg und sprang auf der anderen Seite hinunter. Die alten Holzbohlen waren moosbewachsen und glitschig, sie knarrten gefährlich unter dem Gewicht.

Ihr Herz raste, und erschöpft machte Paula einige unbeholfene Schritte in Richtung des maroden Tanzpavillons, musste dann aber stehen bleiben. Nach Luft schnappend stützte sie beide Hände auf ihre gebeugten Knie, die vor lauter Anstrengung haltlos zitterten.

Der Pier war stockfinster.

Tagsüber führte man hier Horden zahlungskräftiger Touristen herum. Zeigte ihnen die Brutplätze der Seemöwen und die alten Tanzsäle, um das Geld für eine Restaurierung des Piers zusammenzubekommen.

Paula streckte sich und lief knapp zwanzig Meter über herumliegenden Bauschutt und provisorisch verlegte Gitterroste, die die morschen Planken und Streben bedeckten, bis sie schließlich das verfallene Portal des alten Musik- und Tanzsaals erreichte. Doch statt geradewegs hindurchzugehen, tastete sie sich vorsichtig um das Gebäude herum. Komisch, dachte sie, dass sie noch nie zuvor hier gewesen war, und ärgerte sich augenblicklich darüber. Denn jeder fünfte Franzose oder Japaner wüsste vermutlich genau, welchen

Teil des Holzbodens man gefahrlos betreten durfte. Sie hingegen war in dieser Stadt geboren worden und hätte nicht mal sagen können, wann dieses klapprige Ding eigentlich eingeweiht worden war, geschweige denn, auf welche Holzplanken man treten konnte, ohne dabei Gefahr zu laufen, in die Tiefe zu stürzen.

Als sie sich dem rückwärtigen Teil des Pavillons näherte und auf der Suche nach einem geeigneten Versteck durch die beschlagenen Glasscheiben in den Innenraum spähte, flog eine Schar Vögel kreischend und flügelschlagend auf, und Paula fuhr mit einem spitzen Schrei zusammen. Augenblicklich presste sie die Knöchel der rechten Hand auf ihre Lippen.

O Gott, Paula – beruhige dich! Beruhige dich, verdammt noch mal, er kann dich hören!

Mit dem Rücken gegen die marode Fassade gelehnt, von der immer wieder weiße Farbe abblätterte und zu Boden rieselte, verharrte sie eine Minute und ging in die Hocke. In der Dunkelheit vor sich machte sie ein weiteres Gittertor aus. Es war wesentlich niedriger als jenes am Eingang. Dahinter führte ein wenig Vertrauen erweckender Holzsteg zum entfernteren Teil des Piers. Um diesen Steg zu überqueren, würde sie all ihren Mut zusammennehmen müssen. Ein unbedachter Schritt, und sie konnte in die Tiefe stürzen. Ein Fuß an die falsche Stelle gesetzt, und sie wäre platt wie eine Flunder.

Hinter sich konnte sie jetzt das Klappern und Knirschen von Schritten vernehmen. *Klack, klack – klack, klack.* Es hörte sich an, als ginge jemand auf Stöckelschuhen über Vogelsand.

Paula sprang auf und lief.

Zu ihrer Erleichterung stellte das Tor kein schwieriges

Hindernis dar; es war unverschlossen. Sie rannte einfach hindurch und ließ es scheppernd hinter sich zufallen. Und nach fünfundzwanzig, dreißig Metern tauchte jäh der flache, rechteckige Bau des großen, turmbewehrten Hauptgebäudes mit seinen blinden Fenstern und den mannshohen roten (aber aufgrund jahrzehntelangen Verfalls glanzlos gewordenen) Leuchtbuchstaben WEST PIER vor ihr in Regen und Finsternis auf.

Als sie sich einmal umwandte, konnte sie ihren Verfolger auf halber Strecke über den schaukelnden Verbindungssteg eilen sehen – *Klack, klack. Klack, klack. Klack, klack.* Den breitkrempigen Hut tief ins Gesicht gezogen. Sein weiter Mantel flatterte im blauen Licht der niedergehenden Blitze wie ein Paar Fledermausflügel.

Er kommt immer näher! Denk nach, Paula! Das ist das Ende. Du sitzt hier in einer Scheißfalle. Weiter kannst du nicht! Also denk nach, verdammt noch mal!

Ihr Verstand arbeitete fieberhaft an einer Lösung. Ihre Gedanken überschlugen sich. Sie würde ihn irgendwie von sich ablenken müssen. Bloß wie? Dann fiel ihr Blick auf einen Haufen übereinandergestapelter Bretter. Wenn sie ihren Verfolger davon überzeugen konnte, dass sie ins Wasser gesprungen sei, würde er mit Sicherheit von ihr ablassen. Das war ihre letzte Chance. Es gelang ihr tatsächlich, zwei der Bretter anzuheben und bis zum Rand der Plattform zu ziehen. Keuchend vor Anstrengung ließ sie sich auf den Boden fallen und stemmte die Füße gegen den Bretterstapel, bis er nach endlosen Sekunden schließlich nachgab und über die Kante kippte.

Stille. Dann ein Klatschen, als die Bretter im Wasser aufschlugen.

Mit letzter Kraft schlüpfte Paula durch eine Öffnung im

Holzboden des Piers, ließ sich lautlos auf den breiten Eisenträger darunter sinken und hielt sich mit beiden Händen an einem schwankenden Drahtseil fest, das sie in der Dunkelheit links neben sich ertastet hatte.

Gott, wenn du mich das hier überstehen lässt, dann …

Paula war jetzt dermaßen außer Atem, dass sie den jagenden Fluss ihres Blutes überall im Körper spürte. Es schien gleichzeitig in ihrem Herzen zu pulsieren und schmerzhaft in ihren Ohren und in Brust und Hals zu pochen.

Unter ihr rauschte die See.

Sie atmete ein paar Mal tief durch, bemühte sich verzweifelt, nicht zu keuchen, damit er sie nicht hörte. Über ihr war es still geworden. Die sandknirschenden Schritte waren verstummt. Höchstwahrscheinlich würde er jetzt dort unten nach ihr suchen. Sie lehnte sich zurück. Der Regen prasselte auf sie nieder, und durch die Öffnung in den Holzbohlen konnte sie am Himmel die gleißenden Äste der Blitze sehen.

Sie kniff die Augen zusammen und dachte: *Scheiße, nein, das war knapp, Paula, aber du hast es geschafft. Jetzt nur keine Panik.* Sie würde hier sitzen bleiben, bis sie ganz sicher gehen konnte, dass ihr Verfolger fort war. Und sei es bis zum Morgengrauen. Solange sie sich nicht von der Stelle rührte, war sie jedenfalls vor ihm sicher.

Morgen wollte sie nachsehen, ob der Fremde die Mail tatsächlich gelöscht hatte. Und wenn ja, dann würde sie auch herausbekommen, was so verdammt wichtig an dieser Nachricht war, dass man dafür in Rosies Haus eindrang und sie, Paula, schier zu Tode hetzte.

Um eine gelöschte Nachricht auf der Festplatte wiederzufinden und deren zerstörte Inhalte rekonstruieren zu können, benötigte man so viele Informationen wie eben möglich. Sie durfte nichts vergessen. Nichts vergessen. Auf keinen Fall. Angestrengt dachte sie nach.

Paula zückte den Kugelschreiber. Doch die blöde Mine gab schon nach kürzester Zeit den Geist auf, glitt auf ihrer schwitzenden Handfläche ab, nachdem sie mühevoll zwei Wörter geschrieben hatte. Umständlich zog Paula nun stattdessen die Karte hervor, die ihr die Polizistin Marley gegeben hatte, und schirmte sie gegen den Regen ab. Rasch schrieb sie alles darauf, was ihr von der Vorschau noch im Gedächtnis geblieben war: Absender, Betreff und Empfänger. Hoffentlich hatte sie die Scheißinitialen noch richtig auf die Reihe gekriegt. Dann steckte sie Kugelschreiber und Kärtchen wieder ein.

Grollender Donner folgte auf einen hellen verästelten Blitz am Horizont. Hauptsache, es schlug keiner in diesen Eisenträger ein, auf dem sie hockte. Was für ein abgefahrener Gedanke, wenn sie zwar ihrem Verfolger entkommen sollte, aber dafür bei tausenden von Grad gegrillt werden würde.

Verlier jetzt nicht die Nerven, ermahnte sie sich. *Bleib ruhig, okay? Bald hast du Geburtstag. Du wirst eine Torte haben mit fünfzehn wunderschönen Kerzen drauf. Du wirst in Griechenland sein oder auf Jersey, schlimmstenfalls. Du bist ein Glückskind, Paula. Dir kann gar nichts passieren.*

Und als sie plötzlich etwas Kaltes, Hartes an ihrem Hinterkopf spürte, glaubte Paula zunächst, nur versehentlich gegen ein herabhängendes Stück Eisenrohr gestoßen zu sein.

Es war die Mündung einer Pistole.

Was für ein furchtbar greller Blitz, dachte sie in jenem Bruchteil einer Sekunde, der ihrem sterbenden Gehirn noch blieb, um die Wahrheit zu verarbeiten. *Schwerer Systemfehler …*

Dann war nichts mehr. Nur eine tote Hülle, die zwischen den Streben hinab ins seichte Wasser stürzte.

Ein Schwarm Möwen stieg *gah-gah* kreischend in den Nachthimmel auf.

Flatternde Seelenbegleiter im Regen.

ZWEITER TEIL

Alte Wunden

1

»Na, was haben wir, Cloud?« Mit diesen Worten betrat Dorothy Marley am nächsten Morgen um kurz vor sechs das kleine Gemeinschaftsbüro, in dem sich ihr Sergeant, die Füße auf den Schreibtisch gelegt, mit hängenden Lidern in seinem Bürostuhl räkelte und gelangweilt an einem Becher Kaffee nippte.

Draußen war es noch dunkel.

»Einen guten Morgen, Chief?« Der Sergeant strahlte. »Immerhin regnet es nicht mehr.«

Dorothy runzelte die Stirn. »Nehmen Sie die Füße runter, und fangen Sie an. Sie haben mir gestern aufs Band gesprochen; also, was haben Sie über Rosalind Cotton in Erfahrung bringen können?«

Cloud gehorchte, und dass er dabei nicht mitsamt seinem Kaffee vom Stuhl kippte, grenzte praktisch an ein Wunder. »Wie ich schon sagte, viel ist es nicht. Die alte Freundin aufzutreiben, scheint schwieriger zu werden, als ich dachte. Ich habe es in allen möglichen Nachtclubs versucht, aber offenbar wechseln die Tänzerinnen in der Branche öfter als die Socken der Wirte. Miss Cotton war kaum noch jemandem ein Begriff. Zwei ihrer ehemaligen Kolleginnen fand ich im *Pussycat Club* in Hove, eine weitere im *Red Seven* hier ganz in der Nähe am Paston Place; alle drei sagten aus, sie hätten

Rosalind Cotton zwar gekannt, aber schon seit Ewigkeiten nicht mehr gesehen. Wir überprüfen das natürlich. Ich habe Angela Robinson und Rowan Bellowes darauf angesetzt.«

»Und die übrigen Bars und Tanzschuppen?«, fragte Dorothy nach. »Haben Sie es auch mit dem *Steamers* versucht?«

»Klar, Chief. Leider Fehlanzeige. Kein Mensch erinnert sich dort mehr an sie, desgleichen im *George*. Selbst im *Stardust*, wo sie den Unfall hatte, konnte nur noch der Inhaber etwas mit ihrem Namen anfangen.«

»Kommen wir also zu ihren Eltern.«

»Die leben in Suffolk – in einem Ort namens Long Weldon. Das Kaff ist so klein, dass es auf keiner Karte verzeichnet ist. Höchstens vier-, fünfhundert Einwohner. Aber ich habe es natürlich gefunden.« Er reichte Dorothy den Computerausdruck einer MULTIMAP-Straßenkarte, auf der er den fraglichen Ortsnamen mehrfach mit einem Textmarker eingekreist hatte. »Liegt ungefähr acht Meilen südöstlich von Bury St. Edmunds.«

Dorothy nickte. »Haben Sie Adresse und Telefonnummer?«

»Es gibt ein halbes Dutzend Cottons in der Gegend«, erwiderte er und seufzte dabei so übertrieben schwer, als stelle ihn diese Zahl vor schier unlösbare Probleme.

»Haben Sie sie nun, oder haben Sie sie nicht?«

»Ich denke schon.« Er grinste selbstzufrieden. »Aus der Akte, die wir über Miss Cotton haben, wissen wir den Vornamen ihres Vaters: Peter. Allerdings gibt es zwei davon in Long Weldon. Aber wenn man davon ausgeht …«

»Hören Sie, Cloud. Spielen Sie hier nicht Sherlock Holmes und Doktor Watson mit mir. Ich weiß Ihre Arbeit auch so zu schätzen. Geben Sie den Kollegen in Bury Bescheid. Die sollen sich darum kümmern, dass man umgehend die Eltern der Toten benachrichtigt.«

Cloud blinzelte enttäuscht. »Das war 'ne verdammte Arbeit, Chief.«

»Natürlich war es das.« Dorothy ging zu der großen Wandkarte hinüber und betrachtete die bunten Fähnchen darauf. Alle repräsentierten Mordschauplätze und mögliche Spuren in diesem Fall. Aber sie ließen noch immer kein verwertbares Muster erkennen. »Mittlerweile haben wir es mit drei Opfern zu tun«, sagte sie, »und nach wie vor kennen wir die Motivation des Mörders nicht.«

»Ein Wahnsinniger braucht keine rationale Motivation. Das ist einfach jemand, der Gefallen daran findet, alleinstehende Frauen zu ermorden. Genau wie Jack the Ripper, Frederick West oder dieser De Salvo, den sie in Boston geschnappt haben. Die brauchen weiter kein Motiv. Die töten um des Tötens willen.« Er schnippte mit den Fingern. »Ich fürchte, denen macht das Spaß.«

»Und was wissen wir noch über ihn«, fragte Dorothy, »außer dass es ihm Spaß macht?«

Cloud stöhnte gequält und ließ die Schultern hängen. »Das haben wir doch bestimmt schon an die hundert Mal durchgekaut.«

»Und jetzt kauen wir es eben wieder und wieder durch. So lange, bis wir ihn endlich selbst fragen können, was in ihm vorging, als er Rosalind Cotton in diese Toilette lockte – eine querschnittgelähmte junge Frau, die noch keine vierundzwanzig Jahre alt war – sie vergewaltigte und brutal ermordete!« Dorothy blickte Cloud tief in die Augen. »Für Leute wie Bloomfield mögen diese Frauen ja nur ein paar unpersönliche Zahlen in einer Statistik sein. Für mich sind es vor allem Menschen, denen schlimmes Unrecht geschehen ist. Wir können sie nicht wieder lebendig machen, aber es ist unsere Aufgabe, denjenigen zu finden, der ihnen das angetan hat. Und zwar mit allen uns zur Verfügung stehenden Mitteln, ganz egal, wie lange es dauert.«

Dem Sergeant schien es die Sprache verschlagen zu haben. Betroffen starrte er über den Tisch hinweg ins Leere, die Handflächen aufeinandergelegt. Dann blies er die Wangen auf, räusperte sich und nickte. »Es tut mir leid. Das Letzte was ich will, ist, Bloomfield nachzueifern.«

»Schon gut.« Sie lächelte. »Machen wir weiter.«

Merklich gefasster sagte er nun: »Wir können davon ausgehen, dass unser Mann ziemlich kräftig sein muss, denn all diese Frauen sind erdrosselt worden … Auf alle Fälle wurde ihnen gewaltsam die Luft abgedreht – ausnahmslos. Und dazu ist schon etwas Kraft vonnöten. Stelle ich mir wenigstens vor«, setzte er hinzu.

»Gut. Weiter.«

»Ebenso ausnahmslos lässt er sie nackt zurück. Bis auf die Ringelsöckchen an ihren Füßen.«

»Wobei er da beim letzten Opfer eine Ausnahme machte«, wandte Dorothy ein.

»Und sie werden an öffentlichen Plätzen gefunden.« Cloud ließ die Hände sinken und schüttelte den Kopf. »Ich verstehe nicht, weshalb er sie immer wieder an Orten tötet, die allgemein zugänglich sind? Als legte er es geradezu darauf an, geschnappt zu werden.«

»Oder als legte er es darauf an, *gesehen* zu werden.«

»Läuft für mich aufs Gleiche raus«, meinte Cloud und gähnte verhalten. »Der Bursche ist wahnsinnig. Wer weiß schon, was sich bei dem im Oberstübchen so alles abspielt? Der Yorkshire-Ripper hat angeblich Stimmen gehört, die ihm gesagt haben sollen, wo es langgeht.«

»Ich wäre Ihnen dankbar, wenn Sie mal für eine Weile den Wahnsinn aus dem Spiel ließen«, sagte Dorothy, die sehr wohl einen Unterschied zwischen *gesehen* und *geschnappt* werden sah, ließ das Thema aber vorerst auf sich beruhen. »Gibt es sonstige Gemeinsamkeiten?«

»So, wie es aussieht, nein.« Cloud trommelte mit den Fingern auf seinem Notizblock herum. »Die Erste starb im *Level.* Die Zweite in einem bekannten Pub in der Market Street. Die Dritte am Palace Pier. Ich habe sogar einen Stadtplan zu Rate gezogen und versucht, die Tatorte mit Hilfe von Linien zu verbinden. Aber auch da ergab sich kein bestimmtes Muster.«

Dorothy ließ sich auf der Schreibtischkante nieder. »Abgesehen von den Briefumschlägen, die wir in ihren Wohnungen gefunden haben.«

»Hm«, machte Cloud.

»Was soll das heißen – hm?«

»Na ja. Im Fall Cotton fehlt auch der. Stattdessen hat er ihr den Zettel gleich selbst an die Zehe gebunden. Bei ihr scheint sowieso alles anders gelaufen zu sein. Sie wurde nicht erdrosselt wie die anderen beiden. Sie trug keine Ringelsöckchen ...«

Dorothy strich ihm mit einem spitzbübischen Lächeln über den Kopf und sagte in mütterlichem Ton: »Nicht jede Frau trägt Ringelsöckchen, Ralphie.«

»Ha, ha. Äußerst witzig.« Cloud, der seit seinem vierzehnten Lebensjahr kein weibliches Wesen mehr getroffen hatte, das freiwillig Ringelsöckchen anzog, schnitt eine Grimasse und schob seinen Stuhl zurück. »Inspector Breckinridge ist steif und fest davon überzeugt, dass der Mörder sie mitbrachte. Er hat die Dinger unter sein Mikroskop gehalten, nehme ich an, und verschiedene Tests durchgeführt. Die

Socken sind brandneu, noch nicht einmal gewaschen. Und sie stammen vom selben Hersteller.«

»Woher, bitte schön, will er das denn wissen? Ich habe keinen Aufdruck gesehen.«

»Wenn ich mich recht erinnere, sprach er von einem Webfehler, der sich in beiden Paaren befunden haben soll.«

»Und wieso werden mir solche Dinge nicht mitgeteilt?«

»Ich hab's selbst erst gestern Abend erfahren«, verteidigte sich Cloud. »Sie waren ja den ganzen Tag unterwegs.«

Dorothy nickte. »Habe ich etwa noch mehr verpasst?« Eindringlich sah sie ihn an. »Wenn es noch etwas gibt, das ich wissen sollte, dann halten Sie damit nicht hinterm Berg.«

Cloud errötete unter ihrem Blick und rutschte unbehaglich auf dem Stuhl herum. »Nein«, sagte er schließlich. »Nein, das ist alles, Chief.« Denn das, was es da noch gegeben hätte, war wirklich rein privater Natur.

Sie wurden von plötzlichem Lärm und polternden Schritten unterbrochen, die auf dem Gang laut wurden und näher kamen. Als nur Sekunden darauf krachend die Tür aufflog, war klar, dass es sich bei ihrem wenig verheißungsvollen Besucher allein um Peter Bloomfield handeln konnte.

Wie ein riesiger Baum stand er breitbeinig unter der Türfüllung, die Klinke noch in der Hand, und seine Augen schienen Funken zu sprühen. »Sie werden sich sicher an dieses Punk-Mädchen erinnern, nicht wahr, Marley?« Bloomfields Nasenflügel bebten, und der Ton seiner Stimme war ebenso verächtlich wie hasserfüllt. »Macht es bei Ihnen *klick*? Die Kleine, die Sie runter ins Leichenschauhaus geschleift haben!«

»Paula Finn?« Dorothy war völlig verwirrt. Was in Gottes Namen ging hier vor? Wozu dieser Auftritt? »Was soll das, Peter? Beruhigen Sie sich ...«

»Einen Teufel werde ich tun!«, fuhr er sie an. »Kommen Sie mit! Und sehen Sie sich an, was Sie mit Ihrer gestrigen Aktion bewirkt haben!« Mit einem Ruck wandte er sich zur Tür um: »Die kleine Göre ist tot. Letzte Nacht hat sie Selbstmord begangen!«

2

Weit draußen am Horizont schimmerte bereits ein schmaler, blauer Lichtstreifen und teilte behutsam Himmel und Meer, aber hier am Strand war es noch immer sehr dunkel. Dorothy ließ sich eine Taschenlampe geben, bevor sie sich über das leblose Mädchen beugte.

Paula ...

Sie lag mit dem Gesicht nach unten im Sand, die Beine in den Knien angewinkelt, und die Füße noch halb im Wasser. Getrockneter brauner Schaum klebte an ihren durchweichten Kleidern – denselben, die sie auch gestern getragen hatte. Ihr ausgestreckter linker Arm war am Ellenbogen leicht gebeugt, der Handrücken wies nach oben. Der rechte Arm wurde größtenteils von Brust und Hüfte verdeckt.

Die See war ruhig, es ging kaum ein Lüftchen.

Am Strand wimmelte es von Polizisten. Außer Dorothy und Bloomfield, der sie unter fortwährenden Beschimpfungen geradewegs in einen Streifenwagen verfrachtet und höchstselbst zum Tatort gefahren hatte, waren noch Inspector Breckinridge von der Spurensicherung und weitere zehn oder zwölf Beamte in Uniform anwesend – Constables zumeist, die sich in der Hauptsache darum kümmerten, dass kein Unbefugter den Schauplatz des Verbrechens betrat. Allein der Gerichtsmediziner fehlte.

Dorothy wandte für eine Sekunde den Blick vom Leichnam ab und sah zum Pier hinauf, der sich schwarz und skelettartig gegen den Himmel abzeichnete.

»Prägen Sie sich nur alles ganz genau ein, Marley«, schnarrte Bloomfield. »Wegen Ihnen hat sie sich von da oben runtergestürzt.« Der Chief Inspector stand, breitbeinig und die Hände tief in den Manteltaschen vergraben, direkt hinter ihr – offenbar fest entschlossen, nicht von ihrer Seite zu weichen.

Eine sehr naive Sichtweise, dachte Dorothy, wenn nicht gar reines Wunschdenken. Nur auf den ersten Blick sah es tatsächlich so aus, als sei das Mädchen vom Ende des Piers kopfüber ins flache Wasser gesprungen. Besah man sich die Fakten, musste man zwangsläufig zu einem anderen Schluss gelangen. Breckinridge zufolge lag Paula zweifellos dort, wo sie hingefallen war, und schon die Lage des Körpers – unmittelbar unter dem Pier, als habe sie sich einfach in die Tiefe fallen lassen wie ein Stein – sprach gegen die Selbstmordvariante. Denn abgesehen davon, dass Menschen, die beschlossen hatten, ihr Leben auf diese Weise zu beenden, normalerweise weit höhere Gebäude wählten, hatten sie doch alle eines gemein: Sie stießen sich beim Sprung in den Tod ab. Außerdem konnte sich Dorothy gerade in Paulas Fall beim besten Willen nicht vorstellen, dass das Mädchen freiwillig gesprungen war.

Denn ihre Frechheit der Polizei gegenüber, als sie ihr zum ersten Mal begegnet waren, und ihre selbstbewusste Eigenständigkeit zeugten eher von überschäumender Vitalität denn von geschwächtem Lebenswillen.

»Ob sie es wohl gewusst hat, als sie sprang«, überlegte Bloomfield laut, »dass ihr Tod *Sie* den Job kosten würde?«

Dorothy ignorierte ihn einfach. Sie stützte sich mit den

Händen ab und rief Inspector Breckinridge zu: »Ich werde sie anfassen müssen, Stockley! Kommen Sie doch bitte mal mit Ihrer Kamera her.« Und sie winkte ihn heran. »Ich möchte, dass Sie die Leiche fotografieren, bevor und während ich sie bewege. Und machen Sie unbedingt ein paar Nahaufnahmen von ihrem Kopf.«

Sie zog einen einzelnen Einweghandschuh aus der Tasche, streifte ihn sich über die rechte Hand und strich dann sehr vorsichtig von oben nach unten über Paulas Hinterkopf, bis sie eine leichte Wölbung der Kopfhaut unter ihrem Handballen spürte. Eine deutlich ausgeprägte Schmauchhöhle, genau wie sie vermutet hatte. Das wies auf einen absoluten Nahschuss hin.

Dorothy teilte das Haar an jener Stelle, bis sie die Einschusswunde deutlich erkennen konnte. Wäre Dr. Millner zugegen gewesen oder hätte sich die Leiche bereits in der Pathologie befunden, hätte Dorothy versucht, den Schusskanal zu ertasten, indem sie einen Kunststoffstab oder ihren kleinen Finger in das Loch einführte. Aber unter den gegebenen Umständen sah sie davon ab – zu groß war die Gefahr, dass sie vor lauter Übereifer Fremdspuren im Schusskanal verschleppte und somit Dr. Millners Untersuchung erschwerte oder gar verfälschte.

Breckinridges Kamera blitzte und klickte unablässig, während er langsam um die Leiche herumging und sie von allen Seiten fotografierte.

Um zu sehen, welchen Weg die Kugel genommen hatte, musste Dorothy Paula umdrehen. Sie legte die Taschenlampe beiseite und schob, am Boden kniend, nun beide Arme durch den harten und feuchten Kies unter den schlaffen Körper der Toten. Mit einem kräftigen Ruck hob sie ihn an und drehte ihn vorsichtig auf den Rücken.

Gott sei Dank, keine Austrittswunde, stellte Dorothy zu ihrer Erleichterung fest. Paulas Gesicht war bis auf einen dunklen Bluterguss auf der rechten Wange und eine Schürfwunde am Kinn unversehrt, wirkte fast friedlich. Ihre Augen waren geschlossen. *Gott sei Dank.* Die Arme des Mädchens erregten den Einruck, als seien sie mehrfach gebrochen. Die Handflächen waren klebrig von Schmutz und Tang.

Dorothy sah auf, konnte aber wegen der Blitzlichter und der Taschenlampe, die sie gleichermaßen geblendet hatten, kaum die verschwommenen Silhouetten der umstehenden Männer erkennen. »Wo bleibt Doktor Millner?«, fragte sie etwas gereizt in die Dunkelheit hinein.

»Unterwegs hierher«, antwortete eine körperlose Stimme vom Strand.

Dorothy streifte den Einweghandschuh ab. »Stockley?«

»Ja?« Der Mann von der Spurensicherung trat wieder neben sie.

»Ich möchte Sie darum bitten, so lange hierzubleiben, bis Dr. Millner eingetroffen ist.« Dorothy stand auf und wischte sich die Hände an den Hosenbeinen ab. Den Einweghandschuh steckte sie in die Tasche. »Sagen Sie ihm, er soll sich zuallererst ihren Hinterkopf ansehen. Sie hat sich nicht selbst umgebracht. Sie wurde ermordet. Das Mädchen hat nämlich eine Kugel im Kopf. Und geben Sie inzwischen Acht, dass der *Herrgott* sie nicht anrührt.«

Den letzten Satz hatte sie geflüstert, aber Bloomfield schien ihn trotzdem gehört zu haben, denn er war plötzlich bei ihr und riss Dorothy mit einer Hand grob an der Schulter herum.

»Nehmen Sie die Finger weg!« Sie schüttelte ihn augenblicklich ab.

»Nicht ich werde mich für *das hier* verantworten müssen«,

zischte Bloomfield, und die ausladende Handbewegung, die er dazu über dem Leichnam machte, ließ den Eindruck entstehen, als spräche er über eine aus lauter Übermut zerbrochene Suppenschüssel und nicht vom Tod eines vierzehnjährigen Mädchens. »*Sie*, Marley, haben das Kind auf dem Gewissen! Das ist Ihnen doch klar? Was glauben Sie denn, was in einem so jungen Mädchen vor sich geht, wenn es sehen muss, wie seine beste Freundin tot in einem Kühlfach liegt? Denken Sie, die steckt das einfach so weg? Nein …« Er lachte höhnisch und wurde sofort wieder ernst. »Sie könnte noch am Leben sein, Marley, wenn Sie ihr das erspart und sie gleich nach Hause zu Mama und Papa geschickt hätten!«

Dorothy dachte an Paulas gestrige Begegnung mit dem Chief Inspector und fragte sich, was *sie* wohl darauf erwidert hätte. Höchstwahrscheinlich: *Das hier ist kein Suizid, Mister Oberschlau!* Doch Dorothy sagte nur sehr leise und traurig: »Ich wünschte wirklich, es wäre so einfach.«

Zwanzig Minuten später war Dorothy wieder zurück in ihrem Büro im Polizeihauptquartier, wo Sergeant Cloud, am Schreibtisch stehend, den Bericht der Notrufabteilung eingehend studierte und eben dabei war, die relevanten Einzelheiten in sein Notizbuch zu übertragen.

»Es war kein Selbstmord, Ralph«, verkündete Dorothy ohne lange Vorrede. Trotz aller Sympathie, die sie für Paula empfand (oder vielleicht gerade deswegen), bemühte sie sich, den Tod des Mädchens so sachlich wie möglich anzugehen. Sie warf ihren Mantel über die Rückenlehne ihres Bürostuhls und fasste kurz zusammen, was sie am West Pier vorgefunden hatte.

Betroffen fragte Cloud: »Weiß man schon, wann sie ermordet wurde?«

»Aufgrund der noch nicht besonders stark ausgeprägten Totenstarre würde ich sagen: irgendwann letzte Nacht, zwischen 24 Uhr und drei Uhr morgens. Bleibt abzuwarten, ob Millner uns da Genaueres mitteilen kann.«

»Demnach hat er noch keine Vermutung geäußert?«

»Er war überhaupt nicht anwesend«, sagte Dorothy. »Dafür hat sich Richard Dadd schon ziemlich bald nach Eintreffen unserer Beamten als einer der ersten Schaulustigen am Tatort herumgedrückt.«

»Hm.« Cloud war sichtlich verwundert.

»Allerdings sollten wir das nicht überbewerten. Paula ist ja quasi vor seiner Haustür gefunden worden. Wann wurde uns der Fund der Leiche eigentlich gemeldet?«

»So gegen sechs. Von einer Joggerin, die mit ihren beiden Hunden am Strand unterwegs war. Muss ein ganz schöner Schreck für sie gewesen sein.« Er seufzte. »Also, welche Schritte schlagen Sie als Nächstes vor?«

»Wir müssen uns mit Paulas Eltern in Verbindung setzen – und zwar sofort.«

Ralph Cloud ließ den Bericht sinken, faltete ihn sorgfältig in der Mitte und schaute Dorothy an, die Stirn in sorgenvolle Falten gelegt. »Gehen Sie denn davon aus, dass sie etwas mit der Sache zu tun haben?«

»Eigentlich nicht. Aber sie müssen unterrichtet werden«, sagte sie, rief sich jedoch das, was Angela über Peter Finn gesagt hatte, ins Gedächtnis zurück und meinte dann: »Allerdings wäre es falsch, sie von vornherein auszuschließen, nur weil sie die Eltern des Mädchens sind. Wir sollten uns auf alle Fälle ein Bild von ihnen machen, finden Sie nicht?«

3

Taylor Street war eine exklusive, von prachtvollen alten Häusern gesäumte Seitenstraße, die in West Blatchington von der Nevill Road abging. Sie hielt, stellvertretend für die gesamte Gegend, was der Name des benachbarten Goldstone Crescent mit seinen gutbürgerlichen, aber einfachen Einfamilienhäusern so großspurig zu versprechen schien: Reichtum und Luxus. Jedes Gebäude ein kostbares, von dorischen Säulen gestütztes Einzelstück aus teurem Portlandstein.

Hier also war Paula zu Hause gewesen, dachte Dorothy, als Cloud den altmodischen Türklopfer aus Messing betätigte und hinter dem massiven Kirschbaumportal der Klang eines schweren Westminster-Gongs in der Eingangshalle erscholl.

Der verschlafene, schlanke Mann, der ihnen schließlich, mit zerzausten Haaren und in einen Morgenrock aus dunkelroter Seide gekleidet, öffnete, war offensichtlich alles andere als erfreut darüber, um acht Uhr in der Frühe aus seinem Bett geklingelt zu werden. Aus den Blicken, mit denen er Cloud und Dorothy bedachte, sprach gleichermaßen Verwunderung und Ärger.

Ehe er jedoch Gelegenheit hatte, zu Wort zu kommen, fragte Dorothy: »Sind Sie Mr. Peter Finn?«

»Ja, der bin ich.« Er machte einen etwas verwirrten Eindruck und fuhr sich mehrfach mit beiden Händen über den grauen Haarkranz seiner Halbglatze, den er auf diese Weise vergebens zu glätten versuchte. »Was wollen Sie hier?«

»Brighton Police. Dürfen wir reinkommen?« Sie wartete seine Antwort nicht ab, sondern zückte stumm ihren Dienstausweis, hielt ihn Finn kurz unter die Nase und marschierte an ihm vorbei in die Halle.

»Was – was kann ich für Sie tun?«

»Wissen Sie, wo sich Ihre Tochter Paula gegenwärtig aufhält?«, fragte Dorothy.

»Auf ihrem Zimmer.« Finns Blick flackerte unstet. »Sie schläft, nehme ich an.«

»*Nehmen Sie an?* So, so.« Dorothy sah sich in der Eingangshalle um. Rechter Hand führte eine breite Marmortreppe in den ersten Stock hinauf. Geradeaus, am Fuß der Treppe, befand sich eine Glastür. Links davon gingen zwei weitere Türen ab. »Wann haben Sie Ihre Tochter denn zuletzt gesehen, Mr. Finn?«

»Gestern – spät am Nachmittag.« Er verschränkte die Arme über der Brust. »Ich verstehe nicht. Was sollen all diese Fragen?«

»Bitte beantworten Sie sie einfach. Wann genau?«

»Gegen halb sechs etwa.« Er sah jetzt noch verwunderter aus als am Anfang. Ein Mann, der es nicht gewohnt war, Befehle entgegenzunehmen. »Meine Frau und ich aßen zu Abend.«

»Ich *nehme an*, Ihre Frau ist ebenfalls zu Hause?«

»Selbstverständlich.« Er klang so entrüstet, als habe sie ihm das Gegenteil unterstellt, war indes im nächsten Moment äußerst bemüht, sich seine Gefühle nicht anmerken zu lassen. »Worum geht es hier eigentlich? Hat meine Tochter wieder mal Unsinn angestellt? Ach nun, das haben wir doch alle mal gemacht, was?« Er lachte gekünstelt und breitete jetzt lächelnd die Arme aus. Ein Zahnpastalächeln. Seine etwas zu perfekten Jacketkronen erstrahlten im Glanz des Deckenlichts. »Sie wissen doch selbst, wie Kinder so sind. Da ist es doch sicher nicht nötig, gleich polizeiliche Untersuchungen einzuleiten. Bestimmt werden wir uns auch anders einig. Wenn Paula irgendwelchen Schaden angerichtet hat, ganz gleich welcher Art, komme ich selbstverständlich dafür auf.«

Gott, was für ein armer Mann, dachte Dorothy, ehe sie sehr eindringlich sagte: »Mr. Finn, ich möchte Sie bitten, Ihre Frau zu wecken. Ich fürchte, dies hier lässt sich nicht mit Geld beheben. Es ist wirklich sehr ernst.«

Veronica Finn, eine spitzgesichtige Blondine, kauerte, in ein hauchdünnes Negligee gewickelt, zusammengesunken in einem Schaukelstuhl am offenen Kamin im ersten Stock und weinte in bester Bühnenmanier Krokodilstränen in ein kleines Stofftaschentuch mit Spitzenbesatz. Sie sah wenigstens zehn Jahre jünger aus als ihr Mann, den Dorothy auf Mitte fünfzig schätzte, und der dunkle Haaransatz verriet, dass sie ihre schulterlangen Locken regelmäßig bleichen ließ.

Cloud, der Situationen wie diese hasste und viel lieber Verdächtige vernahm, als Angehörigen die Nachricht vom Tod ihrer eigenen Kinder, Mütter und Väter zu überbringen, hatte sich zunächst einen abseits stehenden Stuhl am Fenster ausgesucht, war aber von Peter Finn darum gebeten worden, einen anderen am Tisch zu nehmen, da es sich bei Ersterem um ein extrem wertvolles Stück russischer Geschichte handelte. Die Letzte, die darauf gesessen habe, sei Katharina die Große gewesen. Eine äußerst seltsame Bitte für jemanden, der soeben erfahren hat, dass seine Tochter gewaltsam ums Leben gekommen ist. Aber Cloud hatte sich gehorsam gefügt.

»Ich bin leider dazu verpflichtet, Ihnen einige Fragen zu stellen«, erklärte Dorothy, die als Einzige stehen geblieben war und nun am Kaminsims lehnte. »Fühlen Sie sich dazu in der Lage, sie zu beantworten?«

Als beide Eltern nickten, schlug Cloud sofort seinen Notizblock auf, und Dorothy fragte: »Was mich zuallererst interessieren würde, ist, ob Sie vielleicht eine Erklärung dafür haben, was Paula mitten in der Nacht dazu veranlasst haben könnte, auf den West Pier zu gehen – noch dazu bei solchem Wetter?«

»Nein«, sagte Mr. Finn. »Dazu reicht meine Vorstellungskraft wirklich nicht aus.«

»Könnte es nicht durchaus sein, dass sie regelmäßig dort hinging, oder dass sie sich dort mit jemand Bestimmtem treffen wollte?«

»Schon möglich, Chief Inspector. Aber wenn dem so war, dann wusste ich nichts davon. Wir beide nicht«, fügte er mit einem Blick auf seine Frau hinzu.

»Nachdem eine unserer Beamtinnen Paula gestern hierher zurückbrachte«, sagte Dorothy, »fiel Ihnen da an Ihrer Tochter etwas auf? Benahm sie sich merkwürdig? Oder war sie irgendwie anders als sonst? Wirkte sie möglicherweise beunruhigt?«

»Nicht, dass ich wüsste. Sie benahm sich wie immer. Sagte guten Tag und ging gleich auf ihr Zimmer.«

»Anders gefragt: Ist es für Sie denkbar, dass Paula Feinde gehabt haben könnte?«

»Feinde?«, stieß Mrs. Finn schluchzend hervor und blickte kurz von ihrem Taschentuch auf. Ihre Augen waren rotgerändert. »Sie war nicht mal fünfzehn Jahre alt, Inspector. Haben Sie in dem Alter etwa Feinde gehabt?«

»Und was ist mit Ihnen beiden?«

Die Frage schien sie derart zu schockieren, dass sie für einen Augenblick sogar das theatralische Schluchzen vergaß. Sie sah zu ihrem Gatten hinüber und dann wieder Dorothy an. »Mit *uns*? Wollen Sie etwa andeuten, es wäre *unsere* Schuld?«

»Ich deute überhaupt nichts an, Mrs. Finn. Alles, was ich möchte, ist herausfinden, weshalb Paula sterben musste.«

»Wir haben uns jedenfalls nicht das Geringste vorzuwerfen«, sagte Mr. Finn entschieden. »Ein ums andere Mal habe ich ihr prophezeit, es würde noch mal ein schlimmes Ende nehmen, wenn sie diesen Lebenswandel beibehielte.«

»Was genau meinen Sie mit *diesem* Lebenswandel? Womit verbrachte sie ihre Zeit? Pflegte sie eventuell Kontakte zu Freunden, die Sie als Eltern missbilligten?«

»Paula war – nun, wie soll ich sagen – sie war nicht so ganz einfach.« Mr. Finn rieb sich mit den zartgliedrigen Fingern über die hohe Stirn. Er war ganz in einem ledernen Sessel versunken und blickte zur stuckverzierten Decke auf, als säße dort ein unsichtbarer Geist, der ihm soufflierte. »Sie war sehr eigensinnig, wissen Sie? Versuchte ständig, sich über alle Konventionen hinwegzusetzen.«

»Sie haben meine Frage nicht beantwortet«, stellte Dorothy eisig fest.

»Paula hat sich oft heimlich weggeschlichen. Anstatt die Schule zu besuchen, verbrachte sie ihre Zeit mit Herumtreibern. Ich habe sie bestraft, habe sie belohnt ...« Er seufzte tief. »Was ich auch tat, sie weigerte sich, auf mich zu hören. Und natürlich gab es da Personen, die wir nicht gutheißen konnten. Diese geistlose Nackttänzerin zum Beispiel.«

»Rosalind Cotton«, half Cloud ihm nach.

Mr. Finns Kopf ruckte herum. »Wenn das ihr Name ist ... Das kleine Flittchen hat jedenfalls so getan, als sei sie Paulas große Schwester. Bildete sich ein, mir vorschreiben zu können, wie ich meine Tochter zu erziehen hätte. Sie setzte Paula nur lauter Flausen in den Kopf. Ich hätte das Miststück gleich anzeigen sollen.«

»Pete, ich bitte dich«, ließ sich Mrs. Finn plötzlich vernehmen. Sie hatte ihr Taschentuch im Schoß zerknüllt und sah ihren Gatten mit ausdrucksloser Miene an. »So kenne ich dich gar nicht.«

»Ach, ist doch wahr, Liebes«, sagte Finn. »Dieses Weibsstück hat sie doch nur auf krumme Gedanken gebracht. Und Paulas Marotte mit diesem Computerclub – das geht auch auf das Konto dieser Frau.«

»Sie sind doch Mathematikprofessor«, konstatierte Dorothy. »Da müssten Sie doch erfreut gewesen sein, dass sie sich gerade in dem Metier zu Hause fühlte.«

»Cyberspace schön und gut«, entrüstete sich Finn, unterbrach sich aber sofort und wandte sich Cloud zu, als er sah, dass der Sergeant eine kleine Porzellanfigur mit rundem Gesicht und aufgemaltem schwarzem Häubchen vom Fenstersims genommen hatte und sie in den Fingern drehte, um die eingeritzte Schrift auf der Unterseite des Sockels zu entziffern. »Legen Sie das bitte aus der Hand. Das Ding hat mich ein Vermögen gekostet.«

»Oh – entschuldigen Sie, Sir. Erinnerte mich irgendwie an meine Kindheit. Meine Großmutter hat so was Ähnliches auch mal gehabt.«

»Wohl kaum solch eine Figur«, sagte Finn herablassend. »Frühviktorianisch und extrem selten. Sie stellt Maria Manning dar – die Londoner Mörderin. Weltweit existiert vielleicht noch ein halbes Dutzend davon. Bitte stellen Sie sie vorsichtig zurück, danke.« Dann nahm er den Faden wieder auf. »An anderer Leute Rechnern herumzuwerkeln ist eine Sache, wenn es sinnvoll ist. Aber nicht auf die Art und Weise, wie Paula es betrieb. Sie hatte Kontakt zu *Hackern*, die sich für die Größten halten, nur weil sie wissen, wie man einen PC lahmlegt, ohne erwischt zu werden. Was soll das, frage ich Sie? So was hat nicht das Geringste mit Mathematik zu tun. Das ist höchst kriminell. Aber es ist natürlich viel einfacher, etwas zu zerstören, als es selbst zu erschaffen. Und das ist das Einzige, was diese Leute im Kopf haben: Zerstörungswut. Die waren, glauben Sie mir, kein geeigneter Umgang für unsere Tochter. Diese Leute haben sie negativ beeinflusst, sonst nichts.«

»Auch Rosalind Cotton?«

»Sie war ja wohl die Schlimmste von allen.«

»Paula hingegen scheint sich glänzend mit ihr verstanden zu haben.«

»Pah!« Finn warf einen kurzen Blick in Richtung seiner Gattin. »Paula wusste ja gar nicht, was gut für sie war.«

»Demnach kannten Sie Miss Cotton recht gut?«

»Aber nein. Natürlich nicht.«

»Sagten Sie nicht eben selbst, sie habe versucht, Ihnen in Paulas Erziehung hineinzureden? Also müssen Sie auch mit ihr gesprochen haben, Mr. Finn.«

Er schnaufte unwillig. »Na schön. Ich habe mal mit ihr geredet. Aber deshalb muss ich sie noch lange nicht sonderlich gut *kennen*.«

»Aber immerhin gut genug, um sie nicht zu mögen«, stellte Dorothy fest. »Und wenn Miss Cotton Ihrer Meinung nach einen solch schlechten Einfluss auf Ihre Tochter hatte, taten Sie doch sicherlich etwas, um den Kontakt zwischen den beiden zu verhindern?«

»Ja. Ich sagte dieser vorwitzigen Person, sie solle sich aus unserem Leben heraushalten. Sogar Geld habe ich ihr angeboten, damit sie Paula in Frieden ließ, aber die kleine Tänzerin hat mich nur kopfschüttelnd angestarrt.«

Kein Wunder, dachte Dorothy. »Und wie haben Sie reagiert, als Paula Ihnen gestern von Miss Cottons Tod erzählte?«

»Na, wie soll ich schon reagiert haben? Erleichtert natürlich. Sie war eine Stripperin, Chief Inspector Marley! Sie war kein Umgang für meine Tochter. Paula war wohlerzogen.«

Dorothy ging nicht darauf ein. »Können Sie mir sagen, wie und wann Paula und Miss Cotton sich kennen lernten?«

Peter Finn zuckte die Achseln, wechselte bedeutungsvolle Blicke mit seiner Frau und sagte dann: »Soweit ich weiß, in einem Internetcafé. Irgendwo in den North Laines. Keine Ahnung, wann.«

»Paula besaß also keinen eigenen PC?«

»Nein. Das heißt: Ja.« Er rieb sich mit der rechten Hand über Mund und Kinn. »Sie hatte einen – aber ich hielt es nicht für gut, ihn ihr zu lassen.«

Dorothy fragte sich, warum? Wo doch Geld ganz offensichtlich keine Rolle spielte. Ihrer Ansicht nach so ziemlich das einzige Gut, von dem es in dieser ehrenwerten Familie im Überfluss gab. »Weil Sie von ihrer Tätigkeit als *Hackerin* wussten?«

»Genau«, sagte Finn – eine Spur zu rasch, um glaubwürdig zu sein. »Ich konnte es doch wohl kaum noch unterstützen, dass sie ihn für solche Zwecke missbrauchte.«

Cloud zog die Augenbrauen hoch, machte aber weiter schweigsam seine Notizen.

»Und wodurch kamen Sie Ihrer Tochter auf die Schliche?«

Peter Finn lief rot an, und wieder wurden Blicke gewechselt. »Ich fand es eben eines Tages heraus – zufällig.«

Aber Dorothy war sicher, dass hinter der Abschaffung des PCs bedeutend mehr stecken musste, als die Finns bereit waren einzugestehen. Sie sagte: »Mr. Finn, ich will ehrlich mit Ihnen sein. Ich glaube Ihnen nicht.«

»Chief Inspector, Chief Inspector.« Finn lächelte. Es war

kein freundliches Lächeln. Es war das Lächeln eines einflussreichen Mannes, der weiß, dass er im Vorteil ist. »Sie kommen hierher. Sie stellen uns all diese Fragen.« Er deutete ein Kopfschütteln an, dann wurde sein Gesicht zu Stein. »Unsere Tochter ist tot! Und Sie maßen sich an, über mich zu urteilen! Das wird Sie noch teuer zu stehen kommen.«

»Sie wollen mir drohen?«

»Ich habe Freunde, Chief Inspector ...«

»Das bezweifle ich nicht, Mr. Finn«, sagte Dorothy. »Beschweren Sie sich ruhig über mich. Wenn Sie der Meinung sind, dass Ihnen das in Ihrer Trauer Erleichterung verschafft – bitte schön. Ich gebe Ihnen gern die Nummer meines Vorgesetzten. Chief Superintendent Bless wird sicherlich höchst erfreut sein zu hören, dass Sie uns nach Kräften unterstützen.«

»Sie machen sich über mich lustig.«

»Nein, Mr. Finn. Ich mache mir Sorgen. Und zwar sehr große. Aber seien Sie gewiss: Ich werde den Grund für Paulas frühen Tod herausfinden. Und ich werde den Grund dafür herausfinden, weshalb sie Rose Cotton – ihre beste Freundin – nur um vierundzwanzig Stunden überlebte.«

»Wollen Sie damit sagen ...«, meldete sich Mrs. Finn zu Wort. Sie stockte jedoch, sog hörbar die Luft ein und schlang die Arme um ihren Körper. »Es hat doch aber nichts mit diesem grauenhaften Vergewaltiger zu tun?«

»Wie kommen Sie darauf?«

»Ich dachte nur, weil ... weil dieses andere Mädchen ... Miss Cotton ...«

»Sie haben recht. Wir ermitteln in diese Richtung. Denn ausschließen können wir es nicht.«

»Aber es muss doch nicht an die Öffentlichkeit dringen, dass ...« Veronica Finn blickte sekundenlang unsicher umher, ehe sie sagte: »Es ist doch bestimmt nicht nötig, die Umstände ihres Todes an die große Glocke zu hängen, nicht wahr? Sie werden verstehen … Die Presse und das alles. Das könnte ich nicht ertragen. Schließlich führen wir ein sehr geregeltes Leben.«

»Im Gegensatz zu Ihrer Tochter, Mrs. Finn«, sagte Dorothy kalt. Sie vermochte ihre Wut kaum noch im Zaum zu halten. »Denn Paula führt nun gar keines mehr.«

Mrs. Finn steckte schockiert den rechten Daumen in den Mund und kaute stumm und nervös auf dem Nagel herum. Ihr Gatte sprang ihr gleich zur Seite: »Ich weiß nicht, was dieser Ton soll, Chief Inspector.«

»Dann können Sie mir nur sehr leidtun«, entgegnete Dorothy leise. Sie war völlig fassungslos. Geld mochte tatsächlich im Überfluss vorhanden sein, aber von Liebe zu ihrer Tochter war bei den Finns rein gar nichts zu spüren. Nicht ein einziges Mal hatten sie von ihrem Kind in der Gegenwart gesprochen. Dorothy war sicher: Für Peter und Veronica Finn war Paula nicht erst vor wenigen Stunden, sondern schon vor sehr langer Zeit gestorben – aus purer Enttäuschung darüber, dass sie nicht ihren Wünschen und Vorstellungen von einer wohlerzogenen Tochter entsprochen hatte. Und in einem ersten Impuls hätte sie am liebsten eine Axt genommen und sämtliches Mobiliar – allem voran diesen lächerlichen Stuhl der Großen Katharina – mit gewaltigen Hieben zertrümmert. Aber gegen so viel zur Schau getragene Herzlosigkeit war selbst sie machtlos. Und so nahm sie stattdessen einfach die Manning-Figur, die Cloud vorhin schon betrachtet hatte, von der Fensterbank, warf sie einmal in die Luft und dann in Peter Finns Richtung, der das zarte Porzellanpüppchen mit Entsetzen im Blick auffing.

»Wären Sie um Ihre Tochter auch nur halb so besorgt gewesen wie um Ihre lächerlichen Antiquitäten ...«, meinte Dorothy und winkte ihren Sergeant heran, »sie wäre jetzt mit Sicherheit noch am Leben, Mr. Finn. Und machen Sie sich keine Mühe – wir finden selbst hinaus.«

Um mehr zu tun oder zu sagen, fehlte ihr buchstäblich die Kraft.

Sie saßen bereits wieder im Wagen, und Cloud fuhr die Sackville Road hinunter, als Dorothy ihn ansah und meinte: »Ist Ihnen an Peter Finn etwas aufgefallen?«

Ralph grinste. »Abgesehen davon, dass er ein Riesenarschloch ist, meinen Sie? Nein, nichts Besonderes. Sollte es?«

»Vielleicht hat es ja überhaupt nichts zu bedeuten«, sagte sie, »aber er hat nicht die geringste Ähnlichkeit mit Paula.«

4

Als Dorothy um sechzehn Uhr die Stufen des *Argus House* in der Crowhurst Road hinaufeilte, um mit Richard Dadd über seinen gestrigen Anruf bei ihr zu sprechen, wusste sie bereits drei Dinge sicher.

Erstens: Paula war durch einen aufgesetzten Schuss in den Hinterkopf getötet worden, so wie sie es schon am Tatort vermutet hatte. Der Schuss war, Breckinridge zufolge, aus einer großkalibrigen Waffe abgegeben worden – höchstwahrscheinlich einem Smith&Wesson-Revolver älteren Modells. Zweitens: Dr. Millner hatte beim Waschen der Leiche in Paulas Handfläche – und auf der Rückseite einer Visitenkarte von Dorothy – Notizen gefunden. So wie es aussah, hatte sie kurz vor ihrem Tod versucht, den Inhalt einer E-Mail aufzuschreiben, war aber nicht mehr dazugekommen, ihr Vorhaben auszuführen. Daraufhin war ein Wagen in die Kemp Street und ein zweiter zu *Jack's Cyber Club*, dem einzigen Internetcafé in den North Laines, geschickt worden, wo Paula und Rosalind einander kennen gelernt haben mussten. Jack O'Gillvie, der Inhaber der Einrichtung, war keine große Hilfe gewesen. Zwar konnte er sich an Paula erinnern (*»Wie könnte ich mich nicht an die kleine Laus erinnern? Violette Haare, hatte immer was am Equipment rumzumeckern, aber nie einen Penny in der Tasche.«*) – doch gesehen hatte er sie seit Ewigkeiten nicht mehr. Was die Beamten jedoch in Rosalinds Cottage vorgefunden hatten, musste jeden Zweifel zerstreuen: Paula war getötet worden, weil sie dem Mörder in die Quere gekommen war. Und drittens: Sean Curtis hatte sich in der fraglichen Nacht in der Kemp Street aufgehalten. Ralph war damit, dass er ihn in jener Nacht heimlich observiert hatte, erst herausgerückt, als bereits feststand, dass jemand Miss Cottons Wohnung verwüstet hatte.

Dorothy fand Dadd an seinem Schreibtisch im zweiten Stock; und wie gewöhnlich in weiblicher Gesellschaft. Das *Mädchen* (denn Dorothy schätzte die rothaarige junge Dame, die auf der Schreibtischkante saß und Richard so hingebungsvoll anstrahlte, als sei er Robert Redford persönlich, auf höchstens zwanzig) kniff die Lippen zusammen, als Dorothy zu ihnen trat.

»Hi, Richard.« Sie ignorierte die Kleine absichtlich, sah über sie hinweg und strich sich mit der rechten Hand das Haar hinters Ohr. »Sie wollten mich sprechen? Es klang dringend.«

Dadd lächelte und wandte sich an das Mädchen. »Würdest du uns einen Moment entschuldigen, Sue?« Kurze Pause. »Polizei«, erklärte er. Und Sue machte sich, wenn auch ein wenig enttäuscht, davon.

»Sie scheinen eine Schwäche für Rothaarige zu haben«, stellte Dorothy fest. Ihr Ton war so kalt wie ihre Hände.

Er nickte lächelnd.

»Gehen Sie auch mit ihr ins Bett?« *Oh, Gott, Dotty*. Warum, zum Teufel, hatte sie sich nur nicht besser unter Kontrolle? Am liebsten wäre sie auf der Stelle im Erdboden versunken. Sie legte sich die Hand auf die Stirn.

»Nein. Bislang hatte ich noch keine Gelegenheit dazu«, sagte Dadd, noch immer lächelnd. »Aber warum setzen Sie sich nicht?« Und als sie auf einem gepolsterten Bürostuhl mit Rollen Platz genommen hatte, meinte er. »Allerdings muss ich gestehen, dass meine große Liebe nicht wirklich rothaarig ist.«

»Ach?« Dorothy bemühte sich, seinem Blick auszuweichen. »Und ich dachte, Sie hängen diesem alten Mythos an: Rotes Haar – glutrote Leidenschaft und so weiter.«

Dadd lachte. »Nein, nein. *Das* ist es, woran *mein* Herz ganz und gar hängt«, sagte er und hielt ihr plötzlich einen kleinen, runden Taschenspiegel vors Gesicht.

Dorothy schluckte und merkte, wie sie rot anlief. Rasch sagte sie: »Also, was haben Sie für mich, Richard?«

»Und ich dachte, Sie seien gekommen, um mich zu verhaften«, meinte er. Und sichtlich verblüfft setzte er hinzu: »Immerhin ist das Mädchen nur einen Steinwurf weit von meiner Wohnung entfernt ermordet worden. Wollen Sie denn gar nicht wissen, wo ich mich zur Tatzeit herumgetrieben habe?«

»Also schön.« Sie war gewillt, das Spiel mitzumachen. »Gegen elf haben Sie mich von Ihrer Wohnung aus angerufen. Wo waren Sie danach? Sagen wir – zwischen halb zwölf und drei Uhr morgens?«

»Da lag ich in meinem Bett und habe geschlafen – und zwar allein. Bis ich dann von dem Lärm aufwachte, den Ihre

Leute am Pier machten. Selbstverständlich zog ich mich sofort an und rannte rüber, als ich all die Streifenwagen da unten sah.« Er räusperte sich, blinzelte. »Wie Sie sehen, kann ich nicht mit einem Alibi aufwarten. Ist das nicht verdächtig? Erst neulich haben Sie mich allein wegen *nichts* die halbe Nacht mit Ihrem Sergeant verbringen lassen.«

»Da waren Sie ungezogen, Richard.« Jetzt lächelte auch sie. Ein schmales, zögerliches Lächeln nur, aber immerhin ein Lächeln. Dann wurde sie wieder ernst. »Hätten Sie das Mädchen tatsächlich ermordet, wäre es wohl kaum sehr klug gewesen, es ausgerechnet dort zu tun, nicht wahr?«

»Und wenn ich verrückt bin?«

»Dass Sie es sind, daran zweifle ich nicht.«

»Danke sehr.« Er blickte zerstreut um sich. »Möchten Sie vielleicht einen Tee, einen Kaffee ...«

»Was ich möchte, ist Ihre Geschichte«, unterbrach sie ihn. »Ich möchte wissen, weshalb Sie mich gestern Nacht angerufen haben.« Sie verschränkte die Arme vor der Brust, löste sie jedoch sogleich wieder, als ihr die Bedeutsamkeit dieser Geste bewusst wurde. Richard war schließlich nicht auf den Kopf gefallen. Wenn sich ihre Hilflosigkeit schon durch ihre Körpersprache verriet, würde er das ausnutzen, so wie auch sie es ausnutzte, wenn sie Verdächtige vernahm. »Wenn Sie Informationen haben, die uns weiterhelfen können, ist es Ihre Pflicht ...«

Er hob mahnend den Zeigefinger und sagte: »Wir sind noch nicht vor Gericht, Chief Inspector.«

»Schon gut. Aber Sie werden mich nicht nur angerufen haben, um meine liebliche Stimme zu hören, Richard.«

»Oh – wer weiß.« Er lächelte kurz, schüttelte dann aber den Kopf. »Nein, nein. Es gibt da etwas, das mir einfach nicht mehr aus dem Kopf geht. Eine Ähnlichkeit zwischen zwei

Fällen, mit denen ich zu tun hatte. Eine Stimme in mir sagt: Die Übereinstimmungen sind so offensichtlich, dass man sie nicht ignorieren darf. Und je länger ich darüber nachdenke, umso hartnäckiger und lauter wird diese Stimme.« Eine erneute Pause, derweil er mit Daumen und Zeigefinger die Falten auf seiner Stirn nachzeichnete. Dann sah er Dorothy an. »Ich war noch ein junger Reporter damals – arbeitete bei der *Sun*. Ich mache diesen Job schon ziemlich lange. Und als ich damit anfing, hatten wir es mit einem Fall oben in Suffolk zu tun. Das war vor ungefähr achtzehn Jahren.«

»Wo?«

»Long Weldon«, erwiderte er. »Der Ortsname wird Ihnen wahrscheinlich nichts sagen.«

Dorothy schüttelte den Kopf. *Long Weldon*, dachte sie alarmiert. Dieser Ort schien allmählich zu einem Schlüssel zu werden. Sie ließ sich indes nichts anmerken und meinte leichthin: »Machen Sie weiter, Richard. Was war das für ein Fall?«

»Das Opfer war ein junges Ding von neunzehn oder zwanzig Jahren; so genau weiß ich es nicht mehr. Ihr Name war White. Renee White. Sie zeltete mit ihrem Freund auf einer Lichtung im Wald, nahe dem Dorf, als jemand die beiden überfiel, den Freund überwältigte, knebelte und fesselte und Renee ermordete.«

»Was hat das mit dem Würger von Brighton zu tun?«

»So warten Sie's doch ab, Dotty.« Dadd sah zu den Neonröhren an der Decke auf und seufzte hörbar. »Das Mädchen wurde vergewaltigt, erdrosselt und war beinahe nackt, als man es fand. Alles, was sie noch am Leib trug, waren …«

»Socken?«

»Völlig richtig.« Dadd klatschte in die Hände. »Und hinzu kommt, dass derjenige, den man damals für das Verbrechen verantwortlich machte, erst vor wenigen Wochen aus dem Gefängnis entlassen wurde.«

»Sein Name?«

»Brian Barnes. Und – viel interessanter noch – die ersten Drohbriefe tauchten etwa zur selben Zeit in Brighton auf, als er in Parkhurst aus der Haft entlassen wurde.«

»Haben Sie eine Ahnung, wo er sich gegenwärtig aufhält?«

»Klar«, sagte Dadd. »Gleich nach seiner Entlassung ist er nach Long Weldon zurückgekehrt. Soviel ich weiß, hat er seine alte Arbeitsstelle im Sägewerk wieder angetreten.«

»Danke, Richard, das war's schon.«

»Das war's?« Er wirkte furchtbar enttäuscht.

Dorothy bedankte sich nochmals und gab ihm zum Abschied die Hand. »Richard, Sie sollten ...«

»Das Land für eine Weile nicht verlassen?« Er grinste sie breit an. »Das wollten Sie doch sagen, oder nicht?«

»Du liebes bisschen – nein.« Dorothy schüttelte lachend ihr Haar und deutete auf das rothaarige Mädchen, das sich noch vorhin so lasziv auf seinem Schreibtisch geräkelt hatte. Nun musterte es sie beide mit bierernstem Gesicht vom Büro des Chefredakteurs aus und drückte sich dabei die Nase an der großen Glasscheibe platt. »Was ich sagen wollte, war: Sie sollten den wilden Rotschopf dahinten nicht vernachlässigen. Sonst kratzt die Kleine Ihnen am Ende noch die Augen aus.«

»Dorothy, ich ...« Er hielt ihre Hand noch immer, und sehr viel länger als nötig. Mit schiefgelegtem Kopf und Hundeblick sah er Dorothy an und flüsterte: »Ich ... würde Sie gern küssen.«

»Und ich würde gern mal im Lotto gewinnen, Richard«, sagte sie und war verschwunden.

5

Die restlichen Stunden des Tages waren mit langweiliger Routinearbeit gefüllt und verstrichen so schnell, dass Dorothy erst am Dienstag dazukam, ihren Vorgesetzten aufzusuchen.

»Das kann nicht Ihr Ernst sein, Chief Inspector Marley.« Chief Superintendent Arnold Bless, der in einem geräumigen, lichtdurchfluteten Büro im vierten Stock residierte, hockte mit aufgekrempelten Hemdsärmeln hinter seinem sorgfältig aufgeräumten Schreibtisch. So, wie er dasaß, die Augenbrauen zusammengezogen und seine stark behaarten Arme auf die Tischkante gestützt, wirkte er auf Dorothy wie eine zum Sprung bereite Spinne.

»Ist es in der Tat, Chief-Super.« Auch wenn sie sich (vermutlich wegen des unbequemen Stuhls, auf dem sie saß) ein wenig unbehaglich fühlte, war sie nicht bereit, sich so schnell geschlagen zu geben. Ein Duell mit Bless konnte man gewinnen. Denn er war keiner dieser ›Wenn ich sage, Sie können es vergessen, dann können Sie es vergessen‹-Typen. Für gewöhnlich ließ sich mit ihm reden. »Es ist verdammt wichtig, dieser Spur nachzugehen.«

»Wissen Sie, was Sie da von mir verlangen?« Bless sog hörbar die Luft ein. »Suffolk – also, ich bitte Sie. Marley, wir sind hier in Brighton. Das ist einfach nicht unser Bezirk. Was Sie von mir verlangen, ist Sache von Scotland Yard.«

»Heißt das, Sie lassen mich nicht nach Suffolk fahren, nur weil unser Zuständigkeitsbereich an der County-Grenze endet?« Sie wackelte verständnislos mit dem Kopf. »Ich wusste ja gar nicht, dass Sie auch einer von diesen ängstlichen Paragraphenreitern sind, Chief Superintendent.« Ihre rechte Faust sauste auf die Tischplatte nieder. »Das ist nicht der Fall des Yard! Das hier ist unser Fall, Bless. Seit Wochen sind wir an der Sache dran. Was den verfluchten Würger angeht, haben die in London doch bislang noch keinen Finger krumm gemacht, und nun sollen wir denen unsere Ermittlungsergebnisse auf dem Silbertablett servieren und ihnen die Lorbeeren überlassen?« Sie schüttelte energisch den Kopf. Ihre blassgrünen Augen funkelten leidenschaftlich. »Nein!«

»Ich fürchte, uns wird nichts anderes übrig bleiben.« Bless schob, scheinbar in Gedanken versunken, einen kleinen Bleistiftspitzer auf dem Schreibtisch umher. Dann seufzte er tief und sah Dorothy stirnrunzelnd an. »Hören Sie: Ich habe die Regeln nicht gemacht, Marley.«

»Ich bitte Sie.« Dorothy zwang sich zur Ruhe, beugte sich vertraulich vor und sah Bless eindringlich an. »Wir sind ihm so dicht auf den Fersen.« Und sie maß zwischen Daumen und Zeigefinger drei Zentimeter ab. »Meiner Quelle zufolge wurde in Long Weldon vor achtzehn Jahren eine junge Frau auf ganz ähnliche Weise getötet. Und die Morde hier in Brighton begannen genau zu dem Zeitpunkt, als der Mann, den sie damals des Verbrechens überführten, aus dem Gefängnis entlassen wurde. Zufall? Dann die Verbindung zu Opfer Nummer drei: Rosalind Cotton. Sie stammte aus Long Weldon. Ihre beste Freundin, Paula Finn, wurde nur einen Tag nach ihr ermordet. Und auf dieser Visitenkarte notierte Paula kurz vor ihrem Tod ein weiteres Mal den Namen des Ortes. Wieder ein Zufall?« Sie legte das Kärtchen auf den Tisch und schob es Bless hin.

Mail von Remember betr. Long Weldon
an CGMPRCRG

Bless betrachtete die verwaschenen Worte darauf, gab ihr das Kärtchen zurück und fragte: »Eine E-Mail-Adresse? Was hat es damit auf sich?«

»Paula Finn war ganz vernarrt in Computer. Rose Cotton gewährte ihr manchmal Unterschlupf und erlaubte ihr, ihren Computer zu benutzen.«

»Bitte kommen Sie auf den Punkt, Inspector.«

»So, wie es aussieht, hat Paula Finn zufällig eine Nachricht auf Miss Cottons PC entdeckt, die sich möglicherweise auf das Verbrechen in Long Weldon bezog. Der Mörder muss das irgendwie herausbekommen haben, hat das Mädchen verfolgt und es als mutmaßliche Zeugin ausgeschaltet. Unglücklicherweise wurde die fragliche Nachricht gelöscht.«

»Vom Mörder?«

»Wir gehen davon aus. Inspector Breckinridge ist dabei, die Nachricht zu rekonstruieren.«

»Ist das denn möglich?«

Dorothy runzelte die Stirn. »Er sagt, ja. Allerdings ist es wohl nicht ganz einfach und könnte Wochen dauern. Und darum ist es eben so außerordentlich wichtig für uns, die Ermittlungen in Suffolk weiterzuführen. Wir würden andernfalls kostbare Zeit verlieren. Wer weiß, wann der Würger wieder zuschlägt?«

Bless schwieg.

»Glauben Sie mir, wer immer dieser Serienkiller ist, er hat etwas mit diesem Mord in Suffolk zu tun gehabt, das liegt doch auf der Hand.«

Auch wenn er vielleicht nicht selbst dafür verantwortlich war, fügte sie in Gedanken hinzu. »Alles deutet darauf hin.«

Der Chief Superintendent schwieg noch immer.

»Kommen Sie, Arnold«, versuchte sie es. »Geben Sie Ihrem warmen Herzen einen Ruck.«

»Tut mir leid.«

»Herrgott noch mal!« Sie funkelte ihn an. »Was muss ich denn tun, damit Sie es mir genehmigen? Gleich mit Ihnen *schlafen*?«

»Marley, Sie vergessen sich.« Bless schaute kurz auf – scheinbar ungerührt – und widmete sich dann wieder dem Bleistiftspitzer.

»Sie haben recht, Sir. Bitte entschuldigen Sie.«

»Schon gut, ich habe es nicht gehört.« Er seufzte wieder. »Trotzdem – es tut mir leid. Einen Alleingang kann ich nicht unterstützen. Sie müssen die Hilfe des Yard anfordern.«

Das war nicht Dorothys Vorstellung von Polizeiarbeit. Wenn es tatsächlich so sein sollte, dass es in Großbritannien unmöglich war, der Gerechtigkeit Genüge zu tun, ohne bei Scotland Yard zu arbeiten, dann würde sie eben ganz genau dies tun. Sie würde ihren Dienst in Brighton quittieren und um Versetzung nach London bitten müssen.

»Ich gehe«, sagte sie, schob entschlossen den Stuhl zurück und erhob sich. »Ich habe einmal geglaubt, wir würden alle an einem Strang ziehen, aber offensichtlich war das ein Irrtum. Wenn es so ist, wie Sie sagen, und wir in Sussex lediglich als Handlanger für die Metropolitan Police fungieren, dann weigere ich mich einfach, länger hier zu arbeiten.«

Bless musterte sie fragend. »Was wollen Sie damit sagen, Marley?«

»Dass ich nach London gehe.« Sie wandte sich um. »Ich sehe mich dazu gezwungen.«

Sie hatte die Tür kaum erreicht, als Bless zu ihr aufsah und meinte: »Warten Sie doch mal. Sie sind ja vollkommen überarbeitet. Ich denke, Sie könnten etwas Erholung brauchen.«

»Was soll das?« Sie wandte sich wütend um. »Halten Sie mich etwa für hysterisch? Ich brauche keine Pause, wenn Sie das meinen.«

»Oh, doch, doch.« Bless nahm eine graue Mappe aus einem Schubfach seines Schreibtisches und blätterte fahrig in den Unterlagen. »Sie haben in letzter Zeit sehr viel getan, Inspector Marley. Jede Menge Überstunden.« Er schüttelte den Kopf und schnalzte tadelnd mit der Zunge, während er weitere Seiten umblätterte. »Kein Mensch ist in der Lage, gute Arbeit zu leisten, wenn er so ausgepowert ist. Ich glaube, es war dieser verrückte Amerikaner, der einmal sagte: Entspannung sei der Schlüssel zum Erfolg, nicht wahr?« Die Mappe wurde zugeschlagen. »Wie hieß er noch gleich?«

»Aber ich will keine Erholung!«, protestierte sie.

»Ah, Carnegie, natürlich.« Und er schnippte mit den Fingern, als es ihm endlich einfiel. »Seien wir mal ehrlich, niemand hier will Sie an London verlieren. Und schon gar nicht, weil Sie zu erschöpft sind, um Ihre Arbeit bei uns zu tun. Machen Sie eine Woche Urlaub, Marley. Wie ich gehört habe, soll die Luft oben in Suffolk um diese Jahreszeit wahre Wunder wirken.«

Dorothy starrte ihren Vorgesetzten an.

»Ach, und nehmen Sie Ihren Sergeant mit«, sagte Bless, indem er schmunzelnd das rechte Auge zukniff. »Mir scheint, er kann ebenfalls eine Verschnaufpause vertragen.«

Sie fand Ralph Cloud wie immer in ihrem Gemeinschaftsbüro, bis über beide Ohren in Arbeit vergraben und eine neue Rolle *Digestives*-Kekse neben sich zwischen den Akten. Das Heftpflaster über seinem Auge war verschwunden;

dafür klebte jetzt eines auf seinem linken Ohrläppchen. Langsam fragte Dorothy sich, ob er das vielleicht absichtlich machte, um Mitleid zu erheischen. Denn von seinen alltäglichen Schrammen und Beulen abgesehen, sah er stets so erschreckend vital aus, dass man selbst, nach einem kritischen Blick in den Spiegel, beinahe geneigt war, umgehend einen Arzt aufzusuchen.

»Alles in Ordnung mit Ihnen, Cloud?«

Er schaute zu ihr hoch. »Klar. Wieso nicht?«

»Sagen Sie, wann haben Sie eigentlich das letzte Mal Urlaub genommen?«

»Äh …« Daran konnte sich der Sergeant beim besten Willen nicht mehr erinnern – auch nicht, wenn er zum Zählen die Finger beider Hände zu Hilfe nahm. »Ziemlich lange her, wenn ich so drüber nachdenke.«

»Dann sehen Sie zu, dass Sie nach Hause kommen und Ihre Koffer packen«, sagte Dorothy, die beiläufig ein paar Unterlagen von ihrer Hälfte des Schreibtisches zusammenklaubte und sie sich unter den Arm klemmte.

»Hey, warten Sie mal?« Cloud war verdutzt und stand halb von seinem Stuhl auf. »Ich verreise? Davon wusste ich ja gar nichts, Chief.«

»*Wir*, Schatz. *Wir* verreisen.« Sie strahlte ihn an. »*Gemeinsam*. Na, machen Sie schon. Um drei Uhr hole ich Sie ab.«

Dann ging sie hinaus, im Kopf eine Liste jener Dinge, die es vorher noch zu erledigen galt: Während ihrer Abwesenheit würde sich jemand unauffällig um Sean Curtis kümmern müssen. Trotz seiner sympathischen Erscheinung und der Spur, die nach Long Weldon führte, wäre es sicher falsch, ihn vorschnell als möglichen Täter auszuschließen. Sympathie hin oder her – Paula zumindest hatte ihn nicht ausstehen können, und er war vorgestern Nacht in der Kemp Street gesehen worden. Was die ehrenwerten Finns betraf, auf die konnte Angela ein Auge haben. Und dann war da noch Mama, die seit Ewigkeiten auf ein Lebenszeichen von ihr wartete …

Dorothy schaute kurz bei Inspector Breckinridge vorbei, nur um zu erfahren, dass er noch keinerlei Fortschritte gemacht hatte, und rief auf dem Weg nach Hause vom Wagen aus Robert an.

6

Dorothy hatte ihren Bruder in einer für ihn ausgesprochen heiteren Gemütsverfassung erwischt. Denn Marley war später im *Jury's Out* mit Angela verabredet und hatte außerdem ganze drei Kapitel seines sich nur schleppend entfaltenden Romans beendet – gut dreißig Manuskriptseiten an nur einem Tag! Das mochte wenigstens zwanzig Buchseiten ergeben. Literaturagent 00-Jermy – hätte der davon gewusst – wäre sicherlich vor lauter Freude glatt an die Decke gesprungen. Aber Marley hatte sich gerade noch zurückhalten können, ihn in London anzurufen. Denn an den schlechten Tagen (und das waren die meisten) beschränkte sich seine kreative Ausschüttung auf zwei, drei Seiten (was den Schnitt letzten Endes äußerst kläglich erscheinen ließ). Dorothy hatte ihn gebeten, kurz bei ihrer Mutter vorbeizuschauen, um ihr mitzuteilen, dass sie augenblicklich zu beschäftigt sei, um sich zu melden, da sie für ein paar Tage nach Suffolk fahren müsse, sie aber nach ihrer Rückkehr ganz bestimmt besuchen würde.

Und in seiner Euphorie hatte er leichtfertig zugestimmt.

»Mama«, wiederholte er duldsam zum sicherlich zehnten Mal an diesem Nachmittag, während er jetzt im Wohnzimmer seines Elternhauses am Lark Hill saß und der dürren Gestalt seiner Mutter beim Rauchen zusah. »Dotty steckt bis zum Hals in Arbeit. Sie muss einen Mörder fangen.«

»Ach, die Ausrede hat euer Vater auch immer gehabt.« Agnes Marley, die – glaubte man dem, was sie allsonntäglich ihren Nachbarinnen beim Kirchenkaffee klagte – in ihrem Leben zwei grundsätzliche Fehler begangen hatte (nämlich, einen verantwortungslosen Mann zu heiraten, der sich, ohne Rücksicht auf seine Familie, einfach hatte erschießen lassen, und zwei schrecklich eigensinnige Kinder großzuziehen), marschierte wie ein Soldat in ihrem Wohnzimmer auf und ab. »Seit Tagen versuche ich, sie zu erreichen.« Sie segelte wie ein dünner Ast auf das Sofa. »Nichts. Nicht mal ein kurzer Rückruf von ihr. Wäre das etwa zu viel verlangt? Stattdessen schickt sie dich vorbei. Und ich mache mir auch noch Sorgen um sie.«

»Sie hätte dich ja angerufen, aber …«

»Papperlapapp«, unterbrach sie ihn. »Dotty ist genau wie euer Vater. Der war auch nie um eine Ausrede verlegen. Trieb sich zu jeder Tages- und Nachtzeit in Brighton herum und spielte sich als Polizist auf.«

»Er war Polizist.«

»Na schön, und was hat es ihm genützt?« Sie langte nach dem Aschenbecher auf dem Tisch und drückte ihre Zigarette aus, nur um sich gleich eine neue anzuzünden. »Er hat ein schönes Begräbnis gehabt, weiter nichts. Dotty hätte was Anständiges lernen sollen.«

Marley zog die Stirn in Falten. Jedes Mal, wenn er herkam und all die gerahmten Fotos an den Wänden betrachtete, fiel ihm wieder auf, wie ähnlich Dorothy ihrer Mutter sah. Das gleiche glatte Haar, die gleichen blassgrünen Augen. Wie eineiige Zwillinge, von denen einer in die Zukunft gereist war. Ob es seiner Schwester wohl zu schaffen machte, ihre Mutter anzusehen und dabei zu wissen, wie sie selbst mit fünfundfünfzig ausschauen würde? Ihm würde es ganz gewiss schwer zu schaffen machen, aber da er mehr nach seinem Vater kam, hatte er diese Vergleichsmöglichkeiten nicht. Das Husten seiner Mutter riss ihn aus seinen Gedanken. »Du solltest wirklich mit dem Rauchen aufhören, Mama.«

Sie seufzte, fuchtelte mit den Armen und sagte schließlich: »Ja, ja, du hast ja recht.« Die halb gerauchte Zigarette landete im Ascher. Dann hielt sie ihrem Sohn die Schachtel hin.

»Nein danke. Ich glaube, ich werd's mir abgewöhnen.«

Sie nickte. »Ist auch besser so. Du siehst nämlich schrecklich blass aus, Junge. Isst du denn vernünftig?«

Aus der Küche erklang das schrille Pfeifen des Wasserkessels und ersparte ihm fürs Erste eine Antwort. »Soll ich gehen?«

»Nein. Bleib du mal schön hier sitzen. Ich mache das schon.«

Als seine Mutter kurz darauf mit der Teekanne in der einen und zwei Bechern in der anderen Hand zurückkam, sagte sie: »Ich verstehe nicht, was Dotty überhaupt da oben in der Wildnis zu suchen hat.«

Marley nahm ihr das Geschirr ab und stellte es auf den Tisch. »Sie geht wohl davon aus, dass sie dort den entscheidenden Hinweis auf das Motiv des Brighton-Würgers findet.«

»Wäre das nicht eigentlich Sache des Yard?« Agnes Marley schüttelte eine weitere *Silk Cut* aus der verbeulten

Schachtel und zündete sie sich an. »Als euer Vater noch lebte, war das anders. Wahrscheinlich sind die einfach zu faul in London. Sehr viel los kann mit denen jedenfalls nicht mehr sein, wenn sie jetzt schon unsere Beamten da hinaufschicken müssen.«

Marley seufzte. Sollte er ihr erzählen, dass Dotty sogar Urlaub genommen hatte, um dieser Spur nachgehen zu können? Er entschied sich dagegen, nahm einen Schluck Tee und meinte: »Länger als ein paar Tage wird sie kaum fort sein.«

»Wie ich deine Schwester kenne, hat sie vermutlich nicht mal an Reiseproviant gedacht.« Sie schwieg eine Weile, schüttelte den Kopf, die Lippen missbilligend gekräuselt. Sicherlich sah sie Dotty bereits hungernd und dürstend durch die menschenleeren Weiten der Eastern Countys irren. »Wenn sie mir wenigstens Bescheid gesagt hätte.«

»Unterwegs gibt es unzählige Möglichkeiten, um irgendwo anzuhalten und etwas zu essen, Mama«, versicherte ihr Marley. »Pizza Hut, McDonald's, KFC …« Und zur Not würde Ralph Cloud bestimmt keine Mühen scheuen und ein Schaf für sie erlegen, fügte er im Geiste hinzu.

»Ewig dieses Fastfood. Kein Wunder, dass du so schlecht aussiehst«, sagte seine Mutter und musterte ihn besorgt. Dotty war damit also abgehakt, und er wieder an der Reihe. »Du solltest mehr Gemüse essen, Junge. Bei Sainsbury's haben sie eine hervorragende Auswahl. Am besten, wir fahren gleich mal hin, und ich koche dir heute Abend was. Was hältst du davon?«

»Das wäre wirklich schön, Mama. Aber heute geht es leider nicht. Ich habe schon eine Einladung.« Marley sah auf die Uhr. »Und ich fürchte, wenn ich nicht bald losfahre, komme ich noch zu spät.«

»Ein Mädchen?«

Als Mädchen hätte er die Frau, die er liebte, sicher nicht mehr bezeichnet, nickte aber, als er den Anflug eines verschmitzten Lächelns im Gesicht seiner Mutter sah. »Das *Mädchen*«, sagte er übertrieben deutlich, »heißt *Angela*, wie du sehr wohl weißt. Wir gehen in so ein In-Lokal in der Altstadt, das sie sich ausgesucht hat.«

»Ich hoffe, ich lerne sie noch kennen, *bevor* du sie heiratest.«

»Im Augenblick denke ich nicht daran zu heiraten«, sagte er und trank aus. Denn im Augenblick war ja noch nicht mal an eine einzige Nacht mit Angie zu denken. »Erst mal muss ich mich sowieso auf meinen Roman konzentrieren. Da wäre kaum Zeit für eine Frau.« Und wenig überzeugend setzte er hinzu: »Außerdem kann Tabby furchtbar eifersüchtig sein.«

»Verdienst du auch wirklich genug damit? Mit der Schreiberei, meine ich.« Diese Frage war obligatorisch – sie kam jedes Mal; trotz seines großen Hauses am Meer, der Lesereisen in die Vereinigten Staaten und der Tatsache, dass man in ganz Großbritannien keinen Flughafenkiosk mehr betreten konnte, ohne zumindest über die Taschenbuchausgaben seiner Werke zu stolpern. Agnes Marley schien es ganz einfach für ein Ding der Unmöglichkeit zu halten, dass derselbe kleine Junge, der mit drei Jahren eine lebensbedrohliche Lungenentzündung gehabt und mit acht die Vorhänge in seinem Zimmer in Brand gesteckt hatte, nun allen Ernstes seinen Lebensunterhalt mit dem Schreiben von Büchern verdiente.

Und wie immer entgegnete er: »Aber ja, Mama. Ich denke, schon.«

Sie standen bereits an der Haustür, als sie wie beiläufig meinte: »Dieses Mädchen, mit dem du dich triffst …«

»Angela«, erinnerte Marley sie und fragte sich, weshalb seine Mutter jedes Mal so tat, als sei sie mit plötzlicher Amnesie geschlagen und habe von einer Minute zur anderen Angies Namen vergessen. »Was ist mit ihr?«

»Ich darf doch annehmen, dass ihr …« Sie angelte ihre Handtasche von der Hutablage der Garderobe im Flur und kramte umständlich darin herum. »Na, du weißt schon … dass ihr an Verhütung denkt?«

Du liebe Güte, das kann doch nicht wahr sein, dachte er und verdrehte schnaufend die Augen. »Mama – sei unbesorgt – in sechs Jahren bin ich *vierzig*.«

»Natürlich. Ich sag's ja nur.« Noch immer durchwühlte sie den Inhalt ihrer Tasche. Dann hielt sie, offenbar fündig geworden, inne. »Schließlich kann man gar nicht vorsichtig genug sein, mit all den schrecklichen Krankheiten da draußen.« Und bei den letzten Worten griff sie nach seiner Faust, tätschelte sie zweimal und legte etwas hinein.

»Das ist wirklich nicht nötig!«, entfuhr es Marley, der im ersten Moment tatsächlich glaubte, seine Mutter habe ihm gerade ein Kondombriefchen in die Hand gedrückt.

»Schon gut, mein Junge«, sagte Agnes Marley liebevoll lächelnd und kniff ihrem Sohn sanft in die Wange. »Aber gib nicht alles auf einmal aus, hörst du?«

Völlig entgeistert blickte er auf die sich langsam entfaltende Zehn-Pfund-Note in seiner Hand.

7

Es war fast noch Spätsommer gewesen, als sie aus Brighton losgefahren waren, doch mit jeder Meile, die sie zwischen sich und die grünen Hügel der Sussex Downs brachten und weiter nach Norden kamen, schien es herbstlicher und trister zu werden.

Auf dem M25 zog Nebel auf; Gott sei Dank erst, nachdem sie den Dartford Tunnel hinter sich gelassen hatten. Denn Dorothy, die zu enge Räume ebenso hasste wie die luftige Freiheit schwindelerregender Höhen, hätte sich auf einer Fahrt in den Norden kaum etwas Unangenehmeres vorstellen können, als tief unter der Themse stundenlang im Stau zu stehen. Allerdings grauste es ihr schon jetzt bei dem Gedanken daran, auf dem Rückweg die mächtige Hängebrücke überqueren zu müssen. Wenn sie Glück hatte, würde sie Cloud dazu bewegen können, für die Heimreise die Route westlich von London zu wählen, auch wenn das einen Umweg von mindestens zwei Stunden bedeutete.

Mit der Zeit wurde der Nebel immer dichter, und es ging mit jeder Meile langsamer voran. Cloud entschloss sich dazu, die nächstbeste Ausfahrt zu nehmen, und so fuhren sie bis Brentwood auf kleineren Nebenstraßen weiter, um nicht im Verkehrschaos des London Orbital zu ersticken. Auf der Höhe von Chelmsford begann es in Strömen zu regnen, und ein paar Meilen vor Braintree hagelte es sogar ein wenig.

Dorothy drehte die Heizung des Corsa etwas höher und blickte stumm auf die vorbeifliegende Landschaft hinaus, die sich in der Ferne zu einem grauen Mischmasch aus Feldern, Hecken und überschwemmten Wiesen vereinigte. Was für eine trostlose Aussicht, dachte sie fröstelnd und gleichzeitig froh, bei diesem Wetter nicht selbst am Steuer zu sitzen. Wenn hier bereits die Herbststürme tobten, dann hatte in Schottland mit Sicherheit schon der Winter Einzug gehalten.

Ehe sie die Hauptstraße nach Bury endgültig verließen, um in der anschließenden Irrfahrt durch die Provinz den oftmals versteckten, zumeist windschiefen Wegweisern nach Upper Weldon, Lower Weldon und schließlich Long Weldon zu folgen, hielten sie kurz in Sudbury an, wo sie in einem freundlichen, kleinen Little-Chef-Restaurant einen Imbiss zu sich nahmen.

Long Weldon lag in einer Talsenke und bestand aus wenig mehr als einem Lebensmittelladen, der Schule, dem örtlichen Pub und zwei Dutzend Cottages, die allesamt die steil ansteigende Hauptstraße und den Dorfanger umstanden. Gleich am Ortseingang, rechter Hand, musste sich wohl der Friedhof befinden, mutmaßte Dorothy, denn das grüne Kupferdach einer schlichten normannischen Kapelle ragte zwischen den Wipfeln der umstehenden Bäume hervor. Auf dem Teich gegenüber drehte eine einzelne Ente im Regen einsam ihre Runden, vertrieb sich die Zeit, indem sie abwechselnd mal gelangweilt ihr Gefieder putzte oder mit dem Schnabel wütend nach einem rostigen Kochtopf stieß, der taumelnd im Wasser trieb.

Menschen oder Autos waren nirgends zu sehen.

Da der Gasthof, in dem Cloud sie angemeldet hatte (der *Cock Inn*, ein schiefwinkliges, jahrhundertealtes Fachwerkhaus, das von außen betrachtet düster und wenig einladend wirkte), über keinen eigenen Parkplatz verfügte, stellten sie den Corsa verkehrswidrig auf einem kiesbestreuten Streifen beim Lebensmittelladen ab und luden die Reisetaschen aus.

Dorothy hätte es nicht im mindesten gewundert, wäre ihnen die Tür von einer mürrischen, einäugigen alten Frau mit einem Raben auf der Schulter geöffnet worden. Umso erstaunter war sie, als sie in die Wärme des gemütlichen Schankraums trat und ein junger blonder Bursche sie sogleich mit einem strahlenden Lächeln begrüßte.

»Hi! Hallo!«

»Guten Abend, Sir«, sagte Cloud steif. Er stellte die Reisetaschen ab und klappte seinen Mantelkragen herunter. »Sind Sie Mr. White? Ich hatte gebucht.«

»Oh, da haben Sie sicher mit dem *großen Boss* persönlich gesprochen«, meinte der junge Mann scherzhaft und zog die Augenbrauen hoch. »Ich bin nur der Sohn. Mein Vater ist noch hinten in der Küche. Benjamin«, und er streckte ihnen die Hand entgegen. »Aber nennen Sie mich Ben, das machen alle hier. Und Sie müssen die Herrschaften aus dem Süden sein, stimmt's?«

»Brighton«, sagte Dorothy und stellte sich vor. »Ist wohl nicht allzu viel los um diese Jahreszeit, wie?«

»Na, sehen Sie ja.« Ben wies mit dem Daumen über die Schulter zurück in den Schankraum, wo im Kamin ein gemütliches Feuer prasselte, an dem niemand sich wärmte. Darüber an der Wand hing das gerahmte Porträt einer jungen Frau mit schwarzem, fast schon blaustichigem Haar; den Blick traurig auf die leeren Tische und Stühle gerichtet. So, wie es aussah, waren sie die einzigen Gäste an diesem Abend. Nicht mal ein einsamer Wanderer, der an der Theke lehnend das Vergessen suchte. »So um acht, da kommen die Leute aus dem Ort, da wird's schon noch ein bisschen voller. Aber Übernachtungsgäste ...« Ein halbherziges Kopfschütteln. »Also wenn Sie mich fragen, ich würd's mir auch zweimal überlegen, ob ich im Herbst hier raufkommen würde.« Und Ben senkte die Stimme, als er Dorothy augenzwinkernd fragte: »Was treibt Sie denn her? Hochzeitsreise? Oder etwa zusammen durchgebrannt?«

»Nein, nein. Nichts dergleichen.« Sie musste sich ein Grinsen verkneifen, als sie bemerkte, wie Cloud schlagartig errötete. »Wir machen einfach nur Urlaub. Nicht wahr, Schatz?«

Ihr Sergeant sah überall hin, nur nicht in ihre Richtung.

»Hm.« Versteh einer die Städter, besagte Bens Gesichtsausdruck. »Haben Sie denn wenigstens gut hergefunden?«

Dorothy versicherte, das hätten sie, auch wenn sie selbst insgeheim der Überzeugung war, dass es in diesem Teil des Landes besonders viele Spaßvögel gab, die absichtlich Wegweiser verbogen, um Ortsfremde in die Irre zu leiten.

»Steh nicht da und halt Maulaffen feil!« Der tiefe, grollende Bass gehörte einem kräftigen, untersetzten Mann mit Bierbauch und lustigen hellen Augen, der jetzt von der Küche her zu ihnen trat und Ben einen spielerischen Rippenstoß mit dem Ellenbogen verpasste. »Nu trag schon die Sachen nach oben, Sohn! Mach, mach.«

»Mein Dad«, erklärte Ben, die Augen gen Himmel gewandt. »Ein richtiger Leuteschinder.« Er schnappte sich beide Taschen und meinte grinsend: »Aber warten Sie ab, bis er aus sich rauskommt. Wenn Sie auf wirklich schlechte Zaubertricks und gute Karaoke-Musik stehen, dann werden Sie ihn lieben.«

Gegen sieben Uhr trudelten die ersten Gäste ein, und um acht war der *Cock* zum Bersten gefüllt.

Was Ben gemeint hatte, wurde sehr bald klar, als Vater Rick die Karaoke-Anlage aufstellte und die ersten Stücke selbst zum Besten gab. Elvis schien ihm besonders zu liegen. Seine Versionen von *Love Me Tender* und *Jailhouse Rock* reichten allemal an die Originale heran, nur ein merkwürdig beschwingtes Lied mit deutschem Text, von dem Dorothy lediglich so viel verstand, dass jemand traurig war, fortgehen zu müssen, aber irgendwann wiederkehren würde, erinnerte sie zu sehr an ihren Vater, als dass sie es wirklich hätte genießen können.

Danach gaben sich die mutigen Interpreten im Dreiminutentakt das Mikro in die Hand. Die Stimmung war ausgelassen. Ab und an erhob sich ein Pfeifkonzert, wenn ein weniger begnadeter Sänger äußerst frei mit Text und Melodie improvisierte oder einfach bierlaunig von der flachen Holzpalette kippte, die als Bühne diente. Meist aber gab es lautstarke Beifallsbekundungen. Besonders ein Stück der *Beautiful South* schien es den Gästen angetan zu haben: *Don't Marry Her* wurde sicherlich ein halbes Dutzend Mal gesungen, und mit jedem Vortrag wurde der Text ein wenig schmutziger.

Ralph Cloud stellte zwei *Boddingtons* auf den Tisch, entschuldigte sich und entschwand wieder in der Menge. Blasenentzündung, vermutete Dorothy. Dagegen gab es noch keine Pflaster.

Sie nippte an ihrem Bier, derweil sie den zweifelhaften Sangeskünsten einer stark geschminkten Frau von Mitte dreißig lauschte, die sich als Barbra Streisand in *Funny Girl* versuchte und sturzbetrunkenen *I'm the Greatest Star* trällerte.

Dorothy war der stoppelhaarige Typ, der am Rande einer Gruppe von Männern an der Theke saß, schon vor einer ganzen Weile aufgefallen. Immer wieder schielte er zu ihr herüber, wobei er sich nicht einmal Mühe gab, dies unauffällig zu tun. Er hob sein Glas, prostete ihr zu, grinste. Der notorische Schürzenjäger, dachte sie. Es war nur eine Frage der Zeit, wann er seinen Hochsitz verlassen und sich dem Wild nähern würde. Offenbar sah er, nun, da Cloud nicht mehr in ihrer Nähe war, den richtigen Zeitpunkt für gekommen, denn er schnappte sich sein Glas und kam o-beinig und in betont lässiger Cowboymanier auf sie zu.

»'n Abend«, sagte er. »Was dagegen, wenn ich mich setze?«

Nein, habe sie natürlich nicht, erwiderte sie, fast ein bisschen erstaunt, dass er das Gespräch nicht mit ›Na, Süße, so ganz allein hier?‹ eröffnet hatte, und wies auf einen der Stühle.

»Evans.« Er ließ sich grinsend nieder und hielt ihr eine breite, schwielige Hand hin. »Thomas Evans.« Ein vertrauliches Zwinkern. »Für Sie Tom. Ich betreibe das Sägewerk unten am Fluss. Wir beliefern das ganze verdammte Land. Nicht, dass das etwas Besonderes wäre, aber es bringt doch 'ne schöne Stange mehr ein als Ackerbau und Viehzucht.« Wieder das Grinsen, überheblich diesmal. »Und Sie? Was tun Sie hier?«

»Eigentlich nichts Besonderes.« Sie strich sich eine Haarsträhne aus der Stirn und sagte: »Ein paar freie Tage in gesunder Landluft genießen.«

»Dann sind Sie wohl nicht aus Bury oder Stowmarket, was? London?«

»Brighton.«

»Ah! Die Seeluft. Kein Wunder, dass Sie so hinreißend aussehen.« Und er schaute sie an, als warte er auf Applaus.

»Oh, danke sehr«, entgegnete sie pflichtschuldig, ordnete ihn hinter ihrem vordergründig schüchternen Lächeln allerdings sofort in die Kategorie ›routinierter Schmeichler‹ ein. »Meinen Sie wirklich?«

»Jetzt tun Sie nicht so, als wäre Ihnen das nicht bewusst«, sagte er und grinste abermals. »Übrigens haben Sie mir Ihren Namen noch gar nicht verraten.«

»Nein, tatsächlich? Wie unhöflich von mir. Ich bin Dorothy.«

»Na, dann – Dorothy …« Und er schaute ihr tief in die Augen, als sie beide die Gläser hoben und bei einem von Rick White besonders schnulzig vorgetragenen *Are You*

Lonesome Tonight anstießen. »Auf eine schicksalhafte Begegnung.«

Dorothy schauderte und sehnte inständig Ralphies Rückkehr herbei.

»Sagen Sie mal – der junge Kerl, mit dem Sie hier sind, läuft da was zwischen Ihnen?«

»Wieso fragen Sie?«

»Weil ich vierzig bin und der Junge ziemlich fit aussieht. Wissen Sie, ich leg's nicht unbedingt auf Ärger an. Aber ich hätte morgen tagsüber etwas Zeit. Also, wenn Sie Lust hätten, könnte ich Ihnen ein bisschen was von der Gegend hier zeigen.«

Die schmale, blasse Stelle an seinem linken Ringfinger, wo er bis vor kurzem noch einen Ehering getragen haben musste, hatte Dorothy schon vorher bemerkt. Jetzt fragte sie: »Sind Sie denn nicht verheiratet, Tom?«

»Wenn *Sie* es nicht sind«, meinte er mit einem kehligen Lachen und knallte sein Bierglas auf den Tisch, »dann bin *ich* es bestimmt nicht.«

Als Ralph Cloud nach einer Ewigkeit endlich erschien, wurde er von einem groß gewachsenen, breitschultrigen Mann im grauen Regenmantel begleitet, der sich als Wachtmeister Barney Plimmer vorstellte, seines Zeichens Dorfpolizist.

»Wie ich sehe, haben Sie sich ja schon etwas eingelebt und sich mit Tommy Evans bekannt gemacht«, sagte Plimmer zu Dorothy. »Oder er sich mit Ihnen, könnte ich mir denken. Seinem Vater gehört das Sägewerk im Ort.«

Tom ließ ein missgestimmtes Grunzen verlauten. »Was soll das, Barney? Bist du hergekommen, um mir den Abend zu versauen?«

Plimmer ignorierte die Frage. »Na, wenigstens sind Sie

gleich an den Richtigen geraten. Immerhin war Tommy damals einer der Hauptverdächtigen im Mordfall White.«

»Mach mal halblang, ja?«, fuhr Tom Evans auf. »Die Geschichte mit Ricks kleinem Mädchen liegt achtzehn Jahre zurück! Und ich hatte nichts mit der Sache zu tun.«

»Dann war Renee also Mr. Whites Tochter?«, fragte Dorothy erstaunt. »Das wusste ich nicht.«

»Ganz recht.« Plimmer sah äußerst betreten drein. »Sehen Sie das Bild dahinten über dem Kamin? Das ist Renee. Rick hat ihr Porträt malen lassen, gleich nachdem seine Frau gestorben war.«

»Ist sie schon lange tot?«

»Molly starb bei Bens Geburt. Sie war hochschwanger, als das mit dem Mädchen geschah. Schrecklich, nicht wahr, zwei solche Schicksalsschläge so kurz hintereinander?«

Sie nickte.

»Was soll das werden, wenn's fertig ist?«, fragte Tom Evans gereizt. »Eine tränenrührige Story für *Country Life*?«

»Bitte, was?« Dorothy war wie vor den Kopf gestoßen.

»Wenn Sie mir gleich gesagt hätten, dass Sie von der Presse sind, Schätzchen – nicht ein Wort hätte ich mit Ihnen geredet«, maulte Tom, der seines großspurigen Gehabes nun vollends verlustig gegangen war und den routinierten Schmeichler ins hinterste Fach seines Schauspielkoffers verbannt hatte. »Warum lassen Sie die alten Kamellen nicht endlich ruhen?«

»Herr im Himmel, Tommy! Reg dich ab«, versuchte Plimmer zu beschwichtigen. »Diese Herrschaften sind nicht von der Presse. Das sind Kollegen von mir, Beamte aus Sussex, die …«

»… in alten Wunden rühren werden«, sagte Tom kalt.

Na, großartig, dachte Dorothy, kaum ein paar Stunden hier, und schon hatten sich Fronten gebildet. Spätestens morgen früh würden es die Spatzen von sämtlichen Dorfdächern pfeifen, und wirklich jeder im Ort würde wissen, weshalb sie und Cloud sich in Long Weldon aufhielten.

8

Der Speicher war in flackerndes Zwielicht getaucht. Nur das schwache Knistern der Dochte und das Ticken einer Uhr waren zu hören.

Er stand reglos am Fenster – wie lange schon, hätte er nicht zu sagen vermocht – und sah aufs Meer hinaus, das irgendwo dort unten in der Tiefe flüsternd und schwarz gegen die Klippen anrollte.

Er schloss die Augen und trat vom Fenster weg in den Raum hinein.

Die Kerzen neben ihrem Bild waren zur Hälfte heruntergebrannt, was bedeutete, dass er ihrer für mindestens drei Stunden gedacht haben musste. Aber sicher war er sich nicht.

Der Speicher war für ihn wie die Welt hinter den Spiegeln. Immer wenn er herkam, allein mit ihr, dem Staub und der Stille um sich herum, schien Zeit keine Rolle mehr zu spielen. Und jedes Mal, wenn er ihn wieder verließ, fühlte er sich noch ein wenig schlechter und spürte die schreckliche Leere umso intensiver – fühlte sich ausgehöhlt und tot.

Sie hat es nicht mehr gespürt, Pete.

Aber heute Nacht würde *er* sie spüren, heute Nacht *leben*.

Mit Daumen und Zeigefinger löschte er die Kerzen. Dann sperrte er sorgfältig die Tür hinter sich ab, ließ den Riegel zuschnappen und überprüfte noch einmal das Vorhängeschloss, ehe er sich zögernd umwandte und die knarzende Treppe hinunterstieg.

Als er zu seinem Wagen ging und das zusammengelegte Paar Socken in seiner Manteltasche ertastete, war er von einem eigenartigen Gefühl seelischer Ruhe erfüllt, das ihn beinahe zufrieden machte. Er schaltete die Scheinwerfer an und fuhr langsam die gewundene Straße entlang den Hügel hinunter; am Clubhaus und jenem Schild vorbei, auf dem *The Birthplace of British Motor Racing* stand.

9

»Du bist wirklich der peinlichste Mensch, der mir je untergekommen ist«, sagte Angela Robinson, die Marley, an einem Tisch an der Fensterseite des Restaurants sitzend, über ihr Weinglas, die leeren Teller und die romantisch flackernden Kerzen hinweg anfunkelte und tadelnd mit der Zunge schnalzte. »Ich kann nicht glauben, dass du diesem Franzosen allen Ernstes zehn Pfund für das Foto gegeben hast.«

Sie hielten sich im *Telly's* auf, einem schicken, im Art-déco-Stil eingerichteten Lokal, das derzeit angeblich dermaßen angesagt war, dass selbst solche Berühmtheiten wie George Clooney (wenn der denn überhaupt einmal in Brighton weilte) oder dieser weiße Rapper aus Worthing (dessen Namen Marley entweder vergessen oder aber nie gekannt hatte) einen Tisch vorbestellen mussten, wenn sie es aufsuchen wollten. Damit nicht genug. Unter den illustren Gästen, die hier bereits diniert hatten, befanden sich laut Angie: Sting, Phil Collins, Robbie Williams und Dame Edna; sämtliche Spice Girls, Roger Moore, ein Mann namens Lazenby und sogar dieser behaarte Schotte Connery. Angie war bei der Aufzählung all der Namen aus dem Schwärmen gar nicht mehr herausgekommen. Lediglich Schriftsteller schienen ihr überhaupt nichts zu bedeuten.

Marley schenkte sich noch etwas Wein ein und sagte: »Ich weiß nicht, was so schlimm daran ist, jemanden zu bitten, ein Foto zu schießen?«

Besagtes Shooting hatte vor vielen Stunden im *Jury's Out* stattgefunden, wo Marley einen französischen Touristen, der eine Sofortbild-Kamera bei sich trug, mit Händen und Füßen (denn der Mann hatte kein Englisch verstanden und unentwegt ›*Oui, Monsieur. Aber natürrrlisch, oui, Monsieur*‹ gesagt) dazu gebracht hatte, ihn und Angela an der Theke zu fotografieren.

»Mir war es jedenfalls peinlich«, sagte Angela. »Was willst du überhaupt mit dem Foto?«

»Es meiner Mutter zeigen.«

»Und wieso?«

»Weil ich glaube, dass sie dich unbedingt kennen lernen will.«

»Tatsächlich? Wie kommst du darauf?«

»Jedes Mal, wenn ich dich erwähne, tut sie so, als habe sie deinen Namen vergessen. Aus Trotz möglicherweise, weil ich dich ihr noch nicht vorgestellt habe. Glaub mir, Mütter legen Wert auf so was.« Er nahm ihre Hand. »Zumal sie ganz genau weiß, dass ich dich liebe.«

»Richard Dadd hat gesagt, Polizisten und Schreiberlinge passen nicht zusammen«, meinte Angela und ließ seine Hand los.

»Lass um Gottes willen Richard aus dem Spiel«, sagte Marley, der sich noch sehr lebhaft an das Gespräch am späten Nachmittag erinnerte. Wie immer hatte Richard ihnen voller Selbstmitleid seinen Kummer geklagt und tränenrührig darüber gejammert, dass Dotty ihn nicht erhörte, ehe er sich gegen neunzehn Uhr verabschiedet hatte, um sich in London mit einer anderen Frau zu treffen. »In dem Punkt ist er ein Idiot. Er begreift einfach nicht, warum sie ihn nicht will.« Allerdings begriff Marley es auch nicht, wenn er so darüber nachdachte.

»Was gibt es da groß zu verstehen? Entweder die Chemie stimmt, oder sie stimmt eben nicht. Und bei den beiden stimmt sie offenbar ganz und gar nicht.«

Marley hatte keine Lust mehr, weiter über Richard und Dotty nachzudenken. Er blickte Angie fordernd an und fragte: »Und – stimmt sie zwischen uns?«

»Robert, ich ...« Sie verstummte, lächelte ihn an. Seine etwas hilflose Art, die Reste auf seinem Teller anzustarren, statt ihr in die Augen zu sehen, ließ ihr Herz, nach all den schlimmen Erfahrungen der vergangenen Jahre, höher schlagen. »Weißt du ...«

»Ja. Schon okay.« Er stocherte weiterhin mit der Gabel in der Serviette auf seinem Teller herum. »Ich hätte das Thema gar nicht erst anschneiden sollen. Vergiss es einfach.«

»Hey.«

Er nahm die Eiskarte zur Hand. »Was hältst du von einem Dessert zum Abschluss? Die haben hier jede Menge ...« Aber sie hatte schon ihre rechte Hand vorgestreckt und verschloss ihm mit der Kuppe ihres Zeigefingers die Lippen.

»Hey«, flüsterte sie. »Pssst ... Sei still.« Und sie beugte sich über den Tisch und küsste ihn. Ein herrliches, unerwartetes Vergnügen. Daher war er umso überraschter, als sie sich plötzlich wieder von ihm zurückzog, nur um scheinbar geistesabwesend aus dem Fenster in die Nacht hinauszustieren.

»Was ist los? Stimmt was nicht?«

»Nein, nein. Wart mal 'ne Sekunde.« Sie deutete vage nach draußen, den Mund offen, als habe sie eine Erscheinung gehabt. »Das gibt's doch nicht.«

Marley folgte ihrem Blick, musste sich aber angesichts der grellen Neonbeleuchtung im Lokal ziemlich anstrengen, um die Spiegelungen auf der Scheibe zu durchdringen und in der Dunkelheit überhaupt etwas zu sehen. Erst als er die Augen zusammenkniff, konnte er den Mann, der vor einem Haus auf der gegenüberliegenden Straßenseite stehen geblieben war, halbwegs erkennen.

»Sieh mal einer an«, sagte Angela leise. »Der ›Herrgott‹ höchstselbst.«

»Herrgott?«, echote Marley. Denn alles, was er dort erblickte, war ein dunkler Mantel mit Beinen – von Göttlichkeit keine Spur.

»Chief Inspector Bloomfield – unsere Nemesis. Wir nennen ihn den ›Herrgott‹, obwohl ›Teufel‹ der Sache wohl etwas näher käme.«

»Na und?« Er spähte nach wie vor zum jenseitigen Häuserblock hinüber, wo sich jetzt die Haustür öffnete. Eine Frau erschien, und Bloomfield trat ein. »Er kann doch herumstrolchen, wo er will. Was ist so Besonderes daran, ihn hier zu sehen?«

Angela lehnte sich zurück. »Weil die Dame, die ihn gerade hereingewinkt hat, eine vorbestrafte Prostituierte ist.«

»Feierabend, Angie. Oder hast du mich etwa hierher eingeladen, damit wir jetzt diesen Polizisten observieren?«

»Was für ein Unsinn, Robert. Natürlich nicht!« Und sie schüttelte lebhaft den Kopf. »Alles, was ich möchte, ist, dass wir mal etwas Zeit für uns haben.«

»Dann tu mir bitte den Gefallen und vergiss die Arbeit für heute. Du bist nicht mehr im Dienst.«

»Bloomfield ebenso wenig. Ich würde zu gern wissen, wie lange er bleibt.« Sie studierte die Eiskarte. Dann schaute sie Marley mit flatternden Wimpern und flehendem Schulmädchenblick an. »Wollen wir nicht noch ein Dessert bestellen, Robert, was meinst du? Quasi als Vorwand, damit ich ihn noch etwas beobachten kann, bevor wir zu dir fahren? Allerdings nur, wenn du nichts dagegen hast.«

Wer wollte da widerstehen? Aber der ›Herrgott‹ machte seinem Namen alle Ehre und blieb während der halben Stunde, in der sie ihre Eisbecher auslöffelten, zahlten und das Restaurant schließlich Hand in Hand verließen, unsichtbar.

In dieser Nacht ließ Angie all ihre lang gehegten Skrupel fallen und schlief mit ihm. Als sie in seinem Schlafzimmer eng umschlungen zwischen zerwühlten Laken, Decken und Kissen lagen – ihre Wange auf seiner Brust, sodass ihn der süße Duft ihres Haars in der Nase kitzelte –, spürte er eine tiefe innere Ruhe.

Endlich schien Angie begriffen zu haben, dass es nichts half, wenn man sich vor seinen eigenen Gefühlen versteckte.

Endlich, dachte Marley.

Und er lächelte glücklich.

10

»Ich habe Ihnen alles besorgt, was ich in der Kürze der Zeit kriegen konnte«, sagte Wachtmeister Barney Plimmer zu Dorothy und Cloud, als sie um acht Uhr morgens in Long Weldons winziger Polizeiwache saßen und heißen Tee aus *I LOVE SUFFOLK*-Bechern tranken. Aus einer Ablage über seinem Schreibtisch hatte Plimmer einen braunen Umschlag hervorgezogen und blätterte dessen Inhalt nun wie ein überdimensionales Kartenspiel auf den Tisch – in der Hauptsache handelte es sich um maschinengeschriebene Berichte, aber auch einige Fotos und ein mit Tusche gezeichneter Straßenplan des Dorfes waren darunter. »Das meiste davon haben mir die Kollegen aus Bury überlassen, alte Kumpel, wissen Sie. Die waren sehr hilfsbereit. Haben sich mächtig eins ins Fäustchen gelacht, als ich denen erzählte, wie Sie die eingebildeten Brüder in London überlistet haben.«

»Danke. Ich weiß Ihren Einsatz sehr zu schätzen«, sagte Dorothy, die eines der Tatortfotos herausgezogen hatte und das eingeknickte gelbe Zelt darauf betrachtete. Am Bildrand waren die Reste eines erloschenen Lagerfeuers zu erkennen.

»Ein schreckliches Foto, finden Sie nicht auch? Obwohl man eigentlich gar nicht viel darauf sieht außer Verwüstung.« Er hielt seinen Teebecher mit beiden Händen umschlossen und sagte nachdenklich: »Dagegen nimmt sich der Schweinkram mit den Belästigungen in der Woche davor noch richtig harmlos aus.«

»Welcher Art waren diese ›Belästigungen‹ denn?«

»Na, wildes Gestöhne am Telefon. Und anonyme Briefe mit obszönen Gedichten, Drohungen und pornographischem Gekritzel; so was in der Art. Eine ganze Reihe von Frauen war davon betroffen. Aber das meiste von dem Zeug war an Renee gerichtet. Daher hatten auch alle sofort Tommy in Verdacht, weil das Mädchen ihm wegen dieses Kerls aus London kurz vorher erst den Laufpass gegeben hatte.«

Dorothy nickte. »Gestern im *Cock* erwähnten Sie, Tom Evans sei *einer* der Hauptverdächtigen gewesen. Wie viele Verdächtige gab es denn?«

»Drei.« Plimmer sank auf seinen Bürostuhl und verschränkte die Arme hinter dem Kopf. »Tom, dann ein Junge namens Jamie Daniels – der jedoch wegen seiner Behinderung im Grunde schon von vornherein nicht als Täter in Frage kam – und natürlich Brian Barnes.«

»Eine Sekunde«, sagte Dorothy, die sogleich hellhörig geworden war. »Dieser Daniels – inwiefern war er behindert?«

»Er hatte einen gelähmten Arm, sein linker, glaube ich. Außerdem war er wohl ein bisschen einfältig. Hilft Ihnen das irgendwie weiter?«

»Nein; nicht besonders, ehrlich gesagt.« Ihre Enttäuschung ließ sich kaum verbergen. »Wieso kam man gerade auf diese drei?«

»Tja. Sie waren in der Nähe der Lichtung gesehen worden. Und im Polizeiverhör machten sie auch gar kein Hehl daraus, sich im Wald herumgetrieben zu haben. Gaben ohne Umschweife zu, dass sie das Liebespaar eine ganze Weile beobachtet hätten. Man kann sich vorstellen, was die Jungs sich da zu sehen erhofften, was? Die waren immerhin stark angetrunken, wollten die beiden möglicherweise nur ein wenig erschrecken.«

»Unglücklicherweise geschah in genau dieser Nacht der Mord«, bemerkte Cloud, den Notizblock auf dem Schoß und die Spitze seines Bleistiftes mahnend zur Decke gerichtet.

»Ja.« Plimmer nickte. »Unglücklicherweise. Der Verdacht fiel natürlich zunächst auf Tommy – wegen seiner Eifersucht.«

»Und wieso dann Barnes?«

»Weil Tom Evans – genau wie der Daniels-Junge – ein hieb- und stichfestes Alibi vorweisen konnte. Und Brian war der Kräftigste von allen; für ihn wäre es ein Leichtes gewesen, das Pärchen zu überwältigen und das Mädchen zu ermorden. Ausschlaggebend war am Ende allerdings die Aussage ihres Freundes, der im Gerichtssaal Brians Stimme wiedererkannte.«

»Demnach war der Täter vermummt?«

»Bis über beide Ohren«, sagte Plimmer. »Er trug eine Strumpfmaske, Handschuhe. Es gab keinerlei Fingerabdrücke und kaum eine verwertbare Spur.«

»Sie erzählen das so, als wären Sie bei alledem selbst dabei gewesen, Barney«, meinte Dorothy, die breiten Schultern und kräftigen Oberarme des Wachtmeisters betrachtend. »Ich darf Sie doch Barney nennen?«

»Ja. Na klar.«

»Aber Sie sind doch allerhöchstens fünfunddreißig. Sie können '82 unmöglich schon bei der Polizei gewesen sein.«

»Ich bin siebenunddreißig«, sagte Plimmer. »Und ich war in London, als das mit Renee passierte – Polizeikadett in Hendon. Aber mein Onkel Geoffrey Gilder war damals der örtliche Constable hier, und der hat mich natürlich auf dem Laufenden gehalten.«

»Sie wollten zur Metropolitan Police?«

»Ja. Ich steckte voller Karriereträume. Keine Folge von *Fabian vom Yard* habe ich verpasst.« Er zog die Schultern hoch. »Na ja. Es hat nicht sollen sein.«

»Hielten Sie Barnes für schuldig?«

»Niemand im Ort hielt ihn für schuldig, Miss Marley. Er war einfach nicht der Typ dafür. Ein Baum von einem Mann, aber gutmütig und keinesfalls gewalttätig. Kein Mensch hier konnte sich vorstellen, dass er mit der Sache etwas zu tun hatte.«

»Das ist oftmals so«, schaltete Cloud sich ein. »Ließen sich Verbrecher anhand ihrer Nasenspitze identifizieren, wir hätten es um einiges leichter.«

»Oh, der alte Geoffrey hätte Ihnen da was anderes erzählt. Der konnte das. Das war noch einer von der alten Schule. Richtig unheimlich, wie er das machte. Der sah einen nur an und wusste ganz genau, ob man gelogen oder irgendwas ausgefressen hatte.«

»Tatsächlich?« Cloud schmunzelte.

»Wie dem auch sei; Brian hat seine Strafe jedenfalls abgesessen und ist zurückgekehrt.«

»Hat er Long Weldon seitdem mal verlassen?«, wollte Dorothy wissen. »Wenn auch nur für ein paar Tage?«

»Soweit ich weiß, war er drei-, viermal in London. Seine beiden Schwestern leben da.«

»Könnten Sie für uns in Erfahrung bringen, ob und wann er sie besuchte? Das wäre eine große Hilfe.«

»Ich schätze, das geht.«

»Danke, Barney. Ich denke, das reicht fürs Erste.« Dorothy stellte ihren Teebecher ab und stand auf. »Wären Sie eventuell so gut, uns zum Pfarrhaus zu begleiten? Ich würde mich gern mit Reverend Cotton unterhalten.«

»Klar doch, Ma'am. Sagen Sie mal, Cloud …« Plimmer deutete mit dem Zeigefinger auf das frische Heftpflaster, das am rechten Ohr des Sergeants klebte. »Ich kann mich irren, aber hatten Sie das Ding gestern nicht auf der anderen Seite?«

Cloud schaute so unschuldig drein wie ein Schaf.

Das Vikariat lag nur einen Steinwurf weit von der Kirche entfernt, ein erkerbewehrtes Überbleibsel verspielter viktorianischer Architektur.

Reverend Peter Cotton war ein hagerer, sehr ernster Mann mit schneeweißen Haaren und einem nahezu hölzern wirkenden Gesicht, das aus nichts anderem als lauter Sorgenfalten zu bestehen schien; so, als habe der Heilige Geist es jahrelang benutzt, um für jede Verfehlung seiner zahllosen Schäfchen jeweils eine Kerbe hineinzuritzen.

Die Stille im Haus war erdrückend.

»Ich habe veranlasst, dass Rosalinds Leichnam hierher überführt wird, sobald der Gerichtsmediziner ihn freigibt«, sagte der Pfarrer eben. »Meiner Frau und mir ist sehr daran gelegen, unsere Tochter in der Heimat zu begraben.« Er schluckte und zeichnete mit dem Zeigefinger die Form des goldgeprägten Kreuzes nach, das die Bibel in seinem Schoß zierte.

»Ich kann Ihren Schmerz gut nachempfinden«, meinte Dorothy.

»Ja? Können Sie das wirklich?« Er sah müde aus. »Wissen Sie, wir haben wenig Anteil an Rosalinds Leben gehabt, seit sie fortging – sie wollte den Abstand –, nur gelegentliche Telefonate. Nach ihrem Unfall haben wir uns dann immer wieder vorgenommen, sie zu besuchen. Und nun kehrt sie tot zu uns zurück. Das ist für mich sehr schwer zu akzeptieren.«

»Ich weiß.« Dorothy legte ihm die Hand auf den Arm, eine tröstende Geste, die der Pfarrer mit einem kleinen verwunderten Lächeln quittierte. Offenbar war Trost das Letzte, was er von der Polizei erwartete. »Wissen Sie, Mr. Cotton, mein Vater war Polizist. Er wurde erschossen, als ich sechzehn Jahre alt war. Die Täter konnten nie ermittelt werden.«

Cotton nickte schwach, die Lippen aufeinandergepresst.

»Ich werde nicht zulassen, dass es uns mit Rosalinds Mörder ebenso ergeht. Daher bin ich auf Ihre Mithilfe angewiesen und muss Ihnen ein paar Fragen stellen.«

»Jede, wenn ich behilflich sein kann.«

»Sie haben ja gehört, was in Brighton geschehen ist. Der Mann, dem auch Ihre Tochter zum Opfer gefallen ist, hat noch weitere Frauen auf die gleiche Weise getötet. Wir gehen nun davon aus, dass zwischen dieser Serie von Tötungsdelikten und dem Mord an Renee White vor achtzehn Jahren eine Verbindung besteht, da die Verbrechen sehr ähnliche Charakteristika aufweisen. Derselbe Täter ist möglicherweise für all diese furchtbaren Taten verantwortlich.«

»Sie denken also, Brian hat etwas damit zu tun.«

»Solange wir Barnes nicht mit Bestimmtheit als Täter ausschließen können, hat es zumindest den Anschein«, sagte Dorothy. »Nicht nur, dass die Morde mit seiner Haftentlassung begannen – sie gleichen auch auf erstaunliche Weise jenem Verbrechen, für das er damals verurteilt wurde.«

Der Pfarrer sah hilfesuchend Wachtmeister Plimmer an und meinte: »Barney, so sagen Sie doch was dazu. Sie wissen, wie abwegig der Gedanke ist. Brian Barnes wäre zu einer solchen Tat niemals fähig gewesen.«

»Der Schein trügt manchmal«, sagte Cloud. »John Wayne Gacy war für alle, die ihn kannten, auch immer der freundliche dicke Onkel im lustigen Clownskostüm. Und trotzdem wurden dreißig Kinderleichen auf seinem Grundstück gefunden.«

Cotton schluckte mühsam. Im Brustton der Überzeugung sagte er dann: »Brian war unschuldig.«

»Hatten Sie vielleicht jemand anderen in Verdacht?«, fragte Dorothy. »Als Pfarrer kannten Sie die meisten Gemeindemitglieder sicher recht gut.«

»Niemand aus meiner Gemeinde hätte etwas derart Scheußliches getan.«

So kamen sie nicht weiter. Dorothy lenkte das Gespräch auf Rosalind zurück und fragte: »Wie vertraut waren Sie mit dem Lebenswandel Ihrer Tochter?«

»Was meinen Sie damit?«

»Nun – Rosalind erwartete an dem Abend, als sie starb, eine Freundin zu Besuch, jemanden, den sie von früher her kannte. Haben Sie eventuell eine Ahnung, um wen es sich dabei gehandelt haben könnte?«

»Warum fragen Sie danach?«

»Weil diese Freundin unter Umständen die letzte Person war, die Rosalind noch lebend gesehen hat. Ich möchte herausfinden, wann und wo.«

Cotton runzelte die Stirn. »Meine Frau und ich haben sie ständig nach den Leuten gefragt, mit denen sie verkehrte. Aber sie redete einfach nicht darüber. Rosalind war sehr verschlossen, was ihr Leben in Sussex anging. Sie wollte ihre Unabhängigkeit – um jeden Preis.«

»Könnte es nicht auch jemand aus dem Ort gewesen sein?«

»Von hier? Ich weiß nicht. Schon möglich. Vielleicht Sarah, die jüngere der beiden Barnes-Schwestern, oder Jenny Daniels. Rosalind, Sarah und Jenny waren fast gleichaltrig und haben als Kinder zusammen gespielt. Allerdings haben die beiden Long Weldon lange vor Rosalind verlassen.«

»Mr. Cotton, Ihre Tochter ging erst vor drei Jahren von hier weg«, sagte Dorothy. »Da war sie beileibe kein Kind mehr. Mich interessiert, mit wem sie sich als Jugendliche getroffen hat.«

»Mit anderen Jugendlichen, nehme ich an. Im Pub unten. Und an den Wochenenden fuhr sie manchmal per Anhalter heimlich nach Bury in die Diskothek. Meine Frau und ich waren natürlich nicht glücklich darüber. Aber Rosalind hat nie viel danach gefragt, was wir davon hielten.«

»Und was ist mit den Menschen, die ihr in Brighton wichtig waren – Freunde, Kollegen? Sprach sie manchmal von ihnen?«

»Wie gesagt, sie war sehr verschlossen. Aber da gab es einen Teenager, von dem sie oft sprach«, sagte Cotton. »Ein Mädchen, das sie unter ihre Fittiche genommen hatte. Laura, meine ich, hieß sie.«

»Könnte es auch Paula gewesen sein – Paula Finn?«

»Ja, ganz recht. Das ist ihr Name.«

»Fällt Ihnen sonst noch jemand ein?«

Der Reverend schüttelte betrübt den Kopf.

»Niemand sonst?«

»Niemand sonst.«

»Und Sie sind absolut sicher?«

»Ja.«

»Sagt Ihnen der Name Sean Curtis etwas?«

»Nein.«

»Mr. Curtis war der Lebensgefährte Ihrer Tochter.«

»Oh, das ist mir neu.«

»Sie hat ihn nie erwähnt?«

»Nein«, versicherte er. »Mit keinem Wort.«

In der Hoffnung, es möge vielleicht irgendeine bekanntschaftliche Verbindung zwischen den Opfern bestanden haben, die sie bislang übersehen hatten, zählte Dorothy zwei weitere Personen auf: Christine Gordon und Margaret Penhalligan, doch keiner der Namen entlockte dem Pfarrer etwas anderes als ein hilfloses »Nein, tut mir leid«.

Rosalind musste ganz offensichtlich jede Menge Abstand nötig gehabt haben.

»Womit Ihre Tochter ihren Lebensunterhalt bestritt, war Ihnen aber bekannt, Mr. Cotton?«

»Selbstverständlich, Chief Inspector Marley«, entgegnete der Pfarrer mit einem dermaßen indignierten Gesichtsausdruck, dass Dorothy fast damit rechnete, jeden Moment den Heiligen Geist eilfertig hereinschweben zu sehen – das

Schnitzmesser im Anschlag. »Nun ja, ich dachte anfangs, es handle sich um Kunst, eine Art Balletttanz. Ich war zutiefst schockiert, als sie uns Fotos von ... von einer ihrer Darbietungen schickte, auf denen sie – wie soll ich sagen – halbnackt zu sehen war.«

»Haben Sie oder Ihre Frau Rosalind deswegen jemals Vorwürfe gemacht?«

»Nein, ganz bestimmt nicht. Sie war schließlich erwachsen. Allerdings weiß ich nicht, was das mit Ihrem Fall zu tun hat.«

»Sie haben recht. Gar nichts wahrscheinlich.« Dorothy schwirrte der Kopf. Sie bemerkte, wie ihr das Gespräch immer mehr entglitt, und war froh, als Cloud jetzt den Faden aufnahm.

»Kommen wir lieber noch mal auf die Verdächtigen von damals zurück«, meinte er freundlich. »Wer hat die Jungs denn verpfiffen? Ich meine – wer hat sie dort in jener Nacht beim Wald gesehen?«

»Jenny. Jamie Daniels' kleine Schwester – ein klapperdürres, blondes Ding mit Segelohren«, erklärte Cotton. »Sie ist wohl vor lauter Langeweile von zu Hause ausgebüxt und den Dreien unbemerkt gefolgt. Sehr weit war es ja nicht, eine halbe Meile höchstens. Und als am nächsten Morgen die Beamten aus Bury vom Morddezernat überall in Long Weldon herumsuchten, ist sie gleich zum Bürgermeister gelaufen.«

»Zum Bürgermeister, tatsächlich?« Cloud war schwer beeindruckt. Das Mädel hatte Stil. »Und warum nicht zur Polizei?«

»Na ja, die Kleine war erst sieben oder acht, und wie die meisten in dem Alter wird sie eine Heidenangst vor Onkel Geoffrey gehabt haben«, warf Wachtmeister Plimmer grinsend ein und lachte. »Vor seiner Uniform, dem schwarzen

Bart oder vor wer weiß was. Sobald die Kinder Geoff auf seiner Runde durch das Dorf sahen, nahmen sie jedes Mal Reißaus.«

Reverend Cotton schien das anders zu sehen. Er beugte sich vor und sagte: »So ein Quatsch, Barney. Sie war doch ganz verrückt nach deinem Onkel, die Kleine. Vor ihm hatte sie bestimmt keine Angst. Die trieb sich ja beinahe jeden Tag auf der Wache herum. Ich nehme an, dass die Anwesenheit der vielen fremden Polizisten im Ort sie einschüchterte. Und sie ging zu Evans, weil Jamie im Sägewerk arbeitete.«

»Ich fürchte, ich vermag Ihnen nicht mehr zu folgen, Mr. Cotton«, gestand Cloud. »Was hat das Sägewerk damit zu tun?«

»Billy Evans, Toms Vater, dem das Sägewerk gehört, ist auch gleichzeitig unser Bürgermeister. Ich habe in meinem Leben nicht viele Männer kennen gelernt, die ich als weise bezeichnen würde – Billy allerdings ist einer davon. Vermutlich ist das der Grund dafür, dass er das Amt seit Ewigkeiten bekleidet. Ein wunderbarer Mann, der ein Händchen für Kinder hat; auch heute noch. Er erklärte Jenny, dass sie ihre Beobachtungen unbedingt den Kriminalbeamten mitteilen müsste. Und das tat sie dann wohl auch.«

Clouds Bleistift verharrte über dem Notizblock, als er sich an Plimmer wandte und fragte: »Auf der Wache erwähnten Sie, alle außer Brian Barnes hätten ein Alibi für die Tatzeit gehabt. Mich würde interessieren, wer ihnen diese Alibis verschaffte?«

»Soweit ich mich entsinne, waren das in beiden Fällen die Eltern. Der Überfall auf das Zelt fand gegen Mitternacht statt, und zu dem Zeitpunkt lagen sowohl Tom als auch Jamie längst in ihren Betten.«

»Und es fand sich niemand, der Brian nach Hause kommen sah?«

»Leider nicht. Statt im Haus zu schlafen, zog er es anscheinend vor, die Nacht in der Hollywood-Schaukel auf der Veranda zu verbringen.«

»Merkwürdig. Es wird wohl das Beste sein, wir sprechen einmal mit den Eltern persönlich.«

»Da bleibt Ihnen nur Billy Evans«, sagte Cotton. »Achtzehn Jahre sind eine lange Zeit, Sergeant. Die Barnes-Eltern sind beide verstorben; vergangenes Jahr, kurz hintereinander. Und auch die Daniels-Familie lebt nicht mehr hier. Soweit ich mich erinnere, starb Mrs. Daniels noch während des Prozesses. Und ziemlich bald nach ihrem Tod hat Jamie das Haus dann verkauft, und sie sind weggezogen. Soviel ich weiß, nach Kent.«

»Was ist mit Jamies Vater?«

Cotton umfasste seine Bibel und schüttelte traurig den Kopf, als er erklärte, der alte Daniels sei schon bei Jennys Taufe sterbenskrank gewesen – Lungenkrebs.

Ralph Cloud klappte seufzend seinen Notizblock zu. Er hatte immer angenommen, auf dem Lande würden die Leute alle hundert Jahre alt werden.

Und dabei starben sie hier in Wahrheit wie die Fliegen.

11

»Viel ist wirklich nicht mehr übrig«, sagte Plimmer und vollführte eine weit ausgreifende Geste mit beiden Armen. »Damals war hier ringsum noch alles voller Bäume. Auch das Gestrüpp war wesentlich dichter.«

Dorothy und der Dorfpolizist standen zu zweit auf der

kleinen Lichtung im Wald, wo man vor all den Jahren Renee Whites Leiche gefunden hatte. Cloud war nicht bei ihnen, denn der war im Haus des Pfarrers geblieben, um auch Mrs. Cotton zu befragen.

Die Lichtung lag südlich des Dorfes auf dem höchsten Punkt einer sanft ansteigende Hügelkette, sodass man einen herrlichen Blick über die ganze Gegend hatte; die Hauptstraße, die Kirche, das Pub. Und Stoppelfelder, soweit das Auge reichte. Die Luft dort oben war klar, trocken und kalt.

Plimmer trat ganz nahe an Dorothy heran, streckte den Arm aus und zeigte auf ein reetgedecktes Cottage unterhalb des Hügels. »Das ist das Haus, in dem die Daniels-Familie lebte. Heute wohnt so ein verrückter Künstler dort, der Schmuck aus Müll anfertigt – oder Zahngold oder so was. In dem Anbau, wo die beiden Kinder schliefen, hat er sein Atelier eingerichtet.«

Dorothy war an Schmuck nicht interessiert. Sie sah sich auf der Lichtung um, versuchte, sich anhand des Fotos, das sie auf der Wache gesehen hatte, vorzustellen, wo genau das Zelt wohl gestanden haben mochte.

»Ungefähr hier drüben«, sagte Plimmer, als habe er ihre Gedanken gelesen. Er machte drei große Schritte, blieb stehen und lehnte sich an einen Baum; die Hände in den Hosentaschen und den Blick auf die Brennnesseln zu seinen Füßen gerichtet. »Das müsste die Stelle gewesen sein. Na ja. Wie gesagt, viel ist nicht mehr übrig.«

Dorothy hatte das Foto noch in aller Deutlichkeit vor Augen: Die eingedrückte gelbe Hülle des Zeltes, die nach rechts geneigten Spitzen der Aluminiumstreben, die kreisförmig angeordneten Steine – schwarz und aschebestäubt vom Feuer. Und ganz plötzlich, während sie auf den nichtssagenden braunen Waldboden blickte und ihr Herz in scheinbar grundloser Erregung zu klopfen begann, veränderten sich schlagartig die Geräusche und Farben um sie herum. Sie vernahm das weiche Rauschen Laub tragender Bäume, das sommerliche Zirpen der Grillen. Und für den Bruchteil einer Sekunde sah sie das Zelt! Nicht so zerstört wie auf dem Foto, sondern völlig intakt.

Sie zuckte dermaßen erschrocken zusammen, dass Barney Plimmer reflexartig die Hände aus den Hosentaschen riss und einen Schritt auf sie zu machte, als wolle er sie stützen. »Was haben Sie? Fühlen Sie sich nicht gut?«

»Nein, nein.« Sie brachte nur ein schiefes, verstörtes Lächeln zustande. Dann: »Alles in bester Ordnung. Wirklich.«

Dieses Erlebnis, den Schauplatz eines Verbrechens zu betreten und sich ganz unvermittelt an Ereignisse *erinnern* zu können, denen sie de facto niemals beigewohnt hatte, war Dorothy nicht zum ersten Mal in ihrem Leben widerfahren. Das groteske Gefühl des *Sicherinnerns*, stellte sich sehr unregelmäßig ein, war jedoch, wenn es auftrat, stets von solcher Intensität, dass sie jedes Mal darüber erschrak. Und beim ersten Mal hatte sie es wirklich mit der Angst zu tun bekommen. Aber als sie sich ihrem Bruder anvertraute, der ja tagaus, tagein nichts anderes tat, als vor seinem Laptop zu sitzen und seine furchtbaren Wachträume zu Papier zu bringen (und sogar mit fünfzehn noch behauptet hatte, unter dem Johannisbeerstrauch im Garten würden zwei runzlige Kreaturen leben, die sich mit Vorliebe von Kinderköpfen ernährten), hatte der eine ganz plausible Erklärung dafür: Fantasie. Allerdings nicht einfach die Gabe, sich eine nette Geschichte auszudenken, sondern jene Spielart der Fantasie, die nur wenigen Menschen zu eigen ist. Denn sie erfinden ihre Geschichten nicht. Ihre Geschichten sind bereits irgendwo vorhanden. Diese Menschen *erleben* Szenarien, die sich nie so abgespielt haben und sich aller Wahrscheinlichkeit nach so auch nicht abspielen werden. Nichtsdestotrotz sind sie wirklich geschehen, und sie *erinnern* sich ihrer – bruchstückhaft, so wie man sich an einen alten Film erinnert oder an einen besonders lebhaften Traum.

Die Fantasie eines Schriftstellers oder Profilers – das Vermächtnis ihres Vaters. Dorothy fiel es nicht leicht, mit etwas derart Unkontrollierbarem umzugehen. Es machte ihr eher Angst.

Sie fröstelte.

»Sind Sie sicher? Ist wirklich alles okay mit Ihnen?«, fragte Plimmer. Seine Stimme schien aus den Wipfeln der kahlen Bäume zu kommen. Und erst jetzt merkte sie, dass er unmittelbar vor ihr stand.

»Ich glaube, ich muss nur was essen, Barney. Wie spät ist es?«

Er schob den Ärmel hoch und sah auf die Uhr. »Gleich zwanzig vor elf.«

Ihr kam es vor, als seien Stunden vergangen, seit sie das Pfarrhaus verlassen hatten, und plötzlich fiel ihr das dünne blonde Mädchen wieder ein. Scheinbar zusammenhanglos fragte sie: »Ihr Onkel, Barney. Ist er immer noch im Dienst?«

Plimmer blickte sie eine Sekunde lang irritiert an, ehe er in scherzhaftem Ton antwortete: »Ganz, wie man's nimmt – obwohl er schon an die fünf, sechs Jahre tot ist. Anfang der Neunziger hatte er mehrere Herzinfarkte, da haben sie ihn in den Ruhestand geschickt. Das hat er wohl nicht verkraftet und gleich noch einen bekommen. Aber einige hier im Ort behaupten steif und fest, der alte Geoffrey habe den Dienst nie wirklich quittiert und ginge jetzt auf dem Friedhof Streife. Vielleicht stimmt's. Schließlich war er mit Leib und Seele Polizist. Warum fragen Sie?«

»Ehrlich gesagt, beschäftigt mich die Frage, weshalb die kleine Daniels nicht ihn aufsuchte, wenn sie ihn doch so sehr mochte. Warum ging sie zu Evans' Sägewerk und nicht zu Ihrem Onkel, dem Freund und Helfer?«

»Also …« Wachtmeister Plimmer zog die Stirn in Falten und blies die Wangen auf. »Wie der Reverend schon sagte: Dass all die fremden Kriminalbeamten aus Bury plötzlich die Wache belagerten, wird ihr wohl nicht ganz geheuer gewesen sein. Damit könnte er schon richtig liegen. Das ging sicher nicht gegen Onkel Geoff persönlich.«

Es sei denn, sie hätte wegen irgendetwas ein schlechtes Gewissen gehabt, überlegte Dorothy, die daran dachte, was Plimmer ihnen über die besondere Gabe seines Onkels erzählt hatte. *Richtig unheimlich, wie er das machte. Der sah einen nur an und wusste ganz genau, ob man gelogen oder irgendwas ausgefressen hatte*. Dass viel mehr dahintersteckte als eine gute Portion Menschenkenntnis, bezweifelte sie. Doch hätte es durchaus genügt, wenn das Mädchen daran glaubte. Sie sagte: »Was, wenn sie etwas Schlimmes angestellt hatte und sich deshalb nicht auf die Wache traute?«

»Was soll eine Achtjährige denn schon *Schlimmes* angestellt haben?«

»Ich weiß es nicht. Mal angenommen, sie hätte ein schlechtes Gewissen gehabt, wäre sie da nicht überzeugt gewesen, Ihr Onkel würde es sofort merken?«

»Ja.« Plimmer nickte. »Ziemlich sicher sogar.« Dann zuckte er die Achseln, was vermutlich bedeutete, dass es ihm einerlei war. Er wandte sich wieder dem Trampelpfad zu, über den sie hergekommen waren. »Sagten Sie nicht eben, Sie hätten Hunger?«

»Hab ich auch.«

»Na, dann kommen Sie mal, Ma'am.« Und er winkte sie

mit zwei Fingern hinter sich her. »Ich könnte nämlich auch einen Happen vertragen.«

»Wie Mrs. Cotton mir erzählte, geht er oft zur Lichtung rauf, seit er wieder da ist. Fast jeden Tag«, nuschelte Cloud, den letzten Bissen seines Thunfischsandwichs kauend. Sie saßen an einem der großen runden Tische im *Cock Inn* vor ihren Tellern und sprachen über Brian Barnes. »Ihr käme es so vor, als täte er es, um zu begreifen, weshalb man ausgerechnet ihn damals ins Gefängnis steckte. Achtzehn verlorene Jahre. Natürlich hält sie Barnes für unschuldig. Wie alle hier.«

»Ich werde gleich mal im Sägewerk vorbeischauen«, sagte Dorothy.

»Da werden Sie heute aber niemanden mehr antreffen«, meinte Wachtmeister Plimmer. Er nahm eine Gewürzgurke von seinem Teller und schob sie sich ganz in den Mund. »Mittwochnachmittags arbeitet in Long Weldon kein Mensch – vom alten Rick White und seinem Sohn mal abgesehen.«

Letzterer hatte ihnen, von seinem Vater zur Eile angetrieben, (*»Mach hin, Junge. Die verhungern uns noch, wenn du weiter so rumtrödelst.«*) das Essen serviert und wirbelte augenblicklich fröhlich pfeifend und mit Wischmopp und Eimer bewaffnet durch die leere Schankstube. Der Junge hatte Charme und eine enorm positive Ausstrahlung. Sein Vater musste ihn als Segen empfinden, nach all den Tragödien der Vergangenheit.

Dorothy sah Ben eine Weile zu. Mehr zu sich selbst sagte sie dann: »Mr. White kann sehr stolz auf ihn sein.«

»Darauf können Sie Gift nehmen«, versicherte Plimmer. »Ohne den Jungen läge Rick sicher auch längst unter der Erde.«

»Dann frage ich mich nur, warum er so ruppig mit ihm umspringt.«

»Na, was glauben Sie? Das hier ist ländlichstes Suffolk.« Plimmer verschlang sein Sandwich, leckte sich genüsslich die Reste der Remoulade von den Fingern und sagte lachend: »Wir mögen ja zusammenhalten und uns vielleicht gelegentlich auf die Schultern klopfen, um uns unsere Zuneigung zu zeigen. Aber wir küssen uns doch nicht, Miss Marley. Nicht in Suffolk.«

12

Als Dorothy und Cloud das letzte Stück der gewundenen Auffahrt hinaufgingen, die von uralten Trauerweiden gesäumt zu ›Ravenstow‹ führte, dem Anwesen des Bürgermeisters, hallte ihnen schon von weitem das laute Scheppern von Blech und halbwegs unterdrücktes Gefluche entgegen. Doch erst nachdem sie die letzte umzäunte Koppel hinter sich gelassen hatten und die Ställe erreichten, sahen sie die beiden Männer.

Ganz offensichtlich waren sie gerade dabei, eine ausrangierte Badewanne zur Pferdetränke umzufunktionieren. Sie war in Hüfthöhe an die rückwärtige Wand eines kleinen, bruchsteinernen Nebengebäudes montiert, und der jüngere der beiden, ein korpulenter Mitfünfziger im verschmutzten blauen Overall, lag halb unter der Wanne verborgen am Boden.

»Den Fünfzehner-Schlüssel, hab ich gesagt.« Er hielt dem anderen, der mit in den Rücken gepressten Händen daneben stand, schnaufend ein Werkzeug hin. »Das ist der Dreizehner. Ach Gott nein, Bill, du stellst dich aber auch an!«

Bill trug eine zerschlissene grüne Cordhose und ein abgetragenes Hemd, darüber eine grobe Strickweste. Dorothy schätzte ihn auf Anfang siebzig. Er tauchte murmelnd mit beiden Armen in die rostige Werkzeugkiste, die vor ihm stand, und fummelte nach langem Suchen endlich einen weiteren Maulschlüssel heraus. »Das müsste er jetzt aber sein, Andrew. Ich bitte dich, geh nicht zu hart mit mir ins Gericht. Meine Augen sind in den letzten Jahren nicht unbedingt besser geworden.«

Andrew betrachtete das Werkzeug eingehend, ließ ein zustimmendes Grunzen vernehmen und nickte schließlich. Dann begann er, einen farblosen Gummischlauch unter der Tränke zu fixieren.

Dorothy machte durch dezentes Räuspern auf sich aufmerksam und sagte freundlich: »Guten Tag, meine Herren.«

»Auf den Tag ist geschissen«, gab der Mann, der Andrew hieß, knurrend zur Antwort. Offenbar ging ihm die Arbeit nicht ganz so leicht von der Hand, wie er es sich gerne gewünscht hätte.

»Klappt es nicht?«

Er ließ den Maulschlüssel klimpernd auf den Boden fallen, kroch halb unter dem Trog hervor und blickte sie und Cloud feindselig von unten her an. »Natürlich klappt's. Was wollen Sie überhaupt? Das ist kein öffentlicher Fußweg hier.«

»Ist uns bekannt.« Dorothy schenkte Andrew ein übertriebenes Lächeln. »Wir möchten zum Bürgermeister. Können Sie uns vielleicht sagen, wo wir ihn finden?«

»Steht doch direkt da neben Ihnen, Lady.« Er zeigte kurz auf Bill, ehe er wieder grummelnd und fluchend unter der Pferdetränke verschwand.

Dorothy sah William Evans bass erstaunt an.

Der klopfte sich derweil die staubigen Hände an den Hosenbeinen ab, als wolle er sie ihr zur Begrüßung reichen, steckte sie nach einem prüfenden Blick auf seine schmutzigen Handflächen jedoch stattdessen in die Taschen. »Die gebe ich Ihnen mal besser nicht. Sie sind bestimmt die beiden Polizisten, die bei Rick White unten wohnen, was? Was kann ich für Sie tun?«

»Hätten Sie ein paar Minuten Zeit?«, fragte Cloud. »Sie würden uns sehr helfen, wenn Sie uns einige Fragen beantworten könnten.«

»Na, dann kommen Sie erst mal rein. Mit etwas Glück macht uns meine Haushälterin Mrs. Cershaw eine Tasse Tee.«

Mrs. Cershaw war indessen alles andere als begeistert von dem Besuch, denn der Mittwoch war ihr freier Tag, was sie dem Bürgermeister auch sehr deutlich zu verstehen gab, ehe sie – wenn auch widerwillig – letztlich doch in die Küche rauschte. Wie um dem Ganzen noch die Krone aufzusetzen, trug die Haushälterin bereits Hut und Mantel und hatte ihre Handtasche über dem Arm, während sie den Teewagen ins Zimmer schob und ein Schälchen mit Keksen hinstellte.

Als sich die Zimmertür hinter ihr geschlossen hatte, wirkte William Evans beinahe erleichtert. Er seufzte und lehnte sich in seinem Stuhl zurück. »In Wirklichkeit ist sie eine Seele von Mensch. Mrs. Cershaw, meine ich. Ich wüsste nicht, was ich ohne sie täte. Sie kann es nur auf den Tod nicht ausstehen, wenn man ihre Tagesplanung durcheinanderbringt.« Und er zuckte zusammen, als die Haustür zukrachte.

Vom Fenster aus sahen sie die »Seele von Mensch« mit eckigen kleinen Schritten über den Hof davonmarschieren.

»Es wird so einiges geredet, seit Sie hier sind«, sagte der

Bürgermeister im Plauderton und langte zur Kanne auf dem Teewagen. »Mein Sohn erzählte mir, Sie seien wegen der alten Sache mit Brian Barnes gekommen. Also, weswegen wollten Sie mich sprechen?«

Dorothy wartete ab, bis Evans ihnen eingeschenkt hatte. Dann sagte sie: »Eigentlich geht es um Rosalind Cotton. Sie haben ja gehört, was ihr zugestoßen ist.«

Evans nickte betrübt. »Entsetzlich, ja. Aber was hat das mit dem Mord an Renee White zu tun?«

Dorothy erklärte es ihm.

Was folgte, war die alte Leier: Brian Barnes war selbstverständlich zu Unrecht verurteilt worden. Vollkommen undenkbar, dass jemand aus dem Ort die junge Frau vor achtzehn Jahren ermordet hatte. Glaubte man dem Bürgermeister, so stand er einem Dorf von Engeln vor, und nur ein Ortsfremder konnte eine solch abscheuliche Tat begangen haben. Ganz zweifellos war es jemand von außerhalb gewesen. Höchstwahrscheinlich ein entlaufener Verrückter – oder der Mann im Mond.

»Und ihr Freund?«, fragte Dorothy. »Warum hat man dann nicht sofort ihn verdächtigt? Schließlich war er der Einzige, der nicht von hier kam.«

»Soll das Ihr Ernst sein?« Evans blickte sie stirnrunzelnd über den Rand seiner Tasse an. »Der Mann war Polizist.« Über jeden Verdacht erhaben, besagte der Tonfall.

»Haben Sie ihn persönlich kennen gelernt?«

»Ich traf ihn ein paarmal im Pub.«

»Und was hielten Sie von ihm?«

»War kein übler Bursche, soweit ich das beurteilen kann. Mächtig von sich eingenommen, aber immer sehr freundlich und höflich. Das hat man nicht oft bei Leuten aus der Hauptstadt, glauben Sie mir.«

»Wissen Sie auch, wie er hieß?«, fragte Cloud, wie immer den Bleistift einsatzbereit in der Hand.

»Peter«, erwiderte Evans. »Da bin ich mir ziemlich sicher.«

»Peter und weiter?«, hakte der Sergeant nach. »Was ist mit seinem Nachnamen?«

»Ich habe ihn höchstens ein, zwei Mal gehört. Warten Sie, lassen Sie mich überlegen. Klang so ähnlich wie dieser Fliegen fressende Kerl aus Stokers *Dracula*. Renfield, oder so.« Er dachte noch eine Weile angestrengt nach, schüttelte dann aber den Kopf.

»Wenn ich alles richtig verstanden habe«, überlegte Dorothy laut, »dann wurde Barnes lediglich aufgrund einer einzigen Aussage verurteilt. Nämlich nur, weil Renees Freund glaubte, seine Stimme erkannt zu haben.«

»Stimmt.« Der Bürgermeister nickte bedächtig. »Und weil Brian sich nachts auf dem Hügel beim Zelt herumgetrieben hatte.«

»Was genauso gut auf Ihren Sohn und Jamie Daniels zutrifft«, gab sie zu bedenken. »Das allein besagt gar nichts. Es fehlt das Motiv.«

»Weil es keins gab«, insistierte Evans. »Brian hat es nicht getan. Ganz einfach.«

»Aber irgendjemand hat es getan«, sagte Dorothy. »Und die Wahrscheinlichkeit, dass es ein Fremder war – ein Triebtäter aus der umliegenden Gegend womöglich –, geht gegen null. Die fahren nicht auf gut Glück aufs Land, um an abgelegenen Orten nach geeigneten Opfern zu suchen. Die finden sie nämlich zuhauf in der Anonymität der Großstädte. So wenig es Ihnen gefällt, Mr. Evans – Sie werden sich damit abfinden müssen, dass es jemand aus Long Weldon war.«

Statt etwas zu erwidern, blickte er zum Fenster hinaus.

»Mr. Evans«, fuhr Dorothy fort, »wie Constable Plimmer uns erzählte, kam Jamie Daniels' Schwester Jenny gleich am Tag nach dem Mord an Renee White zu Ihnen und teilte Ihnen mit, dass sie die drei Jungs im Wald in der Nähe des Zeltes beobachtet hätte.«

Der Bürgermeister nickte.

»Das begreife ich nicht.« Sie nahm einen Schluck Tee und stellte die Tasse ab. »Sie wusste doch von dem Mord. Und sie muss auch um die Konsequenzen gewusst haben, die ihre Aussage nach sich zöge. Warum hätte sie die drei verpetzen sollen? Ihr eigener Bruder ist schließlich dabei gewesen.«

»Sie wollte es wohl loswerden«, entgegnete Evans. »Sie kam ja häufig mit ihren Problemen zu mir.«

»Als ich klein war, bin ich mit meinen Problemen immer zuerst zu meiner Mutter gegangen«, meinte Cloud. Er zerkaute einen Keks und fragte: »Hat sich denn die Mutter nicht um das Kind gekümmert?«

»Mrs. Daniels war – wie soll ich mich ausdrücken? –, sie war nicht so ganz richtig im Kopf. Genau wie Jamie. Lieb und nett, aber irgendwie verdreht. Daher war Jenny schon ziemlich früh auf sich allein gestellt.«

»Verdreht? In welcher Weise war Jamie verdreht?«

»Ach Gott, es war nichts Weltbewegendes.« Evans senkte den Blick. »Er war nicht gefährlich, wenn Sie das meinen. Er war eben ein bisschen einfältig.«

»Was genau meinen Sie mit *einfältig*?«

Er hob ruckartig den Kopf und sagte: »Na, etwas komisch eben. Er kannte überhaupt keine Scheu. Er war anhänglich wie ein Kind. Und er schrieb gern Briefe. Ziemlich schwülstige. An Leute, die er gernhatte. Erzählte jedem, den er mochte: ›Ich hab dich lieb‹ und so weiter.«

»Schrieb er diese Briefe auch an Renee White?«, fragte Dorothy.

»Ja, sicher. Für sie hat er am meisten geschwärmt. Er nannte sie seine ›Prinzessin‹ und hat immer gesagt, dass er sie mal heiraten wollte. Aber das hat natürlich niemand so richtig ernst genommen. Nicht mal mein Sohn Tommy, der zu der Zeit mit ihr zusammen war.«

»Auch Renee nicht?« Dorothy fragte sich nämlich, wie die junge Frau wohl mit der Schwärmerei umgegangen war. Hatte es ihr geschmeichelt? Oder hatte sie Jamie Daniels' übertriebene Aufmerksamkeit möglicherweise als Belästigung empfunden?

»Nein. Gewiss nicht.« William Evans schüttelte energisch den Kopf. »Obwohl sie das Spielchen sogar mitmachte und Jamie versprach, ihn zu heiraten, sollte sie eines schönen Tages wieder ›frei‹ sein.«

»Was für eine furchtbar traurige Vorstellung«, sagte Dorothy, die sich gar nicht ausmalen mochte, welche Hoffnungen solch ein Versprechen in Jamie Daniels geweckt haben musste. »Warum hat sie ihm nicht einfach gesagt, dass zwischen ihnen nichts läuft?«

»Um den armen Kerl nicht vor den Kopf zu stoßen, könnt ich mir denken. Jamie war glücklich, und für sie war es ein neckisches Spiel, das niemandem schadete.«

»Nur so lange, bis Renee sich dann tatsächlich von Tommy trennte und ihr neuer Freund aus London auf den Plan trat«, konstatierte Cloud. Sein Mienenspiel verriet, dass auch er sich mit Jamie Daniels' geplatzten Träumen befasste.

»Das sind Dinge, mit denen jeder Jugendliche fertig werden muss. Das haben wir alle durchgemacht.« Evans kratzte sich selbstvergessen am Kopf, während er wieder zum

Fenster hinaus und über den Hof blickte. »Die Liebe kommt, die Liebe geht. So ist das nun mal.«

»Und wie hat Ihr Sohn reagiert, als Renee plötzlich mit einem anderen ging und ihn auch noch hierher einlud?«

»Niedergeschlagen war er. Und wütend. Aber das ist doch normal, oder nicht?«

Dorothy machte sich bewusst, dass sie gefährlichen Boden betraten. Wollten sie von William Evans weitere Informationen bekommen, durften sie nicht zu sehr auf Tom als möglichem Täter herumreiten. Dass er ein starkes Motiv für den Mord hatte, war ihr ohnehin klar. Daher kam sie nochmals auf Jamie Daniels' Schwester zurück: »Wie würden Sie das Verhältnis zwischen Jenny Daniels und Constable Gilder bezeichnen, Mr. Evans? War es ein gutes, oder hatte sie eher Angst vor ihm?«

»Jenny? Die hatte doch keine Angst vor Geoffrey.« Ein gehustetes Lachen. »Menschenskinder, die hatte einen Narren an dem Mann gefressen. Wenn sie nicht gerade bei ihrem Bruder im Sägewerk war, verbrachte sie die meiste Zeit bei Geoff auf der Wache und spielte Räuber und Gendarm.«

»Sehen Sie, dann verstehe ich nämlich nicht, weshalb das Mädchen zu Ihnen kam und nicht zu Gilder ging. Was hat sie Ihnen erzählt?«

Evans starrte sie an. »Muss das wirklich sein?«

»Nichts *muss*, Mr. Evans«, sagte sie. »Wir führen hier keine offizielle Untersuchung durch. Ehrlich gesagt, hätten wir nicht mal das Recht dazu. Sie sind also zu gar nichts verpflichtet. Allerdings könnte Ihre Aussage helfen, den Tod von Reverend Cottons Tochter aufzuklären.«

Der Bürgermeister stieß einen sorgenschweren Seufzer aus und fuhr sich mit beiden Händen durchs Haar. Mit leiser Stimme sagte er dann: »Sie kam her und fragte mich, was ich an ihrer Stelle täte, wenn ich etwas gesehen hätte, das vielleicht jemanden hinter Gitter bringen könnte.«

»Was haben Sie ihr geraten?«

»Ich sagte, es käme darauf an.«

Weil Sie fürchteten, es könne sich auf Ihren Sohn Tommy beziehen, nicht wahr, Mr. Evans?, dachte Dorothy. »Und weiter?«

»Sie erzählte mir, sie sei den Jungens gefolgt, und dass sie gesehen habe, wie sie sich gestritten hätten. Tatsächlich hatte Brian Tommy oben auf dem Hügel k.o. geschlagen, und er und Jamie brachten ihn hierher. Ich selbst trug ihn dann ins Bett.« Er schwieg einige Sekunden lang. »Na ja, und als dann alle im Bett waren, hat sie sich wohl nochmal weggeschlichen.«

»Ziemlich nachtaktiv für ein so junges Ding«, stellte Cloud kopfschüttelnd fest.

Evans deutete ein Achselzucken an und sagte: »Da hat sie Brian gesehen, wie er am Cottage der Daniels vorbei zum Wald hochging. Jenny war sich ganz sicher. Daher habe ich ihr geraten, es Gilder zu erzählen. Doch sie weigerte sich. Sie sagte, sie wolle Brian nicht verpetzen, nur wenn es unbedingt nötig sei. Falls er versuchen sollte, es Jamie anzuhängen.«

»Das waren ihre Worte?«, fragte Cloud. »Nur für den Fall, dass er versuchen würde, es Jamie anzuhängen?«

»Sinngemäß. Ja.«

Äußerst bemerkenswert, dass sie gerade ihn erkannt haben wollte, fand Dorothy. Ausgerechnet den einzigen der drei Jugendlichen, der nun wirklich nicht die geringste Spur eines Motivs besaß. War das womöglich die Lüge gewesen, die Jenny Daniels Constable Gilder nicht aufzutischen gewagt hatte?

»Ich möchte wirklich wissen, weshalb er die Nacht auf der Veranda verbracht hat.« Sie trank aus und stellte ihr Teegeschirr auf den Wagen zurück. »Warum ging er nicht ins Haus? Haben Sie eine Ahnung, Mr. Evans?«

»Komisch, dass Sie mich danach fragen«, entgegnete der Bürgermeister statt einer Antwort. »Dieselbe Frage hat mir heute schon mal jemand gestellt. Ein Reporter, der behauptete, von Brians Unschuld überzeugt zu sein, und ihn rehabilitieren will.«

Sie musste wahrlich keine Hellseherin sein, um zu erraten, wer dieser Reporter war. »Und, was haben Sie ihm gesagt?«

»Dass ich es nicht mit Bestimmtheit wüsste. Allerdings bin ich mir sicher, dass er aus Brian nichts herausbekommen würde. Er weigert sich einfach, darüber zu sprechen. Also gab ich dem Mann die Adresse von seiner Schwester in London – Sarah West.«

13

Um dieselbe Zeit hielt sich Richard Dadd in einer winzigen Wohnung im Londoner Stadtteil Camden Town auf.

Sarah West war eine farblose kleine Frau mit blassem Teint; so schmal und durchscheinend, dass sie fast schwindsüchtig wirkte. Das blonde Haar zeigte erste graue Strähnen und hing ihr wie altes Lametta um das ovale Gesicht. Sie konnte höchstens dreißig sein, sah aber wesentlich älter aus.

»Wie haben Sie es überhaupt geschafft, mich ausfindig zu machen?« Eine fadenscheinige Stickjacke lag in ihrem Schoß. Offenbar war sie gerade dabei gewesen, sie zu flicken, als ihr unangemeldeter Besucher aufkreuzte. »Immerhin stehe ich nicht im Telefonbuch.«

»Ich habe mit Bürgermeister Evans telefoniert und mich nach Ihnen erkundigt«, sagte Dadd. »Weshalb haben Sie Ihren Namen geändert, Sarah?«

»So was passiert auf ganz natürliche Weise, wenn man heiratet.« Sie bedachte ihn mit einem schmalen Lächeln. Das Lächeln einer Frau, die in ihrem Leben schon viel Leid hatte erdulden müssen.

»Auf den Gedanken, dass Sie ja verheiratet sein könnten, bin ich gar nicht gekommen.« Er schüttelte den Kopf über seine eigene Dummheit. »Als ich Sie das letzte Mal sah, da waren Sie noch ein kleines Mädchen.«

Sie zupfte an der Strickjacke herum und sagte: »Mein Mann kam vor einem Jahr ums Leben. Ein Arbeitsunfall.«

»Das tut mir sehr leid. Wie ich hörte, sind auch Ihre Eltern letztes Jahr verstorben.«

»Haben Sie den langen Weg etwa auf sich genommen, um über das Unglück unserer Familie zu plaudern, Mr. Dadd?« Es lag nichts Anklagendes in ihrer Stimme.

»Nein, Sarah. Um es Ihnen etwas erträglicher zu machen, möglicherweise.«

»Und worum geht es?«

»Um Ihren Bruder«, erklärte Dadd. »Sehen Sie, ich glaube nicht, dass er etwas mit dem Mord zu tun hatte, für den er damals verurteilt wurde. Ich denke, jemand anders hat Renee White ermordet und dann die Tatsache ausgenutzt, dass Brian kein Alibi beibringen konnte. Ich würde das gern beweisen.«

»Und wie?« Sie blickte ihn unsicher von unten her an.

»Indem ich den wahren Schuldigen finde«, sagte er. »Und indem ich herausfinde, weshalb Brian als Einziger kein Alibi hatte. Dabei könnten Sie mir helfen, Sarah.« Leider befanden sich die Polizeiakten des Falles (und ebenso die Protokolle der Gerichtsverhandlung) für einhundert Jahre unter Verschluss. Ein lästiges Übel. Besonders für Journalisten. Aber so war es in ihrem Land schon immer gewesen. Doch Dadd, der den Prozess vor achtzehn Jahren als Berichterstatter der *Sun* begleitet hatte, waren die Fakten – dank seiner alten Aufzeichnungen, die er während der letzten Tage akribisch studiert hatte – bestens vertraut. Es galt lediglich, einige Lücken zu schließen. »Ich weiß«, fuhr er fort, »dass Brian die fragliche Nacht unter freiem Himmel verbrachte, angeblich, weil er seinen Schlüssel verloren hatte. Aber warum klingelte er dann nicht oder klopfte Sie oder Ihre ältere Schwester heraus?«

»Vater war sehr streng, Mr. Dadd«, gab sie zur Antwort. »Hätte Brian es gewagt zu klingeln, wäre er in Teufels Küche gekommen. Ich selbst schlief oben unter dem Dach; er hätte schon am Fallrohr hochklettern müssen, um mich wachzuklopfen. Und Ada, unsere Schwester, war gar nicht da. Sie war auf Klassenfahrt in Schottland, glaube ich. Da verbrachte Brian die Nacht eben hinten auf der Veranda. Was den Schlüssel angeht …« Sie unterbrach sich, zog nachdenklich die schmalen Augenbrauen zusammen und sagte leise: »Das mit den Schlüsseln war irgendwie merkwürdig.«

Dadd bat sie weiterzuerzählen.

»Könnte sein, dass ich ein paar Sachen durcheinanderbringe. Es ist ja alles schon so furchtbar lange her.« Und wieder rückten ihre Augenbrauen zusammen, als sie versuchte, sich zu erinnern. »Aus irgendeinem Grund hatte Brian Jamie Daniels den Schlüsselbund gegeben. Warum, weiß ich nicht. Vielleicht waren Löcher in seinen Taschen. Mein Bruder hatte stets Löcher in den Taschen«, fügte sie schmunzelnd hinzu. »Na, jedenfalls hat Brian erst zu Hause gemerkt, dass er ohne die Schlüssel dastand, und lief um kurz vor zwölf noch mal zum Cottage der Daniels zurück, um sie zu holen. Jamie und seine Schwester schliefen ja in einem eigenen Zimmer – einem Anbau mit separatem Eingang –, da brauchte mein Bruder nicht an der Haustür zu schellen, wie er das bei uns hätte tun müssen, sondern konnte einfach hinten an das Fenster vom Anbau klopfen, um sich bemerkbar zu machen.«

»Wenn er den Schlüssel aber doch zurückbekam«, meinte Dadd, »wieso schlief er dann trotzdem draußen?«

»Er bekam ihn ja gar nicht zurück«, sagte sie. »Darum legte Brian sich hinten auf der Veranda hin. Jamie war nämlich nicht in seinem Zimmer. Nur Jenny, die kleine Schwester, war da. Das ist ja das Merkwürdige. Mein Bruder erzählte uns, Jenny hätte zunächst so getan, als würde sie fest schlafen. Und als sie dann doch endlich unter ihrer Bettdecke hervorkam und das Fenster aufmachte, da bemerkte er, dass sie noch ihre Straßenklamotten trug. Seltsam, nicht? Sie behauptete, Jamie sei ins Haus gegangen – ins Bad, weil er zu viel getrunken habe. Aber im Haus war es stockdunkel, Mr. Dadd.«

»Warum hat Ihr Bruder vor Gericht nichts davon erwähnt?«, fragte er sie erstaunt.

Sarah West blinzelte gedankenvoll. »Brian hielt es wohl nicht für wichtig. Damals noch nicht.«

»Haben Sie vielleicht eine Ahnung, wo Jamie Daniels heute lebt?«

»Nein. Aber Brian weiß es. Denn er hat Jamie besucht. Ende Juli. Gleich, als er …« Sie stockte. »… gleich nachdem man ihn entlassen hatte. Schon im Gefängnis hat er immer wieder davon gesprochen, Jamie nach der Geschichte mit dem Schlüsselbund fragen zu wollen. Also habe ich meinen Bruder für zwei Tage bei mir einquartiert, und er ist von London aus mit dem Zug runter nach Kent gefahren.«

»Wissen Sie noch, wohin genau?«

»Es war irgendwo in der Nähe von Tunbridge Wells«, sagte sie und überlegte eine Zeit lang. »Eine kleine Ortschaft unweit von Etchington oder Etchampton. High Street, glaube ich.« Dann zuckte sie mit einem resignierten Seufzer die Achseln. »So genau kann ich mich leider nicht mehr erinnern.«

»Macht ja nichts. Als Brian zurückkam – hat er da gesagt, wie es Jamie geht?«

»Nicht ein Wort – außer, dass er mit ihm geredet hätte. Natürlich habe ich ihn gleich mit Fragen gelöchert. Ich wollte ja auch wissen, was los ist.« Sarah West wickelte einen Wollfaden um ihren Zeigefinger, riss ihn mit einem kräftigen Ruck ab und betrachtete ihn betrübt. »Aber Brian hat sich geweigert, darüber zu sprechen; hat einfach nur dagesessen und immerzu geweint.«

Anderthalb Stunden später fuhr Dadd nach Nordosten.

Sein anfänglicher Verdacht, Jamie Daniels könne etwas mit dem Tod Renee Whites zu tun gehabt haben, hatte durch die kleine Episode mit dem Schlüsselbund weitere Nahrung bekommen. Aus drei Gründen war Jamie seinerzeit von der Polizei als Tatverdächtiger ausgeschlossen worden: Er hatte ein wasserdichtes Alibi gehabt (*das ihm seine eigene Mutter verschaffte!*). Renees Freund hatte Brian Barnes einwandfrei als Täter identifiziert (*Anhand seiner Stimme! Da ist es durchaus möglich, sich zu irren. Selbst für einen Polizisten.*). Und er war körperlich behindert gewesen. Was letztlich überhaupt nichts besagte, wie Dadd sehr wohl wusste; man brauchte nur an Harold Loughans, den Würger von Portsmouth, zu denken. Die Geschichte der Kriminalistik war schon von frühester Jugend an Dadds Steckenpferd gewesen, und so nahm es kaum Wunder, dass ihm jener Fall wie von selbst in den Sinn kam, während er über Jamie Daniels' Behinderung nachdachte.

Anfang der Vierzigerjahre hatte Loughans, dessen rechter Hand vier Finger fehlten, unter dringendem Mordverdacht vor Gericht gestanden. Man legte ihm zur Last, eine Kneipenwirtin erwürgt zu haben. Doch Sir Bernard Spilsbury – in jenen Tagen Britanniens namhaftester Gerichtsmediziner und in Juristenkreisen wegen seiner vermeintlichen Unfehlbarkeit auch als der *Heilige Sankt Bernard* bekannt – hatte Loughans verkrüppelte Hand im Auftrag des Gerichts untersucht und war zu dem Schluss gekommen, dass es unmöglich sei, damit einen Menschen zu erwürgen. Und Loughans, der, einmal freigesprochen, nach geltendem Recht kein zweites Mal desselben Verbrechens angeklagt werden konnte, war in der glücklichen Lage gewesen, sein detailfreudiges Geständnis für viel Geld an ein Boulevardblatt zu verkaufen.

Der große Spilsbury hatte sich täuschen lassen. Was, wenn die Beamten der Suffolk-Police in Jamie Daniels' Fall auch einer solchen Täuschung erlegen waren? Wer wusste schon genau zu sagen, inwieweit ein gelähmter linker Arm den Jungen tatsächlich einschränkte? Waren die Muskeln vollständig gelähmt oder nur teilweise? Behinderte Menschen lernten oftmals erstaunlich gut, ihr körperliches Manko zu kompensieren. Wie gut hatte Jamie Daniels dies vermocht? Gut genug zumindest, um im Sägewerk zu arbeiten.

Richard Dadd verließ den M11 und nahm kurz hinter Stansted die Landstraße nach Bury St. Edmunds. Es konnte nicht schaden, sich ein Foto von dem Daniels-Jungen zu besorgen. Und er würde versuchen, mit Brian Barnes zu reden. Doch selbst wenn ihm das nicht gelang, wie Bürgermeister

William Evans es ihm prophezeit hatte, würde er Jamie Daniels schon irgendwie ausfindig machen.

Weil du ein guter Reporter bist, Daddy. Ein ganz ausgezeichneter sogar.

Dadd begann, zufrieden vor sich hin zu pfeifen.

Hoch über ihm am grauen Nachmittagshimmel zogen die Kraniche gen Süden.

14

Robert Marley war allerbester Laune. Keine Spur von grüblerischen Gedanken. Nicht heute. An diesem Morgen war er – der gemeinhin mürrische Langschläfer – freiwillig bereits um halb sechs aufgestanden, hatte Angela ein opulentes Frühstück, bestehend aus Eiern, gebratenem Speck, gebackenen Bohnen und gebuttertem Toast, ans Bett gebracht und sie um acht Uhr zum Polizeirevier in der John Street gefahren. Anschließend hatte er bis zum Mittag fleißig an seinem Manuskript gearbeitet, das mittlerweile ganz erstaunliche Fortschritte machte, und war dann der Bitte seiner Schwester nachgekommen und hatte mit einem begabten jungen Nachwuchsautor telefoniert. Dorothy hatte ihrem Bruder aufgetragen, sich mit Sean Curtis zu treffen, dessen Werke zu begutachten, ihn ein wenig auszuhorchen … Aber möglichst unauffällig, bitte schön. Nur wie er das genau anstellen sollte, verriet sie ihm nicht.

Der Mann war verständlicherweise völlig aus dem Häuschen gewesen, als Marley vorgeschlagen hatte, sie könnten sich doch um fünfzehn Uhr in der kleinen italienischen Bar in der North Street treffen. Zwei Mal hatte Curtis sich in äußerst aggressivem Ton erkundigt, ob die Stimme am anderen

Ende der Leitung denn auch wirklich Robert Marley sei (*»Wenn du das bist, George, zieh ich dir eine. Ist das klar?«*). Ja, ja. Er sei nicht George, er sei Robert. Seine Schwester Dorothy habe ihm von einem gelungenen Roman erzählt und er, Marley, würde nun gern einige Kostproben daraus sehen. Wäre das möglich, Mr. Curtis, was denken Sie? Verblüffte Stille, und dann: Aber ja. Natürlich. Na klar.

Marley war eine gute halbe Stunde früher da gewesen und hatte es sich bei Cappuccino und Keksen an einem kleinen wackeligen Tisch gleich beim Eingang bequem gemacht, die Straße und die auf dem Gehsteig vorübereilenden Passanten im Blick.

»Es ist nicht ganz so gut geworden, wie ich es mir gewünscht hätte«, sagte Sean Curtis eben. Er trug einen beigen Rollkragenpullover aus grober Wolle, Jeans und dazu Turnschuhe. Um Punkt drei war er aufgetaucht, sein Manuskript lose unter dem Arm. »Ich sehe die Szenen bis ins kleinste Detail vor mir, aber dann scheint es manchmal so, als reichten die Wörter einfach nicht aus, sie zu beschreiben.«

Manchmal! Du liebe Güte, da konnte er ja noch von Glück reden, denn Marley ging das *immer* so. Er hielt Curtis' Manuskript in Händen und schlug eine weitere Seite von *Die dunklere Hälfte des Schattens* um. »Also, ich weiß nicht, was Sie noch mehr wollen? Was ich bis jetzt gelesen habe, ist wirklich ausgezeichnet. Sie haben eine sehr bildhafte Sprache. Und vor allem – die Story ist gut.«

»Meinen Sie das auch ernst?«

»*Tod*ernst«, sagte Marley. Er versuchte, halbwegs witzig zu sein, um dem Mann seine Befangenheit zu nehmen, und klopfte zweimal mit der flachen Hand auf den Blätterstapel in seinem Schoß. »Ich würde das gern behalten, wenn ich darf. Zwar habe ich meine Zweifel, ob *Bodley Head* der richtige Verlag dafür wäre, aber ich schätze, bei *Hodder & Stoughton* oder *Constable* können Sie sich schon einige Chancen ausrechnen. Mit Ihrem Einverständnis gebe ich das Manuskript erstmal an meinen Agenten in London weiter. Der wird es dann ein bisschen herumreichen.«

Sean Curtis blickte ihn mit ehrfürchtigem Staunen an. Marley fand, dass das bei einem Mann von Curtis' Statur etwas extrem Verletzliches und Anrührendes hatte. »Als Sie anriefen, dachte ich zuerst, da will mich einer auf den Arm nehmen, Mr. Marley. Wenn ich ehrlich bin, kann ich es selbst jetzt noch gar nicht richtig fassen, dass Sie bereit waren, sich mit mir zu treffen.«

»Oh, das ist doch selbstverständlich«, wiegelte Marley ab, der in Anbetracht seiner überaus guten Laune heute zu beinahe allem bereit gewesen wäre, hatte er doch die Nacht mit der Frau seines Herzens verbracht und sich selten so lebendig gefühlt. »Meine Schwester hat mir erzählt, dass sie Ihnen meine Nummer gegeben hätte. Aber da Sie nicht anriefen, dachte ich mir …«

Curtis' Gesicht wurde plötzlich dunkel. »Hat sie Ihnen auch erzählt, weshalb sie bei mir in der Wohnung war?«

Einen kurzen Moment lang war Marley geneigt, die Frage zu verneinen. Dann sagte er jedoch: »Ja. Ja, das hat sie.« Und er schämte sich plötzlich seiner eigenen guten Laune zutiefst. Was ihm am meisten zu schaffen machte, war die Unehrlichkeit dieser Situation. »Es tut mir wirklich aufrichtig leid, Mr. Curtis. Bitte denken Sie jetzt nicht …«

»Dass Sie sich nur aus Mitleid mit mir getroffen haben?« Ein flüchtiges Lächeln, schwach und bekümmert.

»Ich möchte nicht, dass Sie das denken.« *Und ich möchte ebenso wenig, dass Sie denken, ich sei hier, um festzustellen, ob Sie das Mädchen vielleicht selbst aus dem Weg geräumt haben, obwohl meine Schwester mich hauptsächlich deswegen hergeschickt hat*, fügte Marley im Geiste hinzu. »Was ich über Ihr Manuskript sagte, entspricht der Wahrheit. Glauben Sie mir, Sean. Sie haben wirkliches Talent.« *Mehr als ich womöglich*, wieder ein Gedanke, der unausgesprochen blieb.

»Sie sind sehr freundlich. Und ja, ich glaube Ihnen«, sagte Curtis. Er hatte ein Papiertaschentuch in der Hand, das er wer weiß woher gezaubert hatte und Marley nun mit ausgestreckter Hand über den Tisch reichte. »Wissen Sie, Ihre Schwester ist eine großartige Frau. Zielstrebig, aber auch erstaunlich einfühlsam für eine Polizistin. Sie würde Sie nie und nimmer darum gebeten haben, mir Talente zu bescheinigen, die ich nicht hätte. Und Sie sind ihr sehr ähnlich. Ich kann Ihnen beiden nur danken.«

»Okay. Und wofür ist das Taschentuch?«, fragte Marley mit belegter Stimme. Ein Wort mehr, und ihm würden die Tränen kommen. Aber sah man ihm das an?

»Weil das blonde Mädchen da hinten die ganze Zeit Fotos von Ihnen macht«, sagte Curtis schmunzelnd. »Und Sie Sahne und Schokostreusel am Kinn haben, Robert.«

Während der nächsten zweieinhalb Stunden redeten sie über Gott und die Welt – den Tod, den Schmerz und das Schreiben.

Marley erzählte vom Mord an seinem Vater, und wie ihm seine altersschwache Royal-Schreibmaschine dabei geholfen hatte, den Verlust, wenn auch nicht ganz zu verwinden, so doch zumindest halbwegs zu bewältigen. Und Curtis sprach über Rosalind; darüber, wie sie im Leben gewesen war und wie im Tode.

Zweieinhalb Stunden, in denen die beiden Männer zu Vertrauten wurden.

»Ich war im Leichenschauhaus, um sie noch einmal zu sehen«, sagte Curtis. »Ich musste einfach hingehen. Wäre ich nicht gegangen, hätte ich ihren Tod bestimmt niemals akzeptieren können.« Er blickte auf. »Hat man Ihnen damals erlaubt ...«

»Nein«, sagte Marley, noch ehe Curtis zu Ende gesprochen hatte. »Ich habe ihn nicht mehr zu Gesicht bekommen. Unsere Mutter wollte es nicht. Sie hielt uns für zu jung, um einen Toten zu sehen.« Er schüttelte nachdenklich den Kopf, sah sich wieder auf jenem langen weißen Krankenhauskorridor stehen und machtlos die Tür mit der Milchglasscheibe anstarren, hinter der seine Mutter verschwunden war. *Kopfschuss.* Nur dieses eine Wort hatte er aufgeschnappt, vor der Milchglasscheibe stehend, es aus einem Gewirr dumpfer Stimmen herausgehört: *Kopfschuss. ›Behalte ihn so in Erinnerung, wie du ihn kanntest, Schatz‹*, hörte er seine Mutter sagen, und ebenso die außerordentlich wichtig herumwuselnden Ärzte. Aber keiner von ihnen machte sich ein Bild davon, welch unfassbare Schrecken die *Vorstellung* von einem Kopfschuss bei einem fantasiebegabten vierzehnjährigen Jungen auszulösen vermochte. Er schüttelte die Erinnerungen ab und sagte schlicht: »Ihn nicht mehr gesehen zu haben ist viel schlimmer.«

Curtis nickte und erzählte dann von seinen vergeblichen Bemühungen, Rosies Eltern ausfindig zu machen. »Die Cottons haben vermutlich gar keine Ahnung, wer ich bin, aber ich würde sie trotzdem gern kennen lernen und mich mit ihnen unterhalten. Mich interessiert, in welcher Umgebung Rosie aufgewachsen ist, wo sie gelebt hat.« Eine Pause trat ein. Dann meinte er niedergeschlagen: »Bei der Polizei haben sie mir gesagt, sie dürften keine Adressen herausgeben.«

»Haben Sie denen denn nicht gesagt, in welcher Beziehung Sie zu Rosalind standen?«

»Doch. Klar.« Er schnaufte. »Die fragten mich, ob ich der ›Ehegatte‹ sei, und als ich sagte, nein, ich wäre ihr Freund gewesen, da hatte sich die Sache auch schon erledigt. Wenn ich kein Verwandter sei, könnten sie nichts machen. Keine Auskünfte an *Fremde*. Aus. Basta.«

»Ich denke, das kann ich für Sie herausbekommen, Sean«, sagte Marley und nahm sich vor, Dorothy um die Adresse zu bitten. »Sobald ich es weiß, gebe ich Ihnen Bescheid. Versprochen.«

Curtis bedankte sich mit einem Lächeln. »Ich war drauf und dran, Paula danach zu fragen, in jener Nacht ...« Das Lächeln war wieder verschwunden.

»Das kleine Mädchen vom Pier?«

»Ja.« Eine erneute Pause. »Ich habe es noch niemandem erzählt, wissen Sie, aber ich war dort.«

»Am Pier?«

»Vor Rosies Haus. In der Nacht, als Paula ermordet wurde. Ich stand an der Tür – mindestens fünf Minuten lang – und brachte es einfach nicht über mich zu klingeln.«

»Haben Sie Licht gesehen?«

»Nein, es war alles dunkel. Aber da waren Geräusche, so als würden im Haus Türen geöffnet und wieder geschlossen werden.«

»Und warum um Himmels willen sind Sie dann nicht zur Polizei gegangen und haben eine Aussage gemacht, als Sie von dem Mord hörten?«

Curtis zog kraftlos die Schultern hoch. »Wahrscheinlich hatte ich Angst, man könnte mich verdächtigen.«

Du stehst bereits ganz oben auf der Verdächtigenliste, alter Junge, dachte Marley. *Du weißt es nur noch nicht.* Er sagte: »Es wäre besser, Sie riefen meine Schwester an. Die Nummer haben Sie ja. Lieber spät als nie. Was, wenn Sie beobachtet wurden?«

»Da war niemand; in der ganzen Straße nicht.«

»An Ihrer Stelle wäre ich mir da nicht so sicher.« Marley überlegte, ob er die Karten auf den Tisch legen und Curtis erzählen sollte, dass Sergeant Cloud ihn beobachtet hatte. »Glauben Sie mir, Sean, irgendwer nimmt immer Notiz.«

»Die Kleine hat mich gehasst wie die Pest«, sagte Curtis, ohne auf Marleys Ermahnung einzugehen. »Gleich vom ersten Moment an. Ich weiß bis heute nicht recht, warum eigentlich. Denn ich hatte überhaupt nichts gegen sie. Im Gegenteil; ich fand Paula sogar ganz in Ordnung. Rosie hat immer gesagt, ich müsse nachsichtig mit der Kleinen sein, sie wäre nur deshalb so biestig, weil sie ›vom Leben enttäuscht‹ sei.« Er lachte kurz auf. Kein besonders fröhliches Lachen. »Ist das nicht furchtbar, kaum aus den Windeln und schon ›vom Leben enttäuscht‹?«

»Gab es denn einen besonderen Grund dafür?« Marley beugte sich vor. Auch ihn hatte das Leben enttäuscht, als er vierzehn gewesen war.

»Sie fand zufällig heraus, dass der Mann, den sie all die Jahre für ihren Vater gehalten hatte, gar nicht ihr leiblicher Vater war. Schlimmer noch – selbst ihre Mutter hatte keinen Schimmer, wer ihr das Kind angedreht hatte. Die Gute muss also mächtig rumgekommen sein.«

»So was findet man doch nicht einfach durch *Zufall* heraus«, meinte Marley.

»Paula schon«, versicherte Curtis. »Sie besaß einen PC mit Zugang zum Internet und allem möglichen anderen

Schnickschnack – ich habe im Grunde keine Ahnung davon. Na ja, jedenfalls hat sie wohl eines Tages aus Spaß an der Sache einfach mal Mamies Passwort geknackt und deren Mails gelesen. Ziemlich feuchtes Geplaudere, das die biedere Mrs. Finn mit einem Kerl in London austauschte.« Er unterbrach sich und sagte: »Alles, was ich darüber weiß, stammt natürlich nur aus zweiter Hand – von Rosie. Aber in diesen Briefen muss es auch um Paulas Vater gegangen sein.«

»Schlimm«, sagte Marley. »Für das Mädchen ist sicherlich eine Welt zusammengebrochen. Hat Paula ihre Mutter deswegen zur Rede gestellt?«

»Sozusagen.« Curtis verzog den Mund zu einem traurigen Grinsen. »Paula hat es irgendwie geschafft, sich in den Server der Uni einzuhacken, legte sämtliche Computer lahm und manipulierte sie so, dass sie statt der Startseite Fotos ihrer Eltern und eine Laufschrift mit eindeutigem Inhalt zeigten. Peinliche Sache für den Professor. Darum haben sie ihr ja dann auch den Computer weggenommen.«

»Das erklärt aber nicht, warum Paula so schlecht auf *Sie* zu sprechen war.«

»Nein«, sagte Curtis. »Sie haben recht, das tut es nicht.« Er ließ seinen Blick traurig zu den Fenstern wandern und sagte matt: »Ich fürchte, manche Dinge muss man wohl einfach so akzeptieren, wie sie sind.«

Über diesen letzten Satz sann Marley noch lange nach, denn unendlich tiefe Trauer schwang in den Worten mit. Und während sie später gemeinsam die North Street hinunter und in Richtung Royal Pavilion gingen, war von seiner vormals guten Laune nichts mehr geblieben. Nur das dumpfe Pulsieren derselben alten Wunde und die Erkenntnis, dass *akzeptieren* und *bewältigen* beileibe keine Synonyme waren.

Als er sich schließlich am Eingang der *Old Lanes* von Sean Curtis verabschiedete, hatte Marley das Gefühl, einem Menschen die Hand zu schütteln, den er schon seit Ewigkeiten kannte; jemand Vertrautem, der ins *Jury's Out* passte – ein Mann, der ein sehr alter Freund hätte sein können.

15

Dorothy hätte Richard Dadds Wagen überall erkannt.

Sie sah den grünen Rover auf dem kiesbestreuten Platz vor dem Lebensmittelladen zurücksetzen und wenden, als sie in Begleitung ihres Sergeants um halb sechs aus der Polizeiwache trat. Dadd winkte ihr und Cloud kurz zu, während er mit quietschenden Reifen an ihnen vorbeibrauste, bog nach rechts in die High Street ab und war verschwunden.

»Ein Freund von Ihnen?«, fragte Barney Plimmer, der umständlich die Tür der Wache hinter ihnen abgesperrt hatte und sich nun zur Straße umwandte.

»Ein flüchtiger Bekannter«, log Dorothy. Sie konnte sich des Eindrucks nicht erwehren, Plimmer habe, als der Wagen vorbeifuhr, absichtlich lange am Türschloss herumgefummelt. »Aber vielleicht ein Freund von *Ihnen*, Barney?«

»Schätze eher nicht, Ma'am«, brummte er und warf einen Blick in den grau bewölkten Abendhimmel. Die Hände hatte er in die Hüften gestemmt. »Besser, wir gehen rüber ins Pub. Es sieht mir ganz nach Regen aus.«

Brian Barnes war nirgends aufzutreiben gewesen. Bürgermeister Evans zufolge war er mit einem der Stallburschen nach Stowmarket gefahren, um Pferdefutter zu kaufen; so was könne sich hinziehen, hatte er gesagt. Und so hatten Dorothy und Cloud die Nachmittagsstunden genutzt, indem sie gemeinsam die Informationen durchgegangen waren, die Wachtmeister Plimmer ihnen aus Bury beschafft hatte. Barney hatte derweil seine Runden durchs Dorf gedreht und nur ab und an den Kopf zur Tür hereingesteckt. Beim letzten Mal hatte er ihnen freudestrahlend mitgeteilt, dass Brian Barnes Long Weldon seit seiner Rückkehr lediglich zu drei Gelegenheiten ohne Begleitung verlassen hatte. Und keiner der Tage stimmte mit den Daten der Morde in Brighton überein.

Die Fotos und Berichte im Mordfall Renee White gaben nicht mehr her, als sie ohnehin bereits wussten. Hinzu kam, dass aus Gründen des Datenschutzes ausschließlich Angaben existierten, die sich unmittelbar auf Täter und Opfer bezogen. Nichts über Jamie Daniels oder Tom Evans. Wie dem Bericht des Tatortsachverständigen zu entnehmen war, hatte der Mörder das Mädchen zwar fast vollständig entkleidet, die Sachen indes im Zelt zurückgelassen – keines der Kleidungsstücke fehlte. Dorothy überprüfte die Liste trotzdem, denn es kam relativ häufig vor, dass selbst Sachverständige Dinge übersahen – besonders, wenn es um so etwas Kompliziertes wie Damenbekleidung ging und der Sachverständige ein Mann war. Doch die Liste schien komplett zu sein. Demnach war Renees Mörder – im Gegensatz zum Brighton-Würger – kein Trophäenjäger gewesen. Dann die Kopien der Briefe, die an das Mädchen geschickt worden waren – grob aus Zeitungen und Illustrierten ausgeschnittene Worte: lauter obszönes Zeug, genau wie Barney gesagt hatte. Wo zum Teufel waren bloß die Übereinstimmungen? Gut, auch in Brighton hatte es Anrufe und Briefe gegeben, aber diese waren mit Morddrohungen verbunden gewesen.

Und nichts deutete darauf hin, dass man Renee White mit dem Tode gedroht hatte.

Dorothy ließ sich noch einmal die Namen der damaligen Verdächtigen durch den Kopf gehen: Brian Barnes, Thomas Evans, Jamie Daniels. Alles, was auf Barnes hindeutete, war seine körperliche Kraft und die Tatsache, dass Renees Freund, der Polizist, ihn an der Stimme erkannt zu haben glaubte. Darüber hinaus hatte er kein Alibi für die Tatzeit. Doch was in seinem Fall letztendlich fehlte, war ein Motiv für den Mord. Nach allem, was sie von ihm wussten, hätte Barnes gar keinen Grund gehabt, Renee zu töten. Bei den anderen Jungs lagen die Dinge dagegen ein wenig anders. Sowohl Tom Evans als auch Jamie Daniels hätten wirklich starke Motive gehabt. Beide waren in Renee verliebt gewesen, und beide hatten sie auf die eine oder andere Art verloren. Dass sie im Gegensatz zu Brian Barnes über Alibis verfügten, musste nicht zwangsläufig ihre Unschuld beweisen. Häufig genug kam es vor, dass Eltern ihre Kinder schützten. Und welcher Vater, welche Mutter wäre nicht bereit, für ihr eigen Fleisch und Blut zu lügen? *Barnes, Evans, Daniels.* Hatte einer von ihnen vor achtzehn Jahren getötet und zeichnete jetzt möglicherweise auch für die Morde in Brighton verantwortlich? Und wenn ja, wer?

Gibt es überhaupt Parallelen, Dotty?

In Brighton hatten sie die nackten erdrosselten Frauen mit den geringelten Söckchen an den Füßen – sie waren wie Renee White vergewaltigt und erdrosselt worden – und die maschinengeschriebenen Pathologiezettel. Was mochte den Killer dazu bewogen haben, sie an die Opfer zu schicken? Welchen Zweck erfüllten sie? Was hatten sie zu bedeuten? Lediglich ein Ablenkungsmanöver oder die Tat eines Geisteskranken? Und gab es einen triftigen Grund dafür, dass der Killer bei Rosalind Cotton von seiner bisherigen Vorgehensweise abgewichen war und ihr das Kärtchen selbst an die Zehe gebunden hatte?

Brighton – Long Weldon. Brighton – Long Weldon.

Sie durfte sich nicht verzetteln.

Sie zog die Visitenkarte hervor, die Millner in Paula Finns Gesäßtasche gefunden hatte, legte sie auf den Schreibtisch und betrachtete mit auf die Handflächen gestütztem Kopf nachdenklich die verwischten Buchstaben darauf.

Mail von Remember betr. Long Weldon
an CGMPRCRG

Wäre nicht diese neuerliche Erwähnung des Ortsnamens gewesen, Dorothy hätte keine Verbindung zwischen den Morden in Brighton und dem Tod Renee Whites hergestellt. Denn abgesehen von der Todesursache und den geringelten Socken, waren zwischen beiden Fällen keine Übereinstimmungen zu entdecken. Und vielleicht bestand ja auch gar keine Verbindung. Vielleicht hatte dieses Kärtchen rein gar nichts mit Paulas Ermordung zu tun.

an CGMPRCRG.

Großer Gott, natürlich hatte es das! Und sie schlug sich mit der flachen Hand vor die Stirn, als sie mit einem Mal begriff. Bei *CGMPRCRG* handelte es sich nicht um eine E-Mail-Adresse – es war die Liste der Empfänger! CG, MP, RC – das waren die Initialen der Würgeropfer: Christine Gordon, Margaret Penhalligan, Rosalind Cotton! Sie alle hatten dieselbe Nachricht erhalten! Doch wenn dies der Grund für die Morde war, dann ließ das nur einen vernünftigen Schluss zu:

Die Frauen mussten (trotz der geradezu rituell anmutenden Vorgehensweise des Täters, die keinen Sinn zu ergeben schien) umgebracht worden sein, weil sie das Wissen um den Inhalt jener E-Mail teilten, die Paulas Mörder in Rosalind Cottons Wohnung gelöscht hatte.

Schlagartig wurde Dorothy das volle Ausmaß dieser Erkenntnis klar. Es würde ein weiterer Mord geschehen, wenn sie dies nicht zu verhindern wusste, denn RG stand noch aus.

Sie rief sofort auf dem Revier in Brighton an, sprach zunächst mit den Constables Bellowes und Robinson und ließ sich anschließend mit Chief Superintendent Bless verbinden, dem sie in knappen Worten schilderte, was sie herausgefunden hatte.

»Wie stellen Sie sich das vor? Soll ich jede Person mit diesen Initialen unter Polizeischutz stellen lassen, Chief Inspector Marley?«

»Bei ›RG‹ wird es sich mit großer Wahrscheinlichkeit um eine Frau handeln.«

»Haben Sie jemals einen Blick ins Telefonbuch unserer Stadt geworfen?« Sie hörte Bless am anderen Ende der Leitung verzweifelt schnauben. »Es muss hunderte von Namen geben, die mit ›G‹ beginnen. Unmöglich, sie alle zu schützen.«

»Dann trommeln Sie ein paar Constables zusammen und rufen Sie sie an, verdammt! Oder starten Sie von mir aus einen Aufruf über *BBC-One*.«

Der Chief Superintendent grummelte weitere Bedenken in den Hörer, versprach letztlich aber, sein Bestes zu tun.

17 Uhr 40.

Als Dorothy, Cloud und Plimmer um diese Zeit den *Cock* betraten, herrschte in der Schankstube bereits ungewöhnlich reger Betrieb, was vermutlich hauptsächlich an dem freien Mittwochnachmittag lag.

Sie hatten sich kaum ihrer Mäntel entledigt und an einem der Tische Platz genommen, als Rick White sie bemerkte und Dorothy über die Köpfe der an der Theke stehenden Männer hinweg mit Donnerstimme zurief, sie solle doch bitte mal herkommen, ein Gentleman habe ihr eine Nachricht hinterlassen. Und er wedelte aufgeregt mit einem zusammengefalteten Papierstück herum.

»Trinken Sie einen mit, Barney?«, fragte Cloud, als Dorothy zur Theke ging. »Ein *Bitter* vielleicht?«

Plimmer zog seine Uhr zu Rate, bevor er nickte. »Aber nur ein halbes, bitte. Ich bin noch im Dienst.«

Dorothy hatte sich mittlerweile zur Theke durchgekämpft, als Cloud sich an zwei kräftigen Arbeitern in groben Cordjacken vorbeidrängte, neben sie trat und bei Ben seine Bestellung aufgab.

»Was haben Sie denn so Wichtiges für mich?«, fragte Dorothy und schaute abwartend auf den Zettel in Rick Whites rechter Hand. »Ist es das?«

»Warten Sie, ich zeig Ihnen was Feines.« Rick White grinste wie ein Honigkuchenpferd. Er hielt den Zettel zwischen Zeige- und Mittelfinger fest, wobei er seine Hand langsam auf und ab bewegte, so als wolle er jemanden hypnotisieren. Und dann, plötzlich – war der Zettel verschwunden! Er drehte seine Hand und zeigte sie vor, von beiden Seiten leer. »Na, was sagen Sie?«

Dorothy klatschte begeistert. Nach einer Weile fielen auch einige der Gäste zögerlich in den Applaus ein.

Eine Sekunde später ließ White seine Hand vorschnellen, streifte kurz Dorothys Ohr, und der Zettel befand sich wieder zwischen seinen Fingern.

Es folgte abermals schwacher Applaus.

Und als irgendjemand rief: »Hey! Mach's noch mal, Rick!«, ließ sich der Wirt nicht lange bitten. Cloud sah, wie Ben sich abwandte, beide Hände wie Scheuklappen vor den Augen. Er schien bereits zu ahnen, was geschehen würde. Und das Befürchtete trat ein: Der Trick misslang. Zwar bewegte Rick White die Hand ebenso grazil und hypnotisch auf und ab wie beim ersten Mal, aber der Zettel entglitt ihm schon nach kürzester Zeit, flog in hohem Bogen durch die Luft und landete schließlich vor Clouds Füßen. Der Sergeant bückte sich danach, schlug dabei jedoch dermaßen unglücklich mit dem Kopf gegen die Messingeinfassung des Tresens, dass er augenblicklich zu Boden ging.

Lautes Gelächter brandete urplötzlich durch den Schankraum, und die beiden Männer mit den Cordjacken hoben ihre Gläser und stießen klirrend an. Cloud rappelte sich benommen auf. In einer Hand den Zettel, und mit der anderen die Beule auf seiner Stirn betastend.

Dorothy nahm ihm die Nachricht kopfschüttelnd ab, faltete sie auseinander und las:

Haben Sie auch an Loughans gedacht? Alles Gute, Richard

»Was wollte der Mann hier, Mr. White?«, fragte Dorothy. Sie faltete die Nachricht zusammen und steckte sie ein. »Hat er Ihnen oder Ihren Gästen Fragen gestellt?«

»Ja, hat er. Fragte mich nach meiner Tochter«, sagte der Wirt leise. Seine Augen bewegten sich so nervös wie Kreisel. Er schaute die Decke an, die Theke, seinen Sohn, die Zapfhähne, das Bild über dem Kamin. »Und er wollte wissen, ob der Daniels-Junge damals ein Auge auf sie geworfen hätte. Ich sagte ihm, ich wüsste es nicht, und er solle mich damit in

Ruhe lassen. Ist nicht leicht für uns. Auch nach all den Jahren nicht.« Er räusperte sich.

»War das alles, was er wollte?«

»Hören Sie, ich möchte das einfach nicht. Verstehen Sie? Ich habe das, so gut es geht, hinter mich gebracht. Ich weiß, Sie haben gestern mit Tom Evans gesprochen und heute mit Reverend Cotton. Und ich weiß auch, dass Sie von der Polizei sind. Sie sind Gäste in diesem Haus. Ich respektiere Sie, aber ich habe nicht vor, das bisschen, was mir geblieben ist, aufs Spiel zu setzen, indem ich anfange, mit Ihnen über meine Familie zu reden. Das habe ich auch dem Herrn von der Zeitung klargemacht.«

Ben reichte Cloud die Biergläser, sagte etwas zu ihm, was Dorothy nicht verstand, und Ralph ging zu ihrem Tisch zurück.

»Ich will Ihnen keinen unnötigen Schmerz bereiten, Mr. White«, versicherte sie. »Da Sie bereits wissen, weshalb wir hier sind, ist es sicher kein Geheimnis, wenn ich Ihnen verrate, dass wir davon ausgehen, dass zwischen dem Tod Ihrer Tochter und den Verbrechen, die in Brighton verübt wurden, ein Zusammenhang besteht. Die Spuren führen eindeutig nach Long Weldon. Das sind die Tatsachen. Daran kann ich nichts ändern.« Sie ergriff seine Hand und drückte sie sanft. »Mr. White, ich habe Renee nicht gekannt. Aber ich habe die beste Freundin von Rosalind Cotton kennen gelernt; nur einen Tag bevor dieses wunderbar eigensinnige Mädchen von einem Serienkiller erschossen wurde. Paula Finn war erst vierzehn Jahre alt. Sie müssen verstehen, dass ich nichts unversucht lassen werde, um ihren Mörder zu fassen.« Dorothy blickte ihm in die Augen. »Und dazu benötige ich wirklich jede Hilfe, die ich bekommen kann. Also, was wollte der Journalist noch von Ihnen?«

White machte sich von ihr los, griff wahllos nach einem der leeren Gläser, die auf dem Tresen standen, spülte es und trocknete es ab. »Ich wünsch niemandem, was wir durchmachen mussten.« Er zog die Mundwinkel herunter – etwas, was er selbst vermutlich nicht einmal bemerkte – und sagte: »Fotos von Renee wollte er. Fragte, ob ich alte Aufnahmen von ihr hätte, auf denen der Daniels-Junge zu sehen sei, und ob er sie sich mal anschauen könne. Sogar Geld hat er mir geboten – hundert Pfund, wenn ich sie ihm zeigen würde. Ich sagte ihm klipp und klar, er solle sich wegscheren.«

»Verstehe. Hat er sonst noch mit jemandem gesprochen?«

»Hier nicht«, sagte White. »Hat sich für seine Fragerei entschuldigt und dann diese Nachricht für Sie hinterlegt.«

»Sagte er etwas dazu? Ich meine, hat er Ihnen erklärt, was sie bedeutet?«

»Nein. Ich hab sie ja nicht mal gelesen.«

Dorothy zeigte sie ihm, aber auch dem Wirt sagten die Worte nichts. Er zuckte nur mit den Schultern.

Als sie zu ihrem Platz zurückkam, saß zu ihrer Überraschung Tom Evans mit am Tisch; die Ärmel seines karierten Flanellhemdes aufgekrempelt und ein halbvolles Pint *Guinness* vor sich. Er sprach mit Ralph Cloud, dessen Stirn sich allmählich blau färbte, blickte aber sogleich zu Dorothy herüber, als sie an den Tisch trat.

»Hallo, Tom«, sagte sie freundlich, reichte Cloud Dadds kryptische Nachricht und setzte sich. »Schön, Sie zu sehen. Und ich dachte schon, ich hätte Sie vergrault.«

Er warf ihr einen argwöhnischen Blick zu. »Wir reden hier nicht gern über die Geschichte, wissen Sie? Der alte Rick schon gar nicht«, sagte er. »In der Sache sind wir alle ein bisschen empfindlich. Und da hab ich gestern wohl was in den falschen Hals gekriegt. Also – tut mir leid, wenn ich etwas grob mit Ihnen war.«

Dorothy lächelte versöhnlich. »Und jetzt sind Sie bereit, sich mit uns zu unterhalten?«

Evans nickte langsam. »Wenn ich ehrlich bin, hat mein Vater mich dazu gebracht. Er meinte, es könne nicht schaden.« Und mit einem unschuldigen Grinsen breitete er die Arme aus. »Nun – was wollen Sie hören?«

»Ich gehe dann mal, ehe Sie anfangen.« Wachtmeister Plimmer zog seinen Mantel über. Er bedankte sich für das Bier, entschuldigte sich, da er noch an diesem Abend nach Bury fahren müsse, und spazierte eilig hinaus.

Cloud holte ihnen noch eine Runde *Guinness* und schrieb dann fleißig mit, während Dorothy Tom Evans zu den Morden in Brighton und seiner damaligen Beziehung mit Renee White befragte. Dass er als möglicher Serienkiller in Betracht kam, schien Evans eher zu belustigen als in Panik zu versetzen. Nein, er sei an den fraglichen Tagen sicher nicht in Brighton gewesen. Und überhaupt: Die Südküste habe er seit seiner Kindheit nicht mehr zu Gesicht bekommen. Als Dorothy jedoch auf Renee zu sprechen kam, änderte sich sein ganzes Gebaren.

Der joviale Ton war aus seiner Stimme verschwunden, als er die Augen niederschlug und sagte: »Wir haben uns geliebt. Drei Jahre waren wir zusammen, wollten heiraten.« Er verstummte abrupt und starrte sekundenlang schweigend ins Nichts. Dorothy bemerkte, wie er selbstvergessen die helle Stelle an seinem Ringfinger berührte, die ihr schon am Tag zuvor aufgefallen war. Zornig sagte er: »Und dann taucht so ein dahergelaufener Schnösel auf, und alles ist anders.«

»Und Renee verließ Sie wegen ihm?«

»So sieht's wohl aus.«

»Sein Name?«

»Keine Ahnung, wie der Typ hieß. Ist mir auch schnuppe. Er kam nicht von hier.«

»Und wo hat sie den Mann kennen gelernt, wenn nicht in Long Weldon?«

»In London«, sagte Evans in einem Ton, als sei die Hauptstadt an allem schuld. »Renee wollte ja unbedingt dort arbeiten. Als Kindermädchen. Ich hab ihr gleich davon abgeraten. Wegen der Entfernung«, setzte er hinzu.

»Ich kann mir denken, wie eifersüchtig Sie gewesen sein müssen, Tom«, meinte Dorothy. »Seither sind mehr als achtzehn Jahre vergangen, und der Schmerz ist Ihnen noch immer anzumerken.«

Er zog die Augenbrauen hoch, sagte aber nichts dazu.

Frei heraus fragte Dorothy: »Gingen die Anrufe und Briefe, die Renee damals erhielt, auf Ihr Konto? Ja oder nein?«

Evans schüttelte nur gleichgültig den Kopf. Keine Spur von Empörung. »Nein, gingen sie nicht. Niemals hätte ich ihr so was angetan.«

»Ihr Vater erzählte mir, Jamie Daniels sei ebenfalls hinter Renee her gewesen.«

Tom Evans winkte ab. »Jamie war eben ein komischer Typ. Verstehen Sie mich richtig – er war ein echter Kumpel. Aber das ganze Gerede über eine Hochzeit mit Renee. Alle haben sich darüber lustig gemacht. Es war einfach lächerlich.« Er schüttelte den Kopf. »Jeder wusste, dass er wie eine Klette an ihr hing, aber das nahm doch niemand ernst. Am wenigsten sie selbst.«

»Haben Sie nie daran gedacht, dass er die Briefe vielleicht geschrieben haben könnte?«

»Jamie?«

»Ja«, sagte Dorothy. »Sie hatte ihm schließlich ein Versprechen gegeben. Und das hat sie nicht eingehalten, nachdem sie sich von Ihnen getrennt hatte. Verschmähte Liebe kann ein sehr starkes Motiv sein.«

»Ich bitte Sie. Das war doch keine Liebe. Das war reine Schwärmerei.«

Sie ließ es vorerst dabei bewenden. »Können Sie mir ein bisschen was über die Nacht erzählen, als der Mord geschah? Was hatten Sie im Sinn, als Sie und die beiden anderen Jungs in den Wald raufgingen?«

»Brian kam auf die Idee. Ich hatte gar keine Ahnung, dass Renee sich dort oben mit diesem Kerl vergnügte. Brian muss das irgendwie spitzgekriegt haben und erzählte uns davon. Er meinte, es wäre doch spaßig, wenn wir ihnen ein wenig Angst einjagen würden. Besonders wegen dem aufgeblasenen Kerl, mit dem sie zusammen war. Wie auch immer; wir ließen die Flaschen kreisen und waren schon mächtig angeheitert, als wir losgingen.«

»Angeheitert, Tom, oder aggressiv?« Dorothy beobachtete seine Reaktion genau. »Sie hatten eine ganz schöne Wut im Bauch, nicht wahr? Wollten Sie Renees Freund an den Kragen?«

»Ach Gott ja – ich wollte ihm eins auf sein großkotziges Maul geben. Ist doch verständlich, oder nicht?« Er schaute sie an, als warte er auf Zustimmung. Als sie ausblieb, sagte er: »Ich hab dann im Suff einen Riesentanz gemacht, rumgebrüllt, ich würde dem Kerl die Fresse polieren. Jamie hielt mich zurück und versuchte, es mir auszureden. Aber er konnte mir ja nicht wirklich was entgegensetzen, wegen seiner Behinderung. Und da hat Brian mir wohl dermaßen eine gezimmert, dass ich erst zu Hause wieder die Augen aufmachte.« Die Erinnerung daran schien ihn zu erheitern, denn seine Mundwinkel zuckten leicht. »Ich hatte einen entsetzlichen Kater, als ich am Morgen aufwachte, und keinen blassen Schimmer, wie ich ins Bett gekommen war.«

»Und nach dem Mord? Wie reagierten Sie, als Sie von Brian Barnes' Festnahme hörten?«

»Das Ganze war so absurd, dass ich dachte, gut, er hat kein Alibi, aber das wird sich schon irgendwie aufklären. Ich war geschockt, als man ihn dann vor Gericht stellte und er tatsächlich verurteilt wurde.«

»Sie glaubten nicht an seine Schuld?«

»Du liebe Güte, natürlich nicht.« Evans hob sein Glas und leerte es in einem Zug. »Wie gesagt, es war völlig absurd, total abwegig. Brian war ein Teddybär. Die hätten genauso gut behaupten können, *Winnie-the-Pooh* habe Renee getötet.«

»Was ist mit Rick White?«, fragte Dorothy. »Sah er das genauso?«

»Jeder hier sah es so, Dorothy. Rick eingeschlossen.«

»Auf wen hätten Sie denn getippt?«

»Ich hatte von Anfang an ihren Freund aus London in Verdacht«, gestand Evans. »Warum er es getan hat, weiß ich nicht. Möglich, dass er sie wieder loswerden wollte, oder dass er einfach verrückt war. Jedenfalls gab es da eine ganze Reihe von Dingen, die mir komisch vorkam.«

»Zum Beispiel?«

»Zunächst mal war der Kerl ja Polizist. Und soviel ich weiß, sind die doch recht gut in Selbstverteidigung, oder nicht?« Und als Dorothy nickte, fuhr er fort: »So. Angeblich hat der Mörder zuerst ihn überwältigt, hat ihn geknebelt, gefesselt und an die Seite gelegt und sich dann erst über Renee hergemacht. Das stinkt doch zum Himmel! Warum brachte er nicht gleich beide um, frage ich mich?«

»Ja, da kann ich Ihnen nur beipflichten«, gab Dorothy zu. »Das klingt in der Tat äußerst sonderbar.« Sie nahm einen

Schluck *Guinness.* »Wie schade, dass Sie seinen Namen nicht kennen.«

»Sie könnten Brian fragen«, sagte Evans. »Kann sein, dass er sich daran erinnert. Aber machen Sie ihm nicht zu sehr die Hölle heiß, Lady. Der hat genug gebüßt. Er ist ziemlich hin.«

»Was ist mit Jamie Daniels?«

»Weggezogen.«

»Ich weiß. Reverend Cotton sagte uns, er wäre von hier fortgegangen, nachdem seine Mutter gestorben ist. Sie haben nicht zufällig eine Ahnung, wohin er gegangen ist?«

»Nein«, sagte Evans, klang aber sichtlich überrascht. »Hat der Reverend tatsächlich *gestorben* gesagt?«

»Ja, wieso?«

»Weil Jamies Mutter Selbstmord beging. Tja, noch etwas, das man bei uns auf dem Lande nicht gerne erwähnt. Sie erhängte sich in ihrem Treppenhaus; am Tag von Brians Verurteilung. Sie litt wohl schon seit langer Zeit unter Depressionen.«

Dorothy nahm an, dass Depressionen auch für Tom Evans nichts Fremdes waren, und fragte sich, ob er wohl jemals über Renees Tod hinweggekommen war. Sie glaubte nicht. »Sagen Sie mal, Tom – sind Sie nun verheiratet oder nicht?«

Wieder schüttelte er den Kopf. »Ich war es – beinahe.«

»Und sind es insgeheim immer noch, stimmt's?«

Wieder betastete er die blasse Stelle an seinem linken Ringfinger. Er sah ihr nicht in die Augen, als er abermals nickte und mit leiser Stimme sagte: »Sie sind eine bemerkenswert einfühlsame Frau, Dorothy.«

»Sie haben Dadds Nachricht gelesen, Cloud«, meinte Dorothy, als Evans gegangen war. »Nun, was machen Sie daraus?«

»Vielleicht meint er *Harold* Loughans, den Portsmouth-

Würger«, sagte Cloud, der noch jung genug war, um sich an den Lehrstoff der Polizeischule zu erinnern, zu alt hingegen, sich der Details zu entsinnen. »Keine Ahnung, was das sonst bedeuten soll, Chief. Scheint mir aber nicht allzu viel mit dem Fall zu tun zu haben.«

Sie seufzte, nippte an ihrem Bier und fragte: »Was hat Ihnen Ben White denn vorhin an der Theke zugeflüstert, Ralphie?«

»Oh, gut, dass Sie mich daran erinnern.« Der Sergeant warf einen hektischen Blick auf die Uhr. Es war zehn vor sieben. »Er meinte, wir sollten um neunzehn Uhr ins Hinterzimmer kommen. Da könnten wir in aller Ruhe mit Barnes sprechen.«

Das sogenannte Hinterzimmer war ein Speisesaal und als solcher relativ groß. Allerdings wurde er selten und nur zu besonderen Gelegenheiten wie Hochzeiten oder Beerdigungen genutzt, wie Ben White ihnen erklärte, und war daher nicht beheizt. Überall an den Wänden hingen Jagdtrophäen; Hirschgeweihe und ausgestopfte Keilerköpfe, die Dorothy (wie immer, wenn sie dergleichen sah) an guillotinierte Opfer der Französischen Revolution erinnerten. Die Geschmacklosigkeiten der Landbevölkerung. Nur eine einzige Stehlampe brannte schwach in der entferntesten Ecke des Raumes.

»Brian, hier sind zwei Herrschaften aus Brighton, die dich gerne sprechen möchten«, sagte Ben zu dem Mann am Tisch, dessen Gesicht fast ebenso grau war wie die blass getünchte Wand, vor der er saß.

»Kommen Sie mich wieder holen?«, fragte er und machte Anstalten, sich zu erheben. Für einen Mann von etwas mehr als vierzig Jahren war er erschreckend frühzeitig gealtert. Er sah aus wie fünfundsechzig oder siebzig. Sein Haar war dünn und grau, seine Wangen fahl und eingefallen.

»Nein, Brian.« Ben ging zu ihm und legte ihm beruhigend die Hand auf die Schulter. »Alles ist gut. Niemand wird dich von hier wegholen. Das sind Freunde von mir.« Ben sah kurz zu Dorothy auf und lächelte ihr zu. Dann wandte er sich wieder an Barnes. »War das Roastbeef gut?«

Lange kam nichts. Und dann: »Sehr gut, wie immer. Danke.«

Ben räumte Teller und Besteck ab und sagte: »Wenn du nichts dagegen hast, lasse ich euch eine Weile allein.«

Barnes nickte. Dorothy fand, dass er ein wenig debil wirkte, und war schockiert darüber, was achtzehn Jahre Haft aus einem Mann wie Barnes zu machen imstande waren.

Als Ben die Tür hinter sich geschlossen hatte, deutete Barnes wortlos auf die freien Stühle am Tisch.

Dorothy erklärte ihm, weswegen sie hier waren, und fragte: »Dürfen wir Ihnen ein paar Fragen stellen, Mr. Barnes?«

Nicken.

»Waren Sie nach Ihrer Haftentlassung mal in Brighton?«

Kopfschütteln.

»Sagen Ihnen die Namen Penhalligan, Gordon oder Finn etwas?«

Erneutes Kopfschütteln.

»Loughans?«, fragte Cloud dazwischen.

Barnes zog die Brauen zusammen. »Was ist damit?«

»Sagt Ihnen nichts?«

»Nein.«

Und Dorothy fragte: »Als man Sie des Mordes bezichtigte, Mr. Barnes, was haben Sie da getan?«

»Nichts. Billy Evans wollte es in Ordnung bringen. Er besorgte mir einen Anwalt.«

»Der Bürgermeister hat den Anwalt bezahlt?«

Erneutes Nicken.

»Warum nicht Sie oder Ihre Eltern?«

Er zuckte mit den Schultern. »Billy hat das übernommen.«

»Warum? Was hatte er davon?«

»Er ist ein guter Mensch.«

»Niemand tut so etwas völlig uneigennützig. Hat er Sie vielleicht gebeten, vor Gericht seinen Sohn aus der Sache rauszuhalten?«

Barnes sah die Tischplatte an, antwortete jedoch nicht.

»Was verschweigen Sie, Mr. Barnes?« Dorothy streckte ihre Hand aus, aber Barnes zuckte sofort zurück.

»Nichts hat er verlangt.«

»Ich glaube Ihnen kein Wort.«

»Ganz wie Sie wollen.«

»Hören Sie, Sie können mir nicht weismachen, dass Sie, wenn Sie wirklich unschuldig waren, einfach so akzeptiert haben, dass man Sie zu einer lebenslangen Freiheitsstrafe verurteilte.«

»Ich *war* unschuldig«, sagte Barnes schwach. »Das habe ich den Geschworenen auch gesagt.«

»Können Sie mir erklären, weshalb Sie in jener Nacht nicht ins Bett gegangen sind, sondern draußen auf der Veranda geschlafen haben?«

»Weil ich nicht das ganze Haus aufwecken wollte. Tommy und ich hatten auf dem Hügel ein kleines Handgemenge. Dabei ist mir der Schlüssel aus der Tasche gefallen. Jamie hat ihn aufgehoben und für mich eingesteckt.«

»Und Sie haben, nachdem Sie den Wald wieder verlassen und Tom Evans nach Hause gebracht hatten, nicht zufällig etwas beobachtet? Eine bestimmte Person? Jamie Daniels vielleicht?«, fragte Dorothy.

»Nein. Ich hab ihn nicht gesehen«, gab er zur Antwort. »Das ist es ja.«

»Aber Sie hatten einen Verdacht?«

»Ja.« Eine weitere lange Pause folgte. »Aber jetzt ist es eh zu spät. Und was hätte es mir genützt, damals jemandem davon zu erzählen? Dem anderen hätten die hohen Leute vom Gericht doch alles abgekauft. Der war ja Polizist.«

»Sie meinen Renees Freund?«, fragte Dorothy. Und als Barnes abermals nickte: »Erinnern Sie sich noch an seinen Namen?«

»Den werd ich im Leben nicht mehr vergessen«, sagte er. »Jeden Tag, wenn ich da oben zur Lichtung raufgeh, seh ich sein verfluchtes, pockennarbiges Gesicht vor mir und frag mich, warum der Kerl gelogen hat. Jeden verdammten Tag. Seit achtzehn Jahren.« Eine einzelne große Träne löste sich aus seinem Augenwinkel und rollte ihm über die Wange. »Renee nannte ihn immer nur Pete.« Barnes' Stimme klang so brüchig wie uraltes Pergament, als er weitersprach. »Richtig hat er aber Peter geheißen – Peter Bloomfield.«

Dorothy hatte ein Gefühl im Bauch, als habe sie einen Klumpen Blei verschluckt.

Es war bereits nach neun, als sie ein weiteres Mal im Präsidium anrief und Angela Robinson auftrug, ihr schnellstmöglich ein Foto aus Bloomfields Personalakte zu faxen. Wofür sie es brauchte, sagte Dorothy ihr nicht, ermahnte Angela jedoch, sich nicht dabei erwischen zu lassen. Das Fax kam bereits fünfzehn Minuten später. Es räumte alle Zweifel aus. Sie hatten das fehlende Bindeglied gefunden.

Dorothy war nicht sehr glücklich darüber.

16

Sie hatten die Aufrufe erst seit dem Vorabend halbstündlich über *BBC-One* gebracht, aber für Ruby Glenn wären sie ohnehin zu spät gekommen. Wie der Gerichtsmediziner feststellte, war sie schon seit mindestens zwei Tagen tot. Spaziergänger hatten ihre Leiche am Morgen in einem Waldstück in Moulsecoomb nahe der Universität gefunden. Sie lag auf dem Rücken, der bleiche nackte Körper mit Raureif überzogen.

Dr. Millner war gerade damit beschäftigt, die geringelte Socke, die er neben dem linken Fuß der Toten vom Boden aufgelesen hatte, in einen wiederverschließbaren Plastikbeutel zu stecken, als Chief Inspector Dorothy Marley und Sergeant Cloud am Tatort eintrafen. Sie waren die halbe Nacht hindurch gefahren und hatten so gut wie nicht geschlafen, sondern lediglich ein paar Stunden auf unbequemen Pritschen im Polizeihauptquartier verbracht.

»Hallo, Doktor«, sagte Dorothy und nickte mit ernster Miene den übrigen Beamten zu, die auf dem nahen Waldweg Position bezogen hatten.

»Guten Morgen«, sagte Millner. Sein Atem kondensierte in der kalten Morgenluft. »Sehen Sie sich das an.« Er hielt ihr den Beutel mit der Socke hin. »Er hat sie ihr ausgezogen, nur um den Zettel befestigen zu können.«

»Das glaube ich nicht«, widersprach sie. Sie blieb stehen, sodass sie auf ihn und die Tote herabsah. »Wir wissen mittlerweile, dass er sie selbst mitbringt. Er hat den Zettel festgebunden und die Socke anschließend dazugelegt – wie zur Dekoration. Ich möchte wissen, was den Mann antreibt.«

»Ein Wahnsinniger«, sagte Millner, der aufstand und sich

in die Hände blies, um sich zu wärmen. »Denken Sie nicht auch?«

»Ja, Doktor. Allmählich denke ich das auch. Todesursache?«

»Er hat sie erdrosselt. So, wie es aussieht, mit den bloßen Händen.«

»Und, ist sie es?«, fragte Dorothy. »›RG‹, meine ich?«

Millner nickte. Er langte in seine schwarze Tasche und reichte ihr einen zweiten Beutel. Er enthielt das beschriftete Kärtchen, das er von der linken großen Zehe der Toten entfernt hatte. Ein Stückchen Schnur hing daran.

Name: Glenn, Ruby. Verstorben am: 12. September 2000. Geschätzter Todeszeitpunkt: 1 Uhr 15. Todesursache: Erdrosseln.

»Unser Mann hält sich offenbar für äußerst schlau«, meinte der Polizeiarzt, als Dorothy den Beutel an Ralph Cloud weitergab. »Er glaubt sich uns gegenüber im Vorteil. Anders kann ich es mir nicht erklären, dass er andauernd diese Botschaften hinterlässt.«

Dorothy sagte nichts dazu.

»Hey, bleiben Sie stehen, Mann! Da können Sie nicht durch!«, rief plötzlich einer der uniformierten Polizisten hinter ihnen und versuchte, den gut gekleideten Neuankömmling, der frech durch Buschwerk und Unterholz brach, allein durch hektisches Armgefuchtel aufzuhalten.

»Lassen Sie ihn durch, Constable«, befahl Dorothy, als sie Richard Dadd erkannte. Sie ging ihm entgegen und sagte fast freundlich: »Für jemanden, der aussieht, als sei er gerade einem Modejournal entstiegen, treiben Sie sich an sehr merkwürdigen Plätzen herum. Haben Sie einen sechsten Sinn für blutige Morde, Richard?«

Dadd warf einen Blick auf die Leiche, knöpfte seinen

Mantel auf und sagte: »Sieht mir nicht sehr blutig aus, Miss Marley. In meinem Job muss man informiert sein. Haben Sie meine Nachricht erhalten?«

Cloud beäugte den Reporter mit zusammengekniffenen Augen.

Dorothy fragte: »Was sollte das bedeuten, ob ich an Loughans gedacht hätte?«

»Harold Loughans«, sagte Dadd lächelnd. »Sie werden sicher von dem Fall gehört haben. Der Würger von Portsmouth. Er hatte eine verkrüppelte Hand. Genau wie Jamie Daniels.«

»Wenn Sie damit andeuten wollen, der Daniels-Junge habe diese Morde begangen, dann sind Sie auf dem Holzweg.«

Dadd zog die Schultern hoch. »Ist das so abwegig? Sie werden sicherlich auch Barnes und Evans als Täter in Betracht gezogen und unter die Lupe genommen haben, nicht wahr?«

»Beide sind nie in Brighton gewesen«, entgegnete sie. »Jedenfalls nicht zur fraglichen Zeit.«

»Schon möglich«, meinte Dadd. »Aber Barnes war in High Street, was nicht unbedingt sehr weit von Brighton entfernt ist. Dort hat er den Daniels-Jungen aufgesucht; gleich nachdem er wieder auf freiem Fuß war.«

»Na und?«, fragte Cloud gereizt. »Ist das nicht sein gutes Recht?«

»Barnes war nach diesem Besuch wie verwandelt – sehr verstört und mitgenommen.«

»Hat *er* Ihnen das gesagt?« Dorothy konnte es sich nicht vorstellen.

»Nein. Ich hab's von seiner Schwester.«

»Schön und gut, Mr. Dadd«, sagte Cloud, der langsam die Geduld verlor, geringschätzig. »Aber all das sind Dinge, die uns nicht sonderlich interessieren. Falls Sie tatsächlich neue Informationen besitzen – was ich mir ehrlich gesagt nicht denken kann –, würde ich Ihnen dringend raten, sie uns jetzt entweder zu geben oder schleunigst zu verschwinden. Wir haben hier nämlich unsere Arbeit zu machen und können es uns nicht leisten, mit windigem Herumtheoretisieren Zeit zu verschwenden. Also …«

»Ich habe eine Ahnung«, hob Dadd an. Er verstummte und sah abermals zu der toten Frau im Gebüsch hinüber. »Mehr ist es nicht. Nur eine Ahnung.«

»Dann sollten Sie Obacht geben, wem Sie davon erzählen«, meinte Cloud mit eisiger Stimme. »Oder haben Sie schon vergessen, was mit Paula Finn geschehen ist?«

»Es reicht jetzt, Ralph«, sagte Dorothy scharf. Sie warf ihm einen vernichtenden Seitenblick zu, steckte die Hände in die Manteltaschen und wandte sich wieder an Dadd. Über ihren starken Verdacht gegen Chief Inspector Bloomfield durfte sie in Gegenwart des Reporters nicht ein Wort verlieren. Denn wenn dessen Name in der Presse erschien, ehe sie genügend Beweise zusammengetragen hatten, um Bloomfield unter Anklage stellen zu können, würde der ohnehin unvermeidliche Skandal zusätzlich auch noch die Ermittlungsarbeit erschweren. Um dies zu verhindern und um herauszubekommen, wie viel Dadd überhaupt wusste, fragte sie vorsichtig: »Auf wen bezieht sich Ihre *Ahnung* denn?«

»Auf Jamie Daniels.« Dadd schaute ihr bedeutungsvoll in die Augen. »Aus bestimmten Gründen bin ich zu der Überzeugung gelangt, dass er die Verbrechen verübt haben muss. Sowohl den Mord an Renee White als auch die Frauenmorde in unserer Stadt.«

Dorothy war ungemein erleichtert. »Hören Sie, Richard, ich glaube, ich schulde Ihnen was«, sagte sie. »Schließlich waren Sie es, der uns auf die Spur nach Long Weldon brachte. Daher will ich so fair sein und Ihnen verraten, dass Sie sich da in etwas verrennen. Zugegeben, auch wir hatten Jamie Daniels eine Zeit lang in Verdacht, der Killer zu sein. Aber mittlerweile sind gewisse Tatsachen ans Licht gekommen, die auf jemand anders hindeuten. Jamie Daniels hat rein gar nichts mit der Sache zu tun. Weder er noch einer der anderen beiden Verdächtigen. Wir ermitteln in eine völlig andere Richtung.«

»Tatsächlich?« Dadd seufzte enttäuscht und lächelte bitter. »Irgendwie hatte ich gehofft, Sie würden meine Vermutung vielleicht bestätigen. Ich kann nicht glauben, dass ich mich so dermaßen geirrt haben soll und alles für die Katz gewesen ist.« Er sah äußerst bedrückt aus. »Dann verraten Sie mir wenigstens, auf wen sich *Ihr* Verdacht bezieht.«

»Ich kann das nicht tun«, sagte sie sehr ernst. »Augenblicklich hängt zu viel davon ab. Bitte akzeptieren Sie das. Zu gegebener Zeit werden wir eine Pressekonferenz anberaumen. Wenn es etwas Neues gibt, erfahren Sie es selbstverständlich als Erster.«

»Ist das ein Liebesbeweis, Dotty?«

»Es ist ein Zeichen meiner Wertschätzung, Richard«, sagte Dorothy. »Nicht mehr und nicht weniger.«

17

»Was auch immer Dorothy behaupten mag«, sagte Richard Dadd am frühen Nachmittag zu Robert Marley und Angela Robinson, nachdem er ihnen lang und breit die Fakten im Long-Weldon-Fall dargelegt hatte, »ich bin nach wie vor davon überzeugt, dass Jamie Daniels das Mädchen umgebracht hat.«

In der Hoffnung, er würde Marley dort alleine treffen, um mit ihm in aller Ruhe über seine Ermittlungsergebnisse sprechen zu können, war Dadd gegen vierzehn Uhr auf gut Glück ins *Jury's Out* gefahren. Doch statt des wie üblich melancholischen Kriminalschriftstellers, der am hintersten Tisch sitzend einsam und erdnusskauend mit seinen Ideen rang, hatte er dort zwei Turteltäubchen angetroffen, die die Augen nicht voneinander lassen konnten. Eine ungewohnte Szene für Dadd. Nichtsdestotrotz hatte der Reporter die beiden gleich rücksichtslos mit Beschlag belegt.

»Barnes hat, als man ihn 1983 vor Gericht stellte, immer wieder seine Unschuld beteuert«, fuhr er fort. »Nur glaubten ihm die Geschworenen nicht. Vor allem deshalb nicht, weil es sich bei dem Hauptbelastungszeugen um einen Polizisten handelte. In der Haft versuchte Barnes dann, mit Jamie Daniels Kontakt aufzunehmen; allerdings ohne Erfolg, denn Daniels war kurz nach der Urteilsverkündung aus Long Weldon weggezogen. Doch Barnes ließ nicht locker – achtzehn Jahre lang nicht! Das muss einem doch zu denken geben, nicht wahr?«

»Du meinst, Barnes wusste, dass Jamie Daniels für den Mord verantwortlich war?« Marley spielte mit einem halbvollen Glas *Badger Bitter* herum. Er hatte seinen Zeigefinger befeuchtet und fuhr damit am Rand des Glases entlang. Ein tiefer an- und abschwellender Summton entstand.

»Zumindest hat er es vermutet«, erwiderte Dadd einschränkend. »Was wiederum mit seinem fehlenden Alibi zusammenhängt – so sehe ich die Sache jedenfalls. Denn in der Nacht, als Renee White ermordet wurde, hatte Jamie Daniels aus irgendeinem Grund Brian Barnes' Haustürschlüssel eingesteckt und später vergessen, sie ihm wieder auszuhändigen. Als Barnes kurz vor Mitternacht merkte, dass er nicht ins Haus kam – läuten konnte er nicht, weil sein Vater sonst einen Aufstand gemacht hätte –, ging er zum Cottage der Familie Daniels zurück. Doch traf er dort lediglich Jamies kleine Schwester Jenny an – von ihrem Bruder keine Spur. Barnes wartete noch eine geraume Weile auf ihn, kehrte dann aber unverrichteter Dinge nach Hause zurück, wo er es sich während der restlichen Nachtstunden auf der Veranda bequem machte.«

»Moment mal.« Marley hörte auf, das Glas erklingen zu lassen, und meinte: »Hast du nicht vorhin erwähnt, Jamie Daniels' Mutter habe ausgesagt, ihr Sohn hätte lange vor zwölf Uhr in seinem Bett gelegen?«

»Ganz recht. Ja.« Dadd runzelte die Stirn. »Hat sich was mit dem schönen Alibi. Derselbe Gedanke muss wohl auch Barnes gekommen sein. Und deswegen hat er sich auf die Suche nach Jamie begeben. Wie dem auch sei, er fand ihn, und das Erste, was er tat, als er aus dem Gefängnis kam, war, ihn aufzusuchen, um mit ihm über die Geschichte mit dem Schlüsselbund zu reden. Soweit ich weiß, fuhr er von London aus mit dem Zug runter nach Etchingham und nahm dann den Bus nach High Street.«

»Und was hat dieser Daniels ihm erzählt?«, fragte Angela, die Dadds Ausführungen bislang nur mit mäßigem Interesse gefolgt war.

»Weiß ich nicht«, sagte Dadd. »Was immer es war, es muss Barnes mächtig mitgenommen haben. Er selbst will mit niemandem darüber sprechen. Seiner Schwester zufolge hat ihn das Zusammentreffen allerdings sichtlich zermürbt.«

»Was hast du jetzt vor?«, fragte Marley.

»Ich werde nach High Street fahren und sehen, wo Jamie Daniels steckt«, antwortete er. »Und wenn ich ihn gefunden habe, werde ich ihm auf den Kopf zu sagen, dass ich ihn für einen Mörder halte. Mal schauen, wie er reagiert.«

»Halten Sie das wirklich für richtig, Richard?«, warf Angela fragend ein. »Wäre es nicht klüger, das einem unserer Leute zu überlassen? Ich meine, das ist doch nicht ungefährlich. Ich könnte Dorothy bitten, einen Beamten hinzuschicken. Oder ich tue es selbst.«

»Machen Sie sich um mich mal keine Sorgen. Ich passe schon auf mich auf. Brian Barnes weilt ja auch immer noch unter den Lebenden.« Er grinste breit. »Schlimmstenfalls wird er mich wahrscheinlich beschimpfen und alles abstreiten. Wirkliche Beweise habe ich ja nicht.«

Angela zuckte die Achseln, warf einen Blick auf die Uhr und erschrak. »Du meine Güte, schon so spät?« Sie trank hastig ihren Kaffee aus und stand auf. »Meine Pause ist seit fünfzehn Minuten zu Ende. Ich muss schleunigst los.«

»Warte mal.« Marley hielt sie sanft am Arm fest. »Wann hast du denn Dienstschluss?«

»Um sieben.«

»Sehen wir uns dann heute Abend? Ich könnte dich abholen.«

»Tut mir leid, Robert. Ich muss noch ein paar Besorgungen erledigen. Aber morgen furchtbar gern. Ich schlage vor, wir telefonieren.« Sie beugte sich herunter und gab ihm einen Kuss. »Jetzt muss ich mich aber wirklich beeilen, sonst bekomme ich Ärger mit Dotty.«

Als Angela ihre Uniformjacke überzog und die leere Kaffeetasse zu Albert Hall an den Tresen brachte, sah Marley Richard Dadd an und fragte: »Und was ist mit dir, alter Freund? Kommst du wenigstens auf einen Sprung vorbei, wenn du Bescheid weißt?«

»Ich denke nicht, dass ich vor halb acht zurück sein werde«, sagte Dadd. »Und um halb neun holt mich schon meine Kollegin aus London ab. Aber ich kann dich gegen acht anrufen, wenn du willst.«

Heute, dachte Marley betrübt, ließen ihn einfach alle im Stich. Er würde noch vereinsamen, wenn das so weiterging. Er trank sein *Bitter* aus und sagte: »Dann pfeife ich eben auf euch und eure Gesellschaft. Wozu brauche ich denn Freunde? Ich bin Schriftsteller. Ich schreibe mir einfach welche.«

Gegenüber im Polizeihauptquartier räkelte sich Cloud lustlos und übermüdet auf seinem Stuhl, als Constable Angela Robinson hereinkam und Dorothy um ein kurzes Gespräch bat. Immer wieder fielen ihm die Augen zu.

»Worum geht es?«, fragte Dorothy, die sich ebenfalls danach sehnte, endlich in ihr weiches Bett fallen und mindestens zwölf Stunden durchschlafen zu können.

»Ich würde das gerne unter vier Augen mit dir besprechen«, sagte Angela leise. »Es ist ... na ja, etwas pikant. Es geht um einen Kollegen.«

Cloud öffnete schläfrig ein Auge. »Sexuelle Belästigung am Arbeitsplatz?«, fragte er. »Wer war es?«

Angela stieß ein kleines Lachen hervor. »Nein, nein. Es geht um den ›Herrgott‹. Ich habe da etwas beobachtet. Es ist mir wieder eingefallen, als ich dir das Foto faxte. Aber ich möchte ungern irgendwelche Verdächtigungen aussprechen.«

»Was hast du beobachtet?« Dorothy war plötzlich wieder hellwach. Cloud dagegen gab sich gänzlich unbeeindruckt. Er saß ruhig da, den Kopf in den Nacken gelegt.

»Ich war doch neulich mit Robert essen«, erklärte sie, die Hände ringend. »Unten im *Telly's*. Und da haben wir zufällig Bloomfield gesehen. Er stand auf der anderen Straßenseite und sprach mit einer stadtbekannten Prostituierten – Emily Boyd.« Angela blinzelte und sagte: »Das kam mir gleich komisch vor, weil er ja nicht mehr im Dienst war. Nun ja, dann ist er mit ihr zusammen raufgegangen.«

»Der arme Kerl kann es eben auch nicht durch die Rippen schwitzen«, ließ Cloud sich vernehmen.

»Ja, aber da ist noch etwas«, sagte Angela bedrückt. »Ich habe darüber nachgedacht, was Robert vor einigen Tagen im Pub zu uns sagte, dass nämlich die unverdächtigste Person von allen ein Polizist wäre. Und als du wegen des Fotos aus Bloomfields Personalakte anriefst, da habe ich eins und eins zusammengezählt und bin zu der Dame hin. Das war sehr eigenmächtig, ich weiß. Aber ich dachte, wenn er wirklich der Würger ist, schwebt sie vielleicht in Lebensgefahr. Miss Boyd erzählte mir, Bloomfield käme mehrmals die Woche zu ihr, seit Jahren schon. Und jetzt halt dich fest.« Sie machte eine bedeutungsschwere Pause. »Jedes Mal bringt er ein Paar Ringelsöckchen mit.«

Nun war sogar der Sergeant aufgewacht.

18

Marley sah sich gerade eine Wiederholung von *Harry & Sally* im Fernsehen an und genoss die groteske Kunstfertigkeit, mit der Meg Ryan einen *Applepie à la mode* mit Eis auf einem Extrateller zum Nachtisch bestellte, als um zehn vor acht das Telefon klingelte.

»Hi, Robert.« Es war Dadd. Offenbar ging es um Dotty, und es ging um den Würger von Brighton, aber er sprach dermaßen schnell und abgehackt, dass Marley herzlich wenig von dem verstand, was Richard eigentlich sagte.

»Ich verstehe kein Wort«, unterbrach ihn Marley, der den Fernseher ausschaltete und nach seinem Bierglas griff. »Fang von vorne an. Und bleib ruhig.«

»Ich glaube«, wiederholte Dadd, »ich weiß jetzt, wer die Morde von Brighton begangen hat.« Einige Sekunden herrschte am anderen Ende der Leitung Stille. Dann sagte er: »Es ist schlimm, Bob. Ganz schlimm. Ich fürchte, die Wahrheit wird für einige ein Schock sein. Auf alle Fälle wird es einen Skandal geben, wenn sie erst mal ans Licht kommt.«

»Einen Skandal?« Was redete er denn da? Richard tat ja gerade so, als sei der Premierminister in die Sache verwickelt. »Willst du nicht herkommen und mir davon erzählen?«

»Geht leider nicht. Wie gesagt, habe ich schon eine Verabredung für heute Abend. Eine Kollegin aus London kommt extra her. Erinnerst du dich an das, was ich dir im Pub über den Mord an Renee White erzählt habe? Und dass ich davon überzeugt bin, Jamie Daniels habe das Mädchen damals ermordet?«

»Das war erst heute Nachmittag«, sagte Marley. »Natürlich erinnere ich mich daran.«

»Ich habe ihn gefunden.«

»Wen?«

»Jamie Daniels. Er hat in High Street gelebt. In einer Anstalt für unheilbar Geisteskranke. Aber er ist tot. Am Tag nach Brian Barnes' Besuch nahm er sich das Leben. Hängte sich im Keller der Wäscherei auf.«

»Also kann er unmöglich der Würger von Brighton sein«, sagte Marley, als Dadd nicht weitersprach. »Das ist dann ja wohl eher eine Sackgasse.«

»Ganz im Gegenteil«, sagte Dadd. »Es ist die Lösung. Denn nun kommt nur noch eine einzige Person in Frage, die ein Motiv für die Mordserie hat. Jemand, an den niemand mehr gedacht hat.« Wieder herrschte eine Zeit lang Stille. Dann sagte Dadd mit belegter Stimme: »Eigentlich ist das die Story meines Lebens, der Traum eines jeden Journalisten. Aber darum geht es hier nicht mehr. Setz dich hin, ich erzähle es dir.«

»Ich sitze bereits«, entgegnete Marley, den Dadds unheilschwangerer Ton einigermaßen aus der Fassung brachte. »Was zum Teufel ist los?«

»Es ist genau wie im Mordfall Donald/Priestley – ein entsetzliches Verbrechen, das sich 1934 in Aberdeen ereignete und unserem Fall sehr ähnlich ist. Wenn man das weiß und es mit Jamie Daniels' Reaktion auf das Treffen mit Barnes zusammenbringt, hat man den Brighton-Würger quasi vor Augen.«

»Ich verstehe nicht«, sagte Marley irritiert. Zwar war ihm Richards Schwäche für historische Verbrechen hinlänglich bekannt, doch hielten sich seine eigenen kriminalgeschichtlichen Kenntnisse in Grenzen. Was hatte ein Mord, der noch länger zurücklag als jener in Long Weldon, mit den Taten des Würgers zu tun? »Willst du mir erzählen, der Killer sei ein alter Mann?«

Marley hörte, wie Dadds Türglocke ging.

»Oh, Sekunde«, sagte Dadd. »Das wird Sheila sein, meine Kollegin aus London. Warte. Bleib mal einen Augenblick dran, Bob. Ich bin gleich wieder da.«

Marley konnte hören, wie die Tür geöffnet wurde, und vernahm kurz darauf ein lautes *Plopp*, als habe jemand eine Kaugummiblase zerplatzen lassen. Dann gedämpfte Schritte, und auf der anderen Seite wurde der Hörer eingehängt.

Das Telefon tutete.

Marley war verwirrt.

Er rief mehrmals Dadds Privatnummer an, aber niemand nahm ab. Irgendwas stimmte da nicht. Und nachdem er (wie so oft in letzter Zeit) vergebens versucht hatte, seine Schwester zu erreichen, wählte er nach reiflicher Überlegung letztlich die Notrufnummer 999.

Sheila Stanley, eine Journalistin der *Sun*, hatte die Polizei beinahe zur selben Zeit verständigt. Der diensthabenden Telefonistin war sie sachlich und äußerst gefasst vorgekommen. Doch beim Eintreffen der Beamten kauerte sie zitternd und mit blutverschmierten Händen im Hausflur. Sie war in Tränen aufgelöst, völlig hysterisch und musste von einer Polizeipsychologin betreut werden.

Um zwanzig Uhr dreißig war sie mit Richard Dadd verabredet gewesen. Sie war indessen etwas früher angekommen, hatte die Tür um zwanzig nach acht unverschlossen vorgefunden und war eingetreten. Dort hatte sie ihn entdeckt. In seinem Wohnzimmer vor dem ausgeräumten Schreibtisch liegend; tot – inmitten eines heillosen Durcheinanders aus verstreuten Papieren – und lediglich mit einem blauen Bademantel bekleidet. Sein Mörder hatte ihm eine Kugel durch die Stirn gejagt.

Wie Inspector Breckinridge anhand der Blutspuren auf Tapeten und Teppich im Eingangsbereich des Apartments festgestellt hatte, war auf Dadd in der Wohnungstür stehend gefeuert worden. Dass der Reporter trotz der schweren Schussverletzung noch in der Lage gewesen war, sich vom Flur bis ins angrenzende Wohnzimmer zu schleppen, legte den Schluss nahe, dass er nach der Tat noch wenigstens ein bis zwei Minuten gelebt hatte. Kein schöner Tod.

Dorothy Marley vernahm wie in Trance die übrigen Mieter des Hauses, während Constable Rowan Bellowes Inspector Breckinridge zur Hand ging und Notizen seiner Befunde machte. Doch niemand im Haus hatte etwas gehört oder gesehen.

»Diese Sheila Stanley ist durch die Blutlache getappt, ohne es zu merken«, sagte Breckinridge zu Dorothy, nachdem die Ambulanz Richards Leiche fortgebracht hatte. Er zeigte ihr die blutigen Fußabdrücke, die den Flur entlang geradewegs ins Wohnzimmer führten. Der Platz vor dem Schreibtisch war jetzt leer. »Sie muss ihn angefasst haben«, fuhr er fort. »Sie hat uns von seinem Apparat aus angerufen. Und der ist mit ihren blutverschmierten Fingerabdrücken nur so übersät. Selbst im Gesicht hatte sie Blut. Wir sollten sie uns vorknöpfen, sobald sie vernehmungsfähig ist.«

Dorothy nickte geistesabwesend.

»Kam gerade aus der Dusche, der arme Kerl – seine Haare sind noch feucht.« Breckinridge schlug den schwarzen Schnellhefter zu, in den er seine Aufzeichnungen schrieb, und klemmte ihn sich unter den Arm. »Auf den Angriff war er nicht vorbereitet. Ein Mann in den besten Jahren. Öffnet arglos die Tür und *peng*!« Er schlurfte davon.

Der Tod kommt unverhofft und rasch. Willkommen, wie ein alter Freund.

Doch niemals ohne Grund, dachte Dorothy, als sie das Haus gegen zehn Uhr verließ, auf die Kings Road hinaustrat und zu ihrem Corsa ging.

Sie fühlte sich so tränenschwer und verlassen, als sei ein Stück ihrer selbst gestorben. Aber sie konnte nicht weinen; sie vermochte es einfach nicht. Und dabei hätte sie sich augenblicklich nichts sehnlicher gewünscht.

Zweieinhalb Stunden darauf stand Chief Inspector Dorothy Marley neben Dr. Millner in einem kalten, hellen Raum im

Keller des Brighton General Hospital, der an die Pathologie grenzte, und schaute mit leerem Blick auf Richard Dadds Leichnam herab.

Du schläfst nur, mein Schatz ... du schläfst, ganz friedlich und still ...

Er lag in einem gewöhnlichen Krankenbett.

»Ich habe noch nebenan zu tun«, sagte Millner. Er trat an ihre Seite, legte Dorothy die Hand auf die Schulter und drückte sie in stummem Einvernehmen, ehe er hinausging, um sie allein zu lassen.

Dorothy, ich ... Ich ... würde Sie gern küssen.

Und ich

(auch)

würde gern mal

(einfach ich sein, Dick)

im Lotto gewinnen, Richard.

Sie zog das weiße Laken, das ihn bedeckte, beiseite, streichelte mit ihrem warmen Handrücken seine bleiche Wange und beugte sich weit über sein Gesicht, bis sie es beinahe berührte.

Ich würde Sie gern küssen ...

Sie beugte sich weiter herab, presste ihren Mund auf seine Lippen – kalt und ewig.

»Ich liebe dich«, sagte sie leise. Dann ging sie fort.

19

Dorothy war anschließend nicht nach Hause, sondern gleich zu ihrem Bruder gefahren. Als sie ihm die Nachricht von Richards Tod überbracht hatte, war Marley schweigend zu seinem Plattenschrank gegangen, hatte – wie immer, wenn er sich am Boden fühlte – Frank Sinatra aufgelegt und hatte geweint, den Kopf an der Schulter seiner Schwester.

Bis halb drei Uhr morgens hatten sie geredet; über alles – Dadds Verdacht gegen Jamie Daniels, den Fall in Long Weldon und die Folgen, die eine offizielle Anklage Chief Inspector Bloomfields nach sich ziehen würde.

It's a lonesome old town – When you're not around …

Um fünf Uhr in der Frühe war Marley ganz allein. Er saß im Wohnzimmer in der Dunkelheit, neben sich einen überquellenden Aschenbecher und eine Flasche *Jack Daniels*, starrte aufs Meer hinaus und grübelte hilflos über die Zusammenhänge nach. Sinatras melancholisches Album *Only the Lonely* drehte sich noch immer auf dem Plattenspieler.

War Richard am Ende getötet worden, weil er diese Zusammenhänge erkannt hatte? überlegte Marley.

(*»Es ist schlimm, Bob. Ganz schlimm. Ich fürchte, die Wahrheit wird für einige ein Schock sein. Auf alle Fälle wird es einen Skandal geben, wenn sie erst mal ans Licht kommt.«*)

Wenn es sich bei dem Würger von Brighton wirklich um Bloomfield handelte, dann ergaben die Worte einen Sinn.

(*»… die Story meines Lebens, der Traum eines jeden Journalisten. Aber darum geht es hier nicht mehr.«*) Was mochten diese Sätze bedeuten?

Und dann seine letzte Bemerkung: (*»Es ist genau wie im Mordfall Donald/Priestley … Wenn man das weiß, … hat man den Brighton-Würger quasi vor Augen.«*)

Marley musste herausfinden, was *genau* er damit gemeint hatte. Das war er ihm schuldig.

It's a lonesome old town – When you're not around …

DRITTER TEIL

Der Weg & die Wahrheit

1

Als Robert Marley am folgenden Tag um sechzehn Uhr das *Public Record Office* im Südlondoner Stadtteil Kew verließ und über den leeren Parkplatz des britischen Staatsarchivs zu seinem Wagen zurückging, war er voller Trauer, düsterer Gedanken und Vorahnungen.

Seit gestern Abend waren ihm Richards merkwürdige Andeutungen und das, was Dotty über ihre Ermittlungen in Long Weldon gesagt hatte, nicht mehr aus dem Kopf gegangen. Es musste eine plausible Erklärung für all dies geben – für den Mord an Richard, so kurz nach dessen Rückkehr aus High Street, den Tod der vier Frauen, die Dorothy zufolge allesamt dieselbe E-Mail erhalten hatten; und für die Erwähnung des Donald/Priestley-Falles, den Richard mit den Morden in Brighton verglichen hatte. Es musste.

Daher war Marley bereits am frühen Morgen zum Staatsarchiv nach London gefahren und hatte Stunden damit zugebracht, die auf Mikrofilm gebannten Ausgaben der großen Tageszeitungen von 1934 durchzugehen. Und er war fündig geworden.

Am 20. April 1934 war in Aberdeen die achtjährige Helen Priestley plötzlich spurlos aus dem Mehrfamilienhaus Urquart Road Nummer 61 verschwunden. Zuletzt war das Mädchen gegen Abend auf der Straße spielend gesehen worden, wo es sich, laut Aussage eines Nachbarjungen, mit einem unheimlichen Mann in schwarzen Kleidern unterhalten habe. Der sei über Helen hergefallen, habe sie in seinen Wagen gezerrt und sei davongefahren. Die sogleich eingeleitete Fahndung nach dem Fluchtfahrzeug erbrachte keine Resultate, und am folgenden Tag fand der Hausmeister die in einen Kartoffelsack eingewickelte Leiche des kleinen Mädchens in einem Verschlag unter der Treppe ihres Elternhauses. Helen war erdrosselt und allem Anschein nach von ihrem Mörder sexuell missbraucht worden. Das Verbrechen hatte – nicht zuletzt wegen der Person des Mörders selbst – in jenen Tagen für enorme Schlagzeilen gesorgt.

Nun hatte Marley Gewissheit. Und einen schrecklichen Verdacht.

Zurück im Wagen klappte er das Handschuhfach auf, nahm die Straßenkarte heraus und faltete sie auf seinem Schoß auseinander. Da er nicht die geringste Ahnung hatte, wo High Street lag, fuhr er mit dem Zeigefinger einfach all jene Eisenbahnlinien ab, die von London kommend nach Süden führten. Eine von ihnen musste Brian Barnes bei seiner Fahrt nach Kent genommen haben. Nach einigem Suchen fand er Etchingham und, als er den Finger weiterwandern ließ, etwa sechs Meilen weiter östlich die kleine Ortschaft High Street.

Marley erbleichte, als sein Blick auf den Namen der größeren Stadt fiel, die unmittelbar daneben lag: Hawkhurst.

2

»Sind Sie wirklich vollkommen sicher?«

»Es besteht überhaupt kein Zweifel. Dieselbe Schrift. Das gleiche hochgerutschte e.« Inspector Stockley Breckinridge hob den Blick vom Okular des Mikroskops und richtete sich auf. »Wo zum Geier haben Sie das her, Dorothy?«

»Das kann ich Ihnen momentan noch nicht sagen, Stockley.« Sie ließ sich das Kärtchen zurückgeben und dachte an die bangen Minuten in Chief Inspector Peter Bloomfields Büro.

Handfeste Beweise gegen Bloomfield besaßen sie nicht, und aus dieser Not heraus hatte Angela gemeint, es könne nicht schaden, die Schrift auf den Kärtchen einmal mit den Typen seiner Büroschreibmaschine zu vergleichen. Also hatten sie so lange gewartet, bis der Chief Inspector zur Mittagszeit ins Erdgeschoss hinuntergefahren war, um sich ein Sandwich aus dem Automaten in der Kantine zu besorgen. Angela war auf dem Gang geblieben, auf und ab gegangen und hatte Wache geschoben, während Dorothy selbst einen Bogen Karton in Bloomfields Schreibmaschine gespannt und hastig den Text abgetippt hatte, der auf dem Zettel an Ruby Glenns linker großer Zehe gefunden worden war.

»Sind Sie denn inzwischen mit der Mail weitergekommen?«, fragte sie stattdessen.

»Wie ich Ihnen ja sagte, es ist extrem schwierig und zeitaufwendig.« Breckinridge schüttelte den Kopf. »Wir haben einige Wörter rekonstruiert. Nichts Halbes und nichts Ganzes. Viel kann man noch nicht damit anfangen.«

Dorothy bedankte sich und ging dann in ihr Büro zurück,

wo Angela bereits auf sie wartete. Zu ihrer Überraschung war Sergeant Cloud nicht anwesend.

»Wo ist denn Ralphie hin?«

Angela zog die Schultern hoch. »Er sagte, er habe einen dringenden Anruf bekommen. Irgendeine Familiensache, glaub ich. Vielleicht wollte er aber auch nur einfach wieder ins Bett und seine Beulen pflegen.« Sie schmunzelte. »Und – was sagt Dr. Frankenstein?«

Dorothy nickte. »Volltreffer! Bloomfield hat die Zettel geschrieben. Auf seiner alten Büroschreibmaschine.« Sie sank auf ihren Stuhl. »Wir haben unseren Mann, Angie. Der ›Herrgott‹ hat zum letzten Mal über Leben und Tod entschieden.«

»Selbst wenn du recht behältst und Bloomfield der Killer ist«, sagte Angela und runzelte skeptisch die Stirn, »wirst du es kaum beweisen können. Bislang gibt es nur eine Handvoll Indizien. Und ein Sockenfetischist kann nun wirklich jeder sein. Sogar die Zettel kann jeder hier auf Bloomfields Schreibmaschine getippt haben – selbst die Putzfrau. Uns hat ja auch niemand dabei erwischt.« Angela kaute an ihrem Daumennagel und sagte: »Ehrlich, Dotty, ich glaube nicht, dass das ausreicht. Vor Gericht würde die Verteidigung unsere vermeintlichen Beweise mit Sicherheit in der Luft zerreißen. Man müsste ihn schon auf frischer Tat ertappen. Es sei denn …« Sie schien eine plötzliche Eingebung zu haben, denn sie verstummte jäh, die Augen so groß wie Untertassen.

»Es sei denn – was?«

»Die Kleider der Opfer«, meinte Angela und schnippte mit den Fingern. »Sie sind verschwunden. Oder denk nur an die Tatwaffe. Er wird sie irgendwo versteckt haben, wo er sie ohne größeren Aufwand rasch bei der Hand hat. Was ist mit seinem Schreibtisch, dem Spind?«

»Ausgeschlossen. Sie hier im Büro aufzubewahren, wäre ein zu großes Risiko.«

Angela zog einen Schmollmund. »Na schön, und was denkst du, wo sie sind?«

»Vermutlich an einem Ort, den er für absolut sicher hält.«

»Du meinst –« Angela senkte ihre Stimme zu einem Flüstern. »Sie sind in seinem Haus?«

»Klar. Aber natürlich! Wo sonst?«

»Dann müsste man es so schnell wie möglich durchsuchen, ehe er Wind von der Sache bekommt.«

»Ganz recht, Angie.« Dorothy nickte entschlossen. »Und sobald es dunkel wird, gehen wir hin.«

3

Anderthalb Stunden später lenkte Marley seinen Wagen langsam die geschwungene breite Auffahrt hinauf, die zum Parkplatz der Nervenheilanstalt von High Street führte, und hielt vor dem Haupteingang im Schatten der mächtigen Bäume.

So, wie die Dinge lagen, konnte er sich nicht vorstellen, dass Dorothy, ohne die Bedeutung von Richard Dadds Hinweis auf den Mord an Helen Priestley zu kennen, die richtigen Schlüsse gezogen hatte. Wenn sich sein Verdacht bestätigte – und nach allem, was er heute herausgefunden hatte, schien das der Fall zu sein –, war Dotty im Begriff, einen furchtbaren Fehler zu begehen.

Marley stellte den Motor ab und stieg aus.

Eine hübsche junge Krankenschwester in gestärktem Kittel öffnete ihm auf sein Läuten hin und erkundigte sich freundlich, was sie denn für ihn tun könne. Er erklärte ihr sein Anliegen kurz, bat darum, eintreten zu dürfen, und wurde in ein kleines, steriles Büro im Erdgeschoss geführt, wo sie ihn warten ließ, um nach der Oberschwester zu sehen. Diese erschien nach fünf Minuten und teilte ihm mit – ebenfalls freundlich, aber recht bestimmt –, dass sie nicht befugt sei, Auskünfte über die Anstaltsinsassen (die sie liebevoll *unsere reizenden Geschöpfe* nannte) zu geben; auch wenn Mr. James Daniels (von den übrigen Patienten zärtlich Jamie genannt) das Zeitliche bereits gesegnet hätte. Es täte ihr leid, sie habe schon genug Scherereien gehabt. Die Familie wünsche keine lästigen Fragen.

Doch als er sich damit nicht abspeisen ließ und sogar die Frechheit besaß, sie nach Jamies Schwester Jenny zu fragen, verdunkelte sich das Gesicht der Oberschwester, als zögen Gewitterwolken darüber. Mit resoluten Schritten stapfte sie zur Tür, die bislang nur angelehnt gewesen war, und riss sie ganz auf. Mit einem tiefen Seufzer und deutlichem Ärger in der Stimme sagte sie: »Wie Sie sich vielleicht vorstellen können, ist es nicht ganz einfach, eine Einrichtung wie diese zu leiten. Da kann ich zusätzliche Unannehmlichkeiten nicht auch noch gebrauchen, verstehen Sie? Und ich musste mir schon so einiges wegen dieses Kerls anhören, der gestern hier war und sich als Mr. Daniels' Schwager ausgab.«

Marley, der immer unruhiger wurde, beschrieb ihr Richard Dadd: blaue Augen, dunkles Haar, elegant gekleidet.

»Ja«, sagte sie steif, die Hand noch immer auf der Türklinke. »Ja, genauso hat er ausgesehen. Und jetzt möchte ich Sie bitten zu gehen.«

»Er wurde gestern Abend ermordet – erschossen.«

»Was? Ermordet?« Die Oberschwester war leichenblass geworden und musste sich auf die Lehne eines Stuhles stützen. »O Gott! Wirklich?«

»Ja, bestimmt«, sagte er so gefasst wie möglich. Aber in Wahrheit musste er sich zusammenreißen, um nicht laut loszuschreien. »Das ist einer der Gründe, weswegen ich hier bin. Er war ein enger Freund von mir. Wollen Sie mir nun helfen?«

Vielleicht war es sein Blick oder aber die Trauer in seiner Stimme, die sie dazu veranlasste, ihm zu glauben. Jedenfalls nickte sie schließlich und schloss die Tür des Büros wieder. Sichtlich mitgenommen, bot sie ihm einen Stuhl an, doch Marley zog es vor, stehen zu bleiben.

Er fragte sie nach Brian Barnes und erhielt die Bestätigung, dass ein Mann dieses Namens Jamie Daniels im Juli besucht habe. Sie wisse das so genau, weil Mr. Daniels am Tag darauf Selbstmord begangen habe.

»Konnten Sie zufällig hören, worüber die beiden Männer sprachen?«

»Nein. Aber der andere Mann hatte Tränen in den Augen, als er ging.«

»Bekam er häufig Besuch?«

»Ja. Von seiner Schwester. Eine furchtbare Frau. Aufbrausend bis zum Geht-nicht-mehr. Der konnte man nichts recht machen. Nachdem er sich aufgehängt …« Sie hielt sich wie ein Schulkind die Hand vor den Mund. »Ich meine, als der Bruder gestorben war, da veranstaltete sie hier einen Riesenzirkus, nur weil wir ihm erlaubt haben, den Internetanschluss zu nutzen. Er hatte ganz lieb darum gebeten, und ich dachte mir nichts dabei. Er schrieb sich doch so gern mit anderen.«

Marley zeigte ihr das Foto, das er mitgebracht hatte. »Ist sie das?«

Die Oberschwester nickte.

Und nach weiteren zehn Minuten hatte Marley genug erfahren. Als er nun zu seinem Wagen eilte, hatte er keinerlei Zweifel mehr, dass die E-Mails an allem schuld gewesen waren. Sie hatten diese grässliche Mordserie ausgelöst.

4

Das Haus war groß, dunkel und still.

Es lag auf dem höchsten Punkt des Ortes, einem grasbewachsenen Hügel hoch oben am Rande der Klippen von Bexhill, und wirkte so kalt und grau wie ein schmutziger Eisberg. In den Fenstern brannte kein Licht.

Und das war gut so.

Dorothy hatte, ehe sie und Angela losgefahren waren, Constable Bellowes strikte Anweisung gegeben, Chief Inspector Bloomfield so lange wie möglich von ihnen fernzuhalten. Sie konnte nur hoffen, dass es ihm gelungen war. Die unbeleuchteten Fenster waren zumindest ein gutes Zeichen. Das größte Problem war gewesen, ihre Absichten vor Bellowes zu verheimlichen. Denn sie konnte das Risiko nicht eingehen, ihm von ihrem Verdacht zu erzählen. Was, wenn ihre Vermutungen falsch und all ihre Deduktionen fehlerhaft waren? Nicht auszudenken, welchen Skandal sie damit heraufbeschwören würde. Es gab nur diese eine Möglichkeit. Sie mussten Bloomfields Haus heimlich durchsuchen und fündig werden, oder ihn, wie Angie ganz richtig bemerkt hatte, auf frischer Tat ertappen. Anders ging es nicht. Dorothy konnte schlecht hingehen und den Ruf der ganzen Brighton Police aufgrund von Verdächtigungen oder fadenscheinigen Beweisen leichtfertig aufs Spiel setzen. Schlimm genug, dass sie überhaupt gezwungen waren, im Hause eines Kollegen herumzuschnüffeln. Besonders Angela setzte das zu. Während der ganzen Fahrt hatte sie kaum mehr als drei Sätze gesagt, nur nervös mit ihrem Schlagstock herumgespielt und Nachrichten in ihr Handy getippt. Liebesbriefe an Robert wahrscheinlich, den Angie, wie Dorothy wusste, seit ihrem letzten Treffen mit Dadd nicht mehr gesprochen hatte – oder aber erste Entwürfe für ein Abschiedsgesuch, für den Fall, dass ihr verbotenes nächtliches Treiben Chief Constable Wallis in Lewes zu Ohren kam.

Sie hatten Dorothys Vauxhall Corsa am Fuß des Hügels abgestellt und waren die letzte Strecke des Weges zu Fuß gegangen. Angela, die ihre Polizeiuniform trug, für den Fall, dass unversehens neugierige Nachbarn auftauchten, hatte vorgeschlagen, es zunächst mit der Hintertür zu versuchen. Und genau das tat Dorothy. Sie zog einen stabilen Eisendraht aus der Tasche, bog dessen Ende im rechten Winkel ab und führte es in das Türschloss ein. Zu ihrem Glück war es kein Sicherheitsschloss, und der Riegel gab schon nach wenigen Versuchen mit einem leisen Klicken nach – das Türschloss sprang auf.

»Ich wusste gar nicht, dass du so etwas kannst«, sagte Angela.

»Ich auch nicht. Aber in Filmen machen sie es so.« Trotz ihrer Anspannung lächelte sie, als sie die Tür jetzt leise öffnete und Angela Zeichen gab, ihr ins Haus zu folgen.

Geradeaus lag eine geschlossene Tür. Links von ihnen führte eine ausgetretene Holztreppe ins obere Stockwerk.

An der Wand neben der Treppe war ein Lichtschalter, aber Licht zu machen, wäre äußerst unklug gewesen. Und als Angela ihre Hand auf den Schalter legen wollte, stieß Dorothy sie an.

»Besser nicht«, flüsterte sie. Sie hatte eine Taschenlampe mitgebracht, die sie jetzt einschaltete.

»Lass uns da raufgehen«, sagte Angela sehr leise, als Dorothy auf die Tür zusteuerte, die vor ihnen lag. »Ist es nicht am besten, wir arbeiten uns systematisch von Raum zu Raum vor? Das da oben scheint der Dachboden zu sein.« Und sie deutete zur Treppe.

Dorothy nickte. Angie hatte recht. Sie musste sich zur Ruhe zwingen. Der Gedanke, dass das, was sie hier taten, durch kein Gesetz gedeckt wurde, hatte sie einigermaßen aus der Fassung gebracht. »Natürlich«, sagte sie. Sie zog die Tür hinter sich zu und ließ den Lichtkegel ihrer Taschenlampe über die Stiegen wandern, während sie und Angela hintereinander die Treppe hinaufschlichen.

Auf dem oberen Treppenabsatz blieb Dorothy stehen.

»Bekommst du das verdammte Ding da auch auf?«, fragte Angela, die dicht hinter ihr stand und das kräftige Vorhängeschloss an der Lattentür betrachtete.

Dorothy hatte an alles gedacht. Sie griff in die Tasche und zauberte einen Schraubenzieher hervor. Damit löste sie geschickt die Halterung, die das Schloss an seinem Platz hielt. »Voilà.« Die Einzelteile – Schrauben, Riegel und Scharnier – fielen ihr in die Hand, und sie stieß die wurmstichige Lattentür auf.

Der Raum, den sie nun betraten, war stickig, die Luft voller Staub. Ein einzelnes rundes Fenster blickte auf die tosende See hinaus.

»O Gott …« Angela klang, als habe sie einen Kloß im Hals. »Sieh doch nur. Da!«

Der Strahl der Taschenlampe fiel auf ein merkwürdiges Sammelsurium aus Kleidern und Gegenständen in der Zimmerecke, trotzdem dauerte es eine ganze Zeit, bis Dorothy begriff, was Angie daran so aus der Fassung gebracht hatte.

Gleich rechts, nicht weit von der Tür entfernt, stand ein

mindestens fünfzig Zentimeter hoher Bilderrahmen mit einer vergilbten Fotografie. Rechts und links davon zwei halb abgebrannte Kerzen. Dorothy erkannte das Gesicht des Mädchens sofort, obwohl sie zuvor lediglich ein gemaltes Porträt von ihr gesehen hatte: Renee White. Daneben lagen, ordentlich gefaltet, diverse Kleidungstücke: verschiedene Blusen, drei Röcke, ein Twinset und vier Stücke Damenunterwäsche. Und an einem Haken am Türblatt hingen der karierte Schal, der dunkle Mantel und jener altmodische Filzhut, den Mrs. Ellison ihr vor ein paar Tagen beschrieben hatte. Am Fuß des Porträts lag ordentlich zusammengefaltet ein Paar grün-weißer Ringelsocken – und eine schwarze Skimaske.

»Das ist der Beweis«, flüsterte Dorothy entsetzt. Ihr Mobiltelefon klingelte.

»Mach es aus!«, zischte Angela. »Mach das blöde Ding aus, sonst hört man uns noch.«

Im selben Augenblick wurde die Tür aufgerissen, und Peter Bloomfield stand vor ihnen. Sein Gesicht war wutverzerrt. Und die Pistole in seinen Händen war auf Dorothy gerichtet.

Angela wirbelte geistesgegenwärtig herum, zog ihre Dienstwaffe aus dem Halfter und feuerte sie ab.

Bloomfield wurde in den Bauch getroffen, stieß einen erstickten Schrei aus, stolperte rückwärts und prallte gegen den Türrahmen. Die Waffe entglitt ihm und schlitterte in die Dunkelheit davon. Sein Hemd färbte sich innerhalb von Sekunden tiefrot. Dann sackte er wie leblos in sich zusammen.

»Großer Gott«, hauchte Dorothy. Sie sah Angela an, die die Pistole fallen ließ und mit dem Rücken gegen die Wand gelehnt zu Boden sank. »Du hast ihn erschossen. *Du hast ihn erschossen!*«

»Ja … ja …« Angela keuchte und zitterte. Sie hatte beide Hände vor das Gesicht gepresst. »Aber was hätte ich denn tun sollen?« Ihre Stimme war voller Schrecken und Erleichterung zugleich und hallte trotz der staubigen Enge des Speichers überlaut und schrill im Dachgebälk wider. »Warten, bis er uns erschießt? Wenn ich nicht geschossen hätte, hätte er es getan. Dann wären wir jetzt tot!«

Dorothy atmete hörbar aus. »Du hast recht. Du hast ja recht.«

Bloomfield gab ein gurgelndes Geräusch von sich, stöhnte.

»Er lebt noch!«, rief Dorothy. Sie ging neben ihm in die Hocke und legte ihm die rechte Hand in den Nacken, sodass sie seinen Kopf ein wenig stützte. Mit der linken zog sie ihr Handy aus der Tasche und warf es Angela zu, die es geschickt auffing: »Ruf einen Krankenwagen an – mach schnell.« Dann wandte sie sich wieder dem Verletzten zu und sagte in beruhigendem Ton: »Peter, können Sie mich hören?«

Bloomfield nickte schwach. Seine Augenlider flatterten. Hellrotes Blut quoll ihm über die Lippen, als er den Mund aufmachte und zu sprechen versuchte. »Ja …«

Dorothy ließ ihn los, zog ihren Mantel aus und rollte ihn zu einem behelfsmäßigen Kissen zusammen, das sie ihm unter den Kopf schob. Sie hörte, wie Angela derweil mit dem Notarzt telefonierte. Bloomfield stöhnte laut auf, als Dorothy ihn an den Schultern packte, um seinen Oberkörper in eine aufrechtere Stellung zu bringen. Seine Hände hatte er auf die Wunde in seinem Bauch gedrückt. Seine Finger öffneten und schlossen sich unentwegt, als würden sie ein Eigenleben führen.

»Renee«, krächzte er, dann schloss er die Augen.

»Sprechen Sie«, drängte Dorothy leise. Sie schüttelte ihn leicht, ihre Hände lagen auf seinen Schultern. »Sprechen Sie.« Um nichts in der Welt durfte sie ihn einschlafen lassen. Sie wusste, dass das den sicheren Tod für ihn bedeuten würde, dass sie ihn um jeden Preis wachhalten musste. »Reden Sie mit mir, Peter. Sagen Sie mir, warum Sie es getan haben! Warum mussten so viele unschuldige Menschen sterben?«

Er gab ein Wimmern von sich. Seine Lippen bebten, und eines dünnes Rinnsal Blut lief an seinem Kinn herab und am Hals hinunter. Er streckte die Hand aus, griff nach Dorothys Oberarm und krallte sich in ihre Bluse. »In der Nacht … im Zelt …«, sagte er. »Ich … konnte nichts tun.«

»Sie konnten was nicht tun, Peter?« Er sprach so leise, dass sie ganz nahe an ihn heranrücken musste, um ihn überhaupt zu verstehen. Aus dem Augenwinkel sah Dorothy, dass Angela noch immer telefonierte, und fragte sich, weshalb das so lange dauerte.

»Ich habe gelogen«, flüsterte er. Eine kleine Blase aus Speichel und Blut bildete sich, während er die Worte herausbrachte, und sprenkelte, als sie zerplatzte, Dorothys Wange. »Sie hätten gesagt, ich sei ein Feigling. Ich bin doch … Polizist.« Das Sprechen bereitete ihm offensichtlich starke Schmerzen. »Es ging alles so schnell. Und er hatte ein Messer … ein riesiges Messer. Ich konnte nichts tun. ›Lauf‹, hat er gesagt. ›Lauf‹. Und dann bin ich gelaufen.« Er hustete und verzog das Gesicht. »Da war ein Gebüsch, ganz in der Nähe … Da habe ich mich reinfallen lassen. Ich hatte doch solche Angst. Ich war wie gelähmt. Ganz in der Nähe …« Die Stimme versagte ihm. Er stöhnte wieder, und als sie den sich ausbreitenden feuchten Fleck auf seiner Hose sah, glaubte Dorothy zunächst, es handle sich ebenfalls um Blut. Doch dann roch sie Urin. Peter Bloomfield hatte eingenässt.

»Sie haben damals behauptet, der nächtliche Angreifer hätte Sie gefesselt, Peter. Und dabei sind Sie einfach davongerannt?«

Mit trübem Blick schaute er sie an, blinzelte. »Sie rief meinen Namen ... die ganze Zeit ... wieder und wieder hat Renee mich angefleht, ihr doch zu helfen. Es war so nah ... Aber ich konnte nicht.« Er hustete, und ein Schwall Blut ergoss sich auf seine Hemdbrust. »Ich kroch erst aus meinem Versteck hervor, lange nachdem es beim Zelt still geworden war. Und dann fand ich sie ... tot.«

Angela gab Dorothy das Handy zurück und sagte: »Das muss ein Trauma bei ihm ausgelöst haben.« Sie wies in die dunkle Ecke des Speichers, wo zwischen den Kerzen Renees Foto stand und die Kleider lagen. »Es ist wie ein Heiligenschrein. Er hat einen regelrechten Kult daraus gemacht. Daher das Theater mit den Ringelsocken und den Zetteln am Zeh. Er ist geisteskrank, Dotty.«

»Ist es das?«, fragte Dorothy. »Haben Sie die Frauen deshalb getötet?«

»Niemanden.« Wieder hustete er, schwächer diesmal. »Ich war's nicht.« Sein Atem ging rasselnd und flach. Wahrscheinlich hatte die Kugel auch seine Lunge verletzt. Bloomfield versuchte, sich aufzurichten. Dann wisperte er: »Ich habe vor Gericht gelogen. Ich sagte, es sei Barnes gewesen ... weil ich mich so furchtbar schämte. Denn ich habe den Mörder erkannt, seine Stimme, ganz deutlich. Es war der Schwächste von allen ... dazu mit einem kranken Arm ... der Schwächste! Jamie Daniels hat meine Renee ermordet ...«

»Du lügst, du Schwein!«, schrie Angela jäh. Sie sprang wie von Sinnen auf, zog ihren Schlagstock aus dem Gürtel und schlug Bloomfield damit brutal ins Gesicht. Es gab ein knirschendes Krachen, als sein Kiefer brach. Er fiel besinnungslos zurück. »Bloomfield hat es getan, Dorothy. Bloomfield hat die Morde begangen. Das weißt du doch, nicht wahr?«

Dorothy war schockiert – und sich auf einmal nicht mehr so sicher. »Was, wenn es wirklich der Daniels-Junge war?«

»Aber dieser Jamie ist doch tot.« Angela hatte die Augen weit aufgerissen, und die Haare hingen ihr wild ins Gesicht.

5

Besetzt, verdammt!

Marley wählte die Nummer von Dorothys Handy ein weiteres Mal. Und diesmal teilte ihm eine entnervend gelassene Automatenstimme mit, dass der gewünschte Gesprächspartner vorübergehend nicht erreichbar sei.

Verdammt! Verdammt! Verdammt! Warum in Gottes Namen warf sie das verfluchte Ding nicht gleich auf den Müll?

Er probierte es in ihrem Büro. Und tatsächlich – nach mehrmaligem Läuten meldete sich Constable Rowan Bellowes.

»Hallo! Ist Dorothy da?« Marley bemühte sich, auf den Straßenverkehr zu achten, während er das Telefon zwischen Schulter und Ohr eingeklemmt hatte und hupend einen auf der Landstraße dahinschleichenden Golf mit deutschem Kennzeichen überholte. Er schüttelte den Kopf.

»Wer spricht, bitte?«

»Ihr Bruder, verdammt noch mal! Ist meine Schwester nun zu sprechen?«

»Nein, Sir. Tut mir leid. Kann *ich* Ihnen eventuell …«

»Können Sie nicht«, unterbrach er den Beamten. »Hören Sie, ich muss sie unbedingt sprechen, und zwar sofort. Wo ist sie?«

»Dienstlich unterwegs, Mr. Marley, Sir«, erwiderte Bellowes.

»Und was ist mit ihrem Sergeant – Cloud?«

Eine Pause folgte, Rascheln, als ginge Bellowes in dessen Akten auf die Suche nach ihm. Dann sagte er: »Ich fürchte, er ist auch nicht hier, Sir.«

»Begleitet er meine Schwester?«

»Soviel mir bekannt ist, begleitet Constable Robinson sie. Sergeant Cloud ist in einer familiären Angelegenheit unterwegs«, meinte der Constable, was Marley erneut in Schrecken versetzte. »Ich schlage vor, Sie rufen einfach später noch einmal an.«

Später, dachte Marley und nahm eine viel zu enge Linkskurve mit viel zu hoher Geschwindigkeit. »Ich muss aber jetzt mit Dorothy reden! Sagen Sie mir bloß, wo sie hin ist, okay?«

»So leid es mir tut: Dazu bin ich nicht befugt, Mr. Marley, Sir.«

Diesen Satz hatte er in letzter Zeit zu häufig gehört, um ihn jetzt, wo es darauf ankam, zu schlucken. Er schrie: »Hören Sie zu, Bellowes! Ich kann Ihnen keine langen Erklärungen geben, aber wenn Ihnen auch nur ein bisschen was an meiner Schwester gelegen ist, dann lassen Sie sich nicht alles aus der Nase ziehen, sondern machen jetzt endlich das Maul auf! Es geht um den Fall, an dem sie arbeitet. Ich weiß, wer diese Morde begangen hat, und ich kenne auch den Grund dafür. Es wird ein weiterer Mord geschehen, Bellowes! Der Mörder hat gar keine andere Wahl. Wollen Sie derjenige sein, der die Verantwortung dafür übernimmt?«

»Erwähnen Sie nicht, dass Sie das von mir haben, Sir«, sagte Bellowes schließlich kleinlaut. »Sie sind nach Bexhill gefahren, zu Chief Inspector Bloomfields Haus.«

Um Gottes willen! »Okay, und wie finde ich dort hin?«

Bellowes beschrieb ihm den Weg und schloss mit den Worten: »Es ist das einzige Haus dort oben auf den Klippen.«

»In Ordnung. Ich bin da ganz in der Nähe«, rief Marley in den Hörer. »Können Sie trotzdem so schnell wie möglich einen Polizeiwagen hinschicken? Es geht um Leben und Tod!«

Marley wartete die Antwort nicht ab. Er legte auf und gab Gas.

Wie häufig hatte er Situationen wie diese in seinen Büchern beschrieben, doch jetzt, da er selbst mittendrin steckte, wusste er nicht mehr ein noch aus. Unmengen von Gedanken wirbelten ihm gleichzeitig im Kopf herum. Er sah wieder die großen spiegelnden Schreiben im *Telly's* vor sich, die wegen der Dunkelheit draußen kaum mit den Blicken zu durchdringen waren (*»Hast du mich etwa hierher eingeladen, damit wir jetzt diesen Polizisten observieren?« – »Was für ein Unsinn, Robert. Natürlich nicht!«*), dachte an Richards Vergleich mit dem Mord an Helen Priestley und daran, dass es sich bei deren angeblicher Vergewaltigung (mit einem Stock vorgetäuscht) nur um ein Ablenkungsmanöver des Täters gehandelt hatte. Denn Helen Priestleys Mörder war – genau wie der Würger von Brighton – eine Frau gewesen.

Ich fürchte, die Wahrheit wird für einige ein Schock sein, hatte Richard gesagt.

Auf Marley traf das zu. Er hätte heulen können.

6

Fassungslos starrte Dorothy Angela an, die breitbeinig bei der Tür stand und schwer atmend den Schlagstock hin und her pendeln ließ. Wie konnte Angela wissen, dass Jamie Daniels nicht mehr am Leben war, wo Dorothy selbst es erst gestern Nacht von Robert erfahren hatte?

»Du konntest das gar nicht wissen, Angela.«

»Na – natürlich.« Sie stieß ein verlegenes Lachen hervor. »Robert wird es mir erzählt haben.«

»Nein, hat er nicht. Wie du mir selbst gesagt hast, habt ihr euch seit dem Gespräch mit Richard gestern im Pub nicht mehr gesprochen.«

Der Mörder sei jemand, *an den niemand mehr gedacht hat*, hatte Richard am Telefon zu Robert gesagt. Dorothy hatte angenommen, Dadd habe Bloomfield gemeint. Schlagartig war ihr klar geworden, wen sie tatsächlich vergessen hatten. Und sie erkannte den Plan hinter einigen Dingen, die ihr zuvor wie Zufälle erschienen waren. Die Idee, die Schrift der Schreibmaschine in Bloomfields Büro mit der auf den Zetteln zu vergleichen, war von Angela gekommen; ebenso die Information, dass der Chief Inspector die Prostituierte Emily Boyd aufsuchte. Wenn sie es recht überlegte, war es ebenfalls Angie gewesen, die sie darauf gebracht hatte, hier im Haus nach den vermissten Kleidern der Opfer zu suchen. Und dann die Treppe zum Speicher, der Schuss, den sie auf Bloomfield abgegeben hatte … Es konnte nur einen Grund dafür geben. (*»Wenn sie nicht gerade bei ihrem Bruder im Sägewerk war, verbrachte sie die meiste Zeit bei Geoff auf der Wache und spielte Räuber und Gendarm.«*) Das kleine Mädchen mit den Segelohren.

»Du wusstest es, weil Jamie Daniels dein Bruder war, hab ich recht – *Jenny*?«

»So …«, sagte sie mit einem solch überraschten Lächeln, als habe sie sich plötzlich an etwas längst Vergessenes erinnert. »So hat mich schon lange niemand mehr genannt.«

Es stimmte also. Angela Robinson und Jenny Daniels waren ein und dieselbe Person. Dorothys Blick fiel auf die Pistole, mit der Jenny auf Bloomfield gefeuert hatte; sie lag am Türpfosten.

Aber Jenny hatte die Bedeutung ihres Blickes sofort erkannt. »Nein, nein, das lassen wir mal schön bleiben«, sagte sie, trat rasch zurück, bückte sich nach der Waffe und hob sie auf. Dann richtete sie die Mündung auf Dorothy. »Ich hätte das wirklich gern vermieden, Dotty. Aber nun ist es leider geschehen. Es ist nicht meine Schuld, dass es so weit gekommen ist.«

»Warum hast du es getan, Jenny? Weshalb mussten all diese Menschen sterben? Warum Paula und Richard?« Dass sie sie ermordet hatte, daran zweifelte Dorothy nicht im Geringsten; nur was das Motiv anging, tappte sie nach wie vor im Dunkeln. Es musste etwas mit der E-Mail zu tun haben, die alle vier Opfer erhalten hatten. Doch sie konnte nur Mutmaßungen anstellen. »Warum, Jenny?«, fragte sie noch einmal.

»Bitte, glaub mir, ich wollte das alles nicht«, sagte sie. »Mein Leben lang habe ich versucht, mich von der Schuld zu befreien. Aber sie holte mich immer wieder ein. Immer wieder!«

»Du wusstest ganz genau, dass dein Bruder Renee White ermordet hatte, stimmt's? Aber du hättest alles getan, um ihn zu schützen. Zu dumm nur, dass Brian Barnes noch einmal wegen des Schlüssels zurückkam und nur dich antraf. Dein Bruder war zur selben Zeit nämlich oben auf dem Hügel. Und darum bist du mit der Behauptung, du hättest Brian zum Zelt hinaufgehen sehen, auch zum Bürgermeister gelaufen und nicht zu Geoffrey Gilder, dem Dorfpolizisten. Du hattest Angst, er würde dich durchschauen.« Und als Jenny nickte, fragte sie: »Was ist damals in jener Nacht in

Long Weldon geschehen? Hast du deinen Bruder beobachtet und es deiner Mutter gesagt?«

Sie schüttelte den Kopf. »Mama war böse auf Jamie, weil sie die Zeitungen gefunden hatte. Er hat alle Buchstaben daraus ausgeschnitten – für die Briefe«, setzte sie hinzu.

»Die Briefe an Renee?«

»Er hat immer gesagt, dass er sie mal heiraten wird. Sie hatten sich ein Versprechen gegeben. Aber am Ende hat sie sich nur lustig über ihn gemacht. Einen Krüppel will sie nicht, hat sie gesagt und gelacht.« Sie schaute zum Fenster. Ihre Ausdrucksweise wurde mit jedem Wort kindlicher. »Mama war so böse auf Jamie, denn er war in der Nacht nicht in seinem Bett, aber Mama und ich haben zu den Polizisten gesagt, er wäre es doch gewesen. Dann haben sie Brian verhaftet, und Mama hat geheult. Sie hat gesagt, wenn Brian verurteilt wird, muss sie zur Polizei gehen und das von den Schnipseln erzählen. Und als es so weit war, hat Jamie mir erklärt, wie böse das von Mama ist, wo er doch der einzige Mann im Haus wäre. Dann haben wir überlegt, und er hat einen Strick aus dem Schuppen geholt, an den wir sie hängen konnten …«

Mein Gott, dachte Dorothy. Sie haben ihre eigene Mutter ermordet. Sie zwang sich zur Ruhe.

»Ich war noch ein Kind, Dotty. Und er war doch mein Bruder, was hätte ich tun sollen?« Fast flehentlich sah Jenny ihr in die Augen. »Dann sind wir weggezogen.«

»Und habt euch unter falschem Namen irgendwo niedergelassen«, beendete Dorothy den Satz.

»Ich habe geheiratet«, sagte sie. »Tony war einer der Kadetten auf der Polizeischule. Wir waren lange sehr glücklich. Eine Zeit lang dachte ich wirklich, ich könne die Vergangenheit vergessen. Es wiedergutmachen, irgendwie …

Doch dann ist Jamie zunehmend kränker geworden. Und er fing an, von Mama zu erzählen, und davon, wie wir sie an das Seil gehängt hatten. Ich musste ihn in das Pflegeheim geben.«

»Und Tony?«, fragte Dorothy, obgleich sie schon ahnte, was mit ihm geschehen war.

»Er hatte einen Unfall bei den Klippen«, gab sie schlicht zur Antwort. Sie senkte den Blick. »Er stellte Fragen. Es ging nicht anders.«

»Und die vier Frauen?«, fragte Dorothy. »Sie hatten das Pech, die Wahrheit auch zu kennen, ist es nicht so? Wollte Jamie sein Gewissen erleichtern, ehe er sich das Leben nahm? War es das, was in der E-Mail stand?«

»Wie sollte ich denn ahnen, dass er Zugang zum Internet hatte? Wenn ich es gewusst hätte, hätte ich es ihm natürlich verboten. Erst, als er gestorben war und die Oberschwester mir seine Sachen gab, erfuhr ich davon. Er hat sich regelmäßig mit den vier Frauen geschrieben. Und ich fand diese letzte Nachricht, die er ihnen geschickt hatte – darin hat er ihnen alles erzählt; von dem, was wir mit Mama und Tony getan hatten, und von Renee White.« Sie schaute wieder zum Fenster, wo ein schwarzes Wolkenband den bleichen Mond in zwei Hälften schnitt. »Mir blieb keine Wahl, ich musste sie töten.« Sie runzelte die Stirn. »Es war ganz leicht, sie zu finden. Ihre Adressen standen in seinem Notizbuch.«

»All die Anrufe waren also nur Ablenkungsmanöver«, sagte Dorothy. »Um den Morden einen psychopathischen Anstrich zu verleihen. Genau wie die Pathologiezettel und die Ringelsöckchen. Nur erfüllten sie noch einen anderen Zweck – sie waren nämlich deine fingierten Beweise für Bloomfields Schuld. Du brauchtest sie nur auszulegen und uns im passenden Moment mit der Nase darauf zu stoßen. Eines würde mich noch interessieren: Wie hast du den Frauen die Umschläge zukommen lassen?«

»Na schön«, sagte Jenny, und der kindliche Tonfall war nun wieder völlig aus ihrer Stimme verschwunden. »Wenn du schon sterben musst, kannst du auch noch den Rest erfahren.« Sie lächelte. »Erinnerst du dich an unser Gespräch im Pub? Da habe ich beinahe zu viel verraten. Die Kuverts wurden nicht mit der Post zugestellt, Dotty. Ihr seid ja alle so dumm gewesen. Nachdem ich diese aufgetakelte Immobilienmaklerin im Park getötet hatte, nahm ich ihre Schlüssel an mich und brachte den Umschlag in ihre Wohnung. Ziemlich schlau, den Schlüssel nachher dort zu lassen, was meinst du? So habe ich es dann jedes Mal gemacht. Nur bei Rosalind Cotton war das nicht möglich. Sie war die Einzige, die ich persönlich kannte. Sie war total überrascht, als ich sie anrief. Sie lud mich sogar zum Essen ein. Es fiel mir wirklich nicht leicht, sie zu töten. Aber als ich sie nach Jamies Mail fragte, wich sie mir aus. Da blieb mir keine Wahl. Ich fuhr sie in ihrem Rollstuhl auf der Promenade herum und gab dann vor, auf die Toilette zu müssen. Dort schlug ich sie nieder und drückte ihr die Hand ins Gesicht, bis sie sich nicht mehr rührte. Allerdings hatte sie keinen Schlüssel bei sich, also band ich ihr den Zettel gleich an die Zehe. Dann zog ich mich um, damit man sich an einen Mann erinnerte, falls ich beobachtet werden sollte, und brachte sie zum Pier.«

Dorothy erinnerte sich an einen alten Schwarzweißwestern, den sie einmal als Kind gesehen hatte (*»Zorro sieht aber komisch aus, Mama.«*), und ihr fielen Mrs. Ellisons Worte wieder ein: *›... es war etwas an seinem Gang.‹* Etwas, das falsch ausgesehen hatte. (*»Guck mal, Mama, wie lustig* *der rennt.«*) Und nun wusste sie auch, was dieses Etwas gewesen war – der Gang einer Frau, die sich als Mann verkleidet hatte. »Und dann hast du Paula erschossen«, sagte sie. »Ich frage mich nur, warum du es nicht schon früher getan hast? Woher hast du gewusst, dass sie die Mail nicht längst gelesen hatte?«

»Ganz einfach. Weil ich sie gefragt habe, während ich mit ihr zu Dr. Millner ins Krankenhaus fuhr«, erklärte sie. »Glaub mir, ich mochte Paula wirklich. Es tat mir leid um sie. Eigentlich wollte ich lediglich in die Wohnung gehen, um Jamies Mail zu löschen. Den Schlüssel nahm ich übrigens an mich, als wir zum ersten Mal bei ihr waren. Aber was hätte ich tun sollen? Sie hatte diese Nachricht schon aufgerufen.« Sie hatte die Pistole sinken lassen, hob sie nun jedoch wieder. »Es wird Zeit, es zu Ende zu bringen.«

»Eines noch«, sagte Dorothy. Sie hatte nur kurz zu Bloomfield hinübergesehen, aber es hatte ausgereicht, um festzustellen, dass er jetzt völlig still dalag. Der Schmerz war aus seinen Zügen verschwunden, doch seine Augen waren fast unnatürlich weit geöffnet und starrten blind zu den Dachbalken empor. Er atmete nicht mehr. Jenny würde auch sie erschießen, da gab sie sich keinerlei Illusionen hin. Und Dorothy redete, um das anscheinend Unvermeidliche so lange wie eben möglich hinauszuzögern. »Wann bist du auf den Gedanken gekommen, es Bloomfield anzuhängen?«

»Gleich zu Beginn«, sagte sie. »Kannst du dir vorstellen, wie entsetzt ich war, als ich ihm an meinem ersten Arbeitstag in Brighton plötzlich auf der Wache über den Weg lief? Es ist nicht schade um ihn; er war ein Scheißkerl. Von seinem Fetisch wusste ich, weil ich ihn ein bisschen ausspioniert habe. Diese Boyd war sehr zugänglich, als ich mit ein paar Scheinen winkte. Nicht erst vor ein paar Tagen habe ich mit ihr gesprochen, sondern vor Wochen schon. Die Zettel habe ich, wie du ja weißt, auf seiner Maschine geschrieben. Die Kleider brachte ich erst heute her. An die nötigen Schlüssel zu kommen war kinderleicht. Sie lagen offen auf seinem Schreibtisch, und ich borgte sie mir heimlich aus und ließ sie nachmachen. Es war alles nur eine Organisationsfrage.«

»Du warst gezwungen, auch ihn zu töten, nachdem du den Plan erst mal gefasst hattest, habe ich recht?«, sagte Dorothy, die verzweifelt nach einer Möglichkeit zur Flucht suchte. »Weil er außer dir die letzte Person war, die die Wahrheit noch kannte. Er musste sterben, damit du ihm die Schuld an den Morden in die Schuhe schieben konntest. Wäre er als Würger von Brighton unter Anklage gestellt worden, hätte er sicher zugegeben, bei seiner damaligen Aussage gegen Barnes absichtlich gelogen zu haben. Das Risiko durftest du natürlich nicht eingehen. Also sollte es wie Notwehr aussehen. Du hast das alles sehr geschickt eingefädelt.«

»Nicht wahr?« Sie lächelte ein erleichtertes, zufriedenes Lächeln. »Um ihn herzulotsen, schickte ich ihm auf der Fahrt hierher eine Textnachricht aufs Handy. Jetzt sind nur noch wir beide übrig. Niemand wird Jamie und mich je wieder beschuldigen. Nicht du! Nicht Mama! Niemand mehr! Nach all den Jahren werde ich es endlich los sein.«

»Du hast uns alle getäuscht«, sagte Dorothy voll Bitterkeit. »Nur Richard nicht. Den brachtest du um, weil er dir als Einziger auf die Schliche gekommen war.«

»Er erzählte uns im Pub von seinem Verdacht und wollte nach High Street fahren. Ich versuchte sogar noch, es ihm auszureden, aber er wollte nicht hören.« Sie zuckte mit den Schultern. »Sobald ich Zeit hatte, rief ich in der Anstalt an, um der Oberschwester zu sagen, dass sie ihm auf keinen Fall irgendwelche Auskünfte geben dürfe. Doch es war zu spät. Richard war schon dort gewesen und wusste, wer ich war. Da musste ich handeln, das verstehst du doch, nicht wahr? Er hätte es dir oder Robert erzählt. Das konnte ich nicht riskieren.«

Dorothy fühlte sich schrecklich allein. »Wen hast du vorhin angerufen, Jenny? Wohl kaum den Rettungsdienst. War es die Zeitansage?«

»Nein, Dorothy. Das Kinoprogramm. Im *Odeon* spielen sie heute *Quadrophenia*.« Jenny deutete mit dem Lauf der Pistole zur Tür. »Geh«, sagte sie kalt.

7

Marley sah sie beim Zaun am Rande der Klippen stehen; zwei dunkle Gestalten vor dem schiefergrauen Hintergrund des Himmels und der See.

Ohne zu überlegen griff er nach dem nächstbesten Gegenstand, den er in der Finsternis im Gras ertastete, und hob ihn auf; es war ein schwerer Stein, den er in der Hand abwog, ehe er sich wie im Traum aufrichtete, ausholte und warf.

Alles schien wie in Zeitlupe abzulaufen. Der Stein traf mit voller Wucht Angelas rechte Schläfe. Ihr Kopf wurde heftig auf die Seite geschleudert, die Waffe entglitt ihren Händen, und im ersten Moment sah es so aus, als würde sie einfach besinnungslos zu Boden gehen. Doch die Kraft des Aufpralls hatte sie in Richtung Abgrund taumeln lassen. Sie machte noch ein, zwei unkontrollierte Schritte, trat mit dem linken Fuß ins Leere und kippte gegen den maroden

Maschendrahtzaun, der den Garten von der Felskante trennte. Sekundenlang hing sie dort, dann gab das Drahtgeflecht mit einem Mal nach, und Jenny Angela Robinson, geborene Daniels, fiel wie ein Stein in die Tiefe. Stumm, ohne Schrei.

Marley sah, wie Dorothys Knie einknickten. Er lief auf sie zu, ließ sich ebenfalls auf die Knie fallen und legte seine Arme um sie. Tränen liefen ihm haltlos über die Wangen.

»Dotty! Dotty, geht es dir gut?«, flüsterte er immer wieder. Durch die Tränen hindurch war er kaum noch imstande zu sehen. »Geht es dir auch gut?«

Dorothy umarmte ihn ganz fest. »Ich bin okay«, sagte sie so gefasst wie möglich. »Schon gut, kleiner Bruder. Alles ist gut.«

»Ich habe solche Angst um dich gehabt«, weinte er. Die Tränen brachen aus ihm heraus; er konnte nichts dagegen tun.

»Danke, Kleiner. Danke dir …« Sie wiegte ihn in ihren Armen wie ein Kind, streichelte sein Haar und seinen Rücken. »Alles ist gut. Jetzt ist alles gut.«

So saßen sie minutenlang da, bis Dorothy schließlich sein Gesicht zwischen ihre Hände nahm und fragte: »Woher hast du es gewusst?«

Er blinzelte die Tränen halbherzig fort, wischte sich mit seinen Händen übers Gesicht. Dann sagte er: »Der Fall in Aberdeen. Richard hatte recht.«

Sie blickte ihn fragend an.

»Der Mord an Helen Priestley, einem kleinen Mädchen. Ihr Mörder hatte sie erwürgt und scheinbar vergewaltigt. Aber in Wahrheit hatte eine Frau die Tat begangen; Jeannie Donald, eine Nachbarin. Sie schändete das Mädchen mit einem Stock, um es so aussehen zu lassen, als sei ein Triebtäter am Werk gewesen. Hätte man nicht winzige Rindenstücke in der Vagina des Mädchens gefunden, der Fall wäre niemals aufgeklärt worden. So hat es auch Angela getan. Nur stellte sie sicher, dass man nichts dergleichen finden würde.« Er wischte sich wieder übers Gesicht. »Als ich das herausgefunden hatte, fuhr ich nach High Street. Der Ort gehört zu Hawkhurst, wo Angie jedes Wochenende ihren Bruder besuchte. Aber es gibt kein Pflegeheim dort. Nur eine psychiatrische Klinik. Ich zeigte der Oberschwester den Schnappschuss, den ich von Angie und mir habe, und da war alles klar. Das muss auch Richard herausgefunden haben. Das hat er gemeint, als er sagte, eigentlich sei es die Story seines Lebens, aber darum ginge es nicht mehr. Er wusste, dass ich sie liebte.«

Dorothy streichelte ihn.

»Ich habe sie umgebracht, Dotty! Und dabei habe ich sie doch geliebt.« Seine Hände hatten sich in ihrem Nacken verkrallt. »Dabei habe ich sie so sehr geliebt.«

Sie legte ihre Hand unter sein Kinn, hob behutsam sein Gesicht, sodass sie ihm in die Augen sehen konnte. »Es tut mir so leid, Robert.«

»O Gott, Dotty.« Erneut begann er zu weinen. »Ich kann nicht glauben, dass sie all diese Dinge getan hat. Dass *sie* all diese Menschen getötet hat.«

»Ja, ich weiß«, sagte sie leise, während sie ihn ganz fest an sich drückte. Denn das Leben war nun mal nicht so schwarz-weiß wie in den Büchern. »Niemand wird es glauben. Und deshalb wird das hier auch unter uns bleiben.«

»Was?«

Sie hatte die Entscheidung rein instinktiv getroffen. Jetzt war sie selbst fast ein bisschen entsetzt darüber, mit welch distanzierter Sachlichkeit sie ihre Gedanken in Worte fasste.

»Glaub mir, Robert, es ist das Beste so. Bis auf die E-Mail, von der wir nicht wissen, ob sie sich jemals rekonstruieren lässt, gibt es keinerlei Beweise gegen Angela. Alle Spuren führen zu Bloomfield. Machen wir es also nicht komplizierter, als es ohnehin ist. Die Sache wird einfach im Sande verlaufen. Seine Täterschaft wird man schon aus politischen Erwägungen nicht publik machen – kann ich mir jedenfalls nicht vorstellen. Dazu war er ein zu hochrangiger Beamter. Sie werden es vertuschen, dessen bin ich mir ziemlich sicher.« Denn Chief Constable Mary Wallis konnte es sich nicht leisten, wegen dieses verpfuschten Falles ihre Karriere aufs Spiel zu setzten, überlegte Dorothy. Und die Medien, die schon bei Wallis' Ernennung lautstark Zweifel bekundet hatten, ob die Wahl einer Frau in diese Position überhaupt angemessen gewesen war, würden sicher nichts lieber tun, als dafür zu sorgen, dass wieder ein Mann auf dem Stuhl des Chief Constable saß. »Wenn ich aussage, Bloomfield sei es gewesen, wird nie jemand die Wahrheit erfahren. Und du hast nichts mehr zu befürchten.«

»Ich? Du meinst …?« Er sah sie voller Verzweiflung an, verständnislos trotz seines Schmerzes. »Großer Gott, Dotty. Es war Notwehr. Sie wollte dich töten!«

»Darum geht es nicht. Hör mir jetzt ganz genau zu.« Sie nahm seine Hände. »Für Angela und Bloomfield macht es keinen Unterschied mehr. Sie sind beide tot. Aber für dich wird es ein gewaltiger Unterschied sein, Robert. Weißt du, was passiert, wenn die Medien davon Wind bekommen, dass sie deine Freundin war? Das ist doch *die* Sensation: Der berühmte Krimiautor und die Mörderin! Sie werden dich mit ihren Kamerateams belagern – Tag und Nacht. Du wirst keine ruhige Minute mehr haben. Die werden sich nämlich fragen, wie Angela es vor dir hat verbergen können. Und sie werden es bezweifeln – vielleicht sogar behaupten, du müsstest etwas gewusst oder zumindest geahnt haben. Nichts wird mehr so sein wie vorher. Willst du dir das antun?«

»Aber *sie* war es«, sagte er. »*Angie* hat all diese Dinge getan.«

Dorothy schaute ihm in die Augen. Sie wollte sich einreden, dass sie es ausschließlich für Robert tat, doch genau genommen tat sie es für sich selbst; für jenen Teil nämlich, der einfach nicht begreifen mochte, jenen Teil, der mit aller Macht leugnete, dass all dies wirklich geschehen war. »Willst du dir das antun?«, wiederholte sie. Eindringlicher diesmal.

Marley schlug die Augen nieder. »Nein«, sagte er, und es klang völlig hilflos.

Angelas Pistole lag dicht neben ihnen im Gras. Marley sah zu, wie Dorothy sie aufhob, den Griff gründlich abwischte und die Waffe einsteckte. Dann erklärte sie ihrem Bruder in wenigen Sätzen, wie ihre Version der Ereignisse aussehen würde. »Es ist das einzig Richtige«, fügte sie flüsternd hinzu. »Bitte vertrau mir, Kleiner. Wenn dich jemand fragt, dann hast du nicht das Geringste gesehen. Versprichst du mir das?«

Er hielt seine Schwester ganz fest. »Okay«, antwortete er mit brechender Stimme. »Okay, ich verspreche es.«

Dorothy küsste seine Stirn. Und all ihre Wärme und Liebe lag in diesem Kuss.

In der Ferne waren die Sirenen eines herannahenden Polizeiwagens zu hören, und schon Sekunden später sah Dorothy den hektischen Lichterschein von Taschenlampen in der Dunkelheit beim Haus tanzen. Sie hörte, wie jemand ihren Namen rief. Dann standen Chief Superintendent Bless und Detective Inspector Lawrence so plötzlich neben ihnen, dass Dorothy nicht einmal mehr genügend Zeit fand aufzustehen, geschweige denn sich zu fragen, woher zum Geier sie überhaupt wussten, dass sie hier waren.

8

Wie sich herausstellte, war es Constable Rowan Bellowes zu verdanken, dass der Chief Superintendent persönlich zu ihrer Rettung geeilt war. Denn nach Marleys alarmierendem Anruf hatte Bellowes es für angebracht gehalten, ihn unverzüglich zu verständigen.

Der Spuk war vorbei. Lawrence und Bless hatten die Geschwister ins Haus geschafft und deren Aussagen aufgenommen. Irgendwie war es Dorothy gelungen, die Geschehnisse des Abends in eine glaubhafte Reihenfolge zu bringen, während Lawrence sich um Robert gekümmert und sie alle mit heißem Tee versorgt hatte.

Angela und sie waren bei der Durchsuchung des Hauses getrennt vorgegangen, und Bloomfield war vermutlich draußen im Garten auf Angie gestoßen. Als er Dorothy in der Dachkammer entdeckt und versucht hatte, sie zu töten, hatte sie ihn in Notwehr erschießen müssen. Die Anwesenheit ihres Bruders am Tatort erklärte sie so vage wie möglich damit, dass er eine Verbindung zwischen Bloomfield und den bei den toten Frauen gefundenen Socken hergestellt hatte und in Panik geraten war, als er erfuhr, wohin Dorothy und Angela gefahren waren. Doch gesehen hatte Robert nichts. Er war erst eingetroffen, nachdem schon alles vorüber gewesen war.

Robert Marley hatte die meiste Zeit über nur blass und stumm dagesessen, das Gesicht in den Händen vergraben.

Bless hielt es für sehr wahrscheinlich, dass er einen Schock erlitten hatte. Doch das Angebot des Chief Superintendents, sich ins Krankenhaus fahren und untersuchen zu lassen, lehnte er ab. Inspector Lawrence erklärte sich schließlich bereit, ihn nach Hause zu bringen.

Das Einzige, was Dorothy jetzt noch wirkliche Sorgen machte, war die E-Mail in Breckinridges Labor. Sie konnte nur hoffen, dass es ihm nicht gelingen würde, sie zu entschlüsseln, ehe die Beweismittelaufnahme für die Coronerverhandlung geschlossen wurde. Die Chancen standen gut. Es könne Monate dauern, die Nachricht zu rekonstruieren, hatte er gesagt. Falls es überhaupt gelänge. Sie würde darauf vertrauen müssen, dass er wieder einmal Recht behielt.

»Als der Notruf kam und wir feststellten, dass Peter nirgends aufzutreiben war, obwohl er auf der Wache seinen Dienst hätte versehen müssen, da hatte ich gleich so ein verdammt ungutes Gefühl«, sagte Bless zu Dorothy, während sie zu zweit in Bloomfields Küche standen, ihren mittlerweile kalten Tee tranken und auf den Polizeiarzt und die Verstärkung aus Brighton warteten. »Komisch, wie man sich in den Menschen täuschen kann. Und ich dachte immer, Hunde, die bellen, beißen nicht.«

Dorothy nickte und schwieg. Oben auf dem Speicher lag ein toter Mann, dem sie die Schuld in die Schuhe geschoben hatte, und ihr war nicht sonderlich nach Reden zumute.

»Was mit Constable Robinson geschehen ist, tut mir sehr leid«, sagte Bless. Er legte ihr behutsam seine kühle Hand in den Nacken. »Auch wegen Ihres Bruders. Wird er damit klarkommen, Dorothy? Wie ich hörte, standen sich die beiden sehr nahe.«

»Es wird dauern«, erwiderte sie. »Aber ich denke, mit der Zeit wird er lernen, damit zu leben.«

»Gut.« Bless sah auf die Uhr. »Die anderen werden bald hier sein«, sagte er.

Dorothy stellte ihren Teebecher hin. »Was werden Sie jetzt tun?«

»Zunächst einmal Breckinridges Bericht abwarten«, sagte Bless. Er rieb sich mit der rechten Hand über die Augen und seufzte. »Und morgen früh werde ich hingehen und es den Aasgeiern von der Presse erzählen.«

Dorothy wurde plötzlich ganz heiß. »Sie wollen es bekannt machen?«

»Ich muss. Ich kann ja wohl schlecht hingehen und behaupten, der Killer habe sich in Luft aufgelöst, nicht wahr?«

»Aber Bloomfield ist tot«, sagte sie. Ihre Stimme klang hohl. »Es wird ohnehin keine Gerichtsverhandlung geben. Ich dachte ...«

»Dass ich es unter den Tisch fallen lasse?« Er lachte müde. Dorothys Überlegungen schien er für einen kompletten Scherz zu halten. »Kein schlechter Gedanke. Immerhin leben wir in der Stadt mit der zweithöchsten Kriminalitätsrate im ganzen verdammten Land. Die Leute haben sowieso schon nicht die beste Meinung von uns. Ich kann mir lebhaft vorstellen, was geschehen wird, wenn ich denen auf die Nase binde, dass einer unserer eigenen Leute diese Morde verübt hat. Jemand, mit dem ich tagtäglich zusammengearbeitet habe. Es wird einen Riesenwirbel geben. Dafür werden die verfluchten Medien schon sorgen. Und höchstwahrscheinlich wird man meinen Rücktritt fordern.« Mit einem traurigen Lächeln schüttelte Bless dann den Kopf. »Sie können mir glauben, dass ich nichts lieber täte, als es unter den Teppich zu kehren. Doch das kann ich nicht. Denn dummerweise sind wir nicht der MI6.«

Sehr lange sagte Dorothy nichts. Sie hatte etwas getan, das

sie vielleicht für den Rest ihres Lebens bereuen würde, aber für einen Rückzieher war es jetzt zu spät. »Ja.« Sie nickte. »Selbstverständlich nicht, Sir.«

Unter den Augen einer Handvoll Schaulustiger, die hauptsächlich vom Clubhaus heraufgekommen waren und trotz der späten Stunde in der Einfahrt des Hauses auf dem Hügel vor der Absperrung ausgeharrt hatten, transportierten sie gegen Mitternacht den Leichnam Peter Bloomfields ab.

Niemand sah zu, als ein Boot der Küstenwache Angela Robinsons zerschlagenen Körper vom Fuß der Klippen barg.

VIERTER TEIL

Die Worte & das Leben

1

Am folgenden Morgen um halb elf – etwa zur selben Zeit, als sich Robert Marley in der Stille seines abgeschiedenen Hauses an der Küste zum Schlafen auf die Couch legte und glaubte, sterben zu müssen – gab Chief Superintendent Arnold Bless im Polizeihauptquartier in der John Street eine Pressekonferenz: Der Würger von Brighton war tot. Es sei der ausgezeichneten Arbeit der zuständigen Kriminalbeamten zu verdanken, betonte Bless, dass man ihm in der Nacht zuvor auf die Spur gekommen sei. Unglücklicherweise war bei dem Einsatz – neben dem Täter selbst – auch eine junge Polizistin getötet worden. Was die Identität des Würgers betraf, musste Bless einräumen, dass es sich bei dieser Person ebenfalls um einen Beamten der Brighton Police handelte. Ermittlungen hätten ergeben, dass der betreffende Mann seit Jahren psychisch krank gewesen sei, diese Tatsache indessen sehr geschickt zu verbergen gewusst habe.

Der Tag, an dem der Würger von Brighton ein Gesicht und einen Namen erhielt, wurde zum Freudenfest für die Presse, wie es Bless bereits vorausgesehen hatte. Peter Bloomfields Konterfei geisterte wie ein Racheengel durch sämtliche Zeitungen des Landes und mahnte einmal mehr die Gefahr an, die von einer unfähigen Polizeiführung ausging. Die Medien zerrissen sich das Maul darüber, dass der Würger aus den Reihen der eigenen Beamten stammte, stellten die Arbeit der gesamten Sussex Police in Frage und schrien nach Rücktritten.

Der Chief Superintendent war nicht besonders glücklich mit dem Ausgang der ganzen leidigen Geschichte. Doch er war zuversichtlich, was die Zukunft betraf. Es würde ein neues Jahr kommen mit neuen und dringlicheren Nachrichten, über die Schlagzeilen zu schreiben es sich lohnte. Mit der Zeit würde das Geschrei sich legen. Und am Ende würden die Menschen vergessen.

2

Das Telefon läutete.

Was machst du, Marley?

Ich schlafe, dachte er bei sich. Das Läuten verstummte nach einer Ewigkeit. Ich schlafe. Vielleicht für immer.

Wann wirst du wieder erwachen?

Stille. Keine Antworten. Tagelang ohne Worte.

Nur einmal während dieser Zeit war er ans Telefon gegangen. Heute Morgen, als sein Agent Jermy angerufen und ihn gefragt hatte, ob er sich vorstellen könne, seinen nächsten Roman für Macmillan zu schreiben; sie seien sehr daran interessiert; er habe sechs Monate Zeit. Nein, hatte er gesagt, das könne er ganz sicher *nicht*, und zu Jermys Entsetzen hinzugefügt, er wisse nicht einmal, ob er überhaupt je wieder etwas schreiben würde. Doch nicht zu schreiben war für einen Schriftsteller gleichbedeutend mit dem Tod.

Und dann war da noch Sinatra:

That's Life. That's what all the people say. You're ridin' high in April – shot down in May. But I know I'm gon-

na change that tune. When I'm back on top, back on top in June. I say: That's Life …

Am Tag von Angelas Beerdigung lag Robert Marley noch immer apathisch auf der Couch im Wohnzimmer, während Frank Sinatra über die Lautsprecher der Stereoanlage versicherte, dass so nun mal das Leben sei.

Als er letztendlich aufstand, sich mit dem Handrücken die Tränen aus dem Gesicht wischte und sich wieder auf den Sessel vor seinem Schreibtisch setzte, lag Tabby, seine zahnlose Katze, zusammengerollt (und von der plötzlichen Aktivität ihres Herrchens völlig unbeeindruckt) in der Tür zum Wohnzimmer, und die durch das hohe Fenster einfallende Nachmittagssonne fing sich in den Gardinen, tauchte den Eingangsbereich in orangerotes Licht und ließ Tabbys rotbraunes Fell beinahe golden erscheinen. Marley blickte auf den toten, schwarzen Bildschirm seines Laptops.

But I know I'm gonna change that tune …

Er bezweifelte, dass er die Melodie würde ändern können; zumindest in naher Zukunft nicht. Dazu hatte sich einfach zu vieles verändert. Und einen flüchtigen Augenblick lang fragte er sich, wie seine Schwester Dorothy wohl mit alledem zurechtkam.

Um die Melodie zu ändern, würde er eine Auszeit benötigen. Irgendwo, weit weg von all den schlimmen Erinnerungen. Weit weg von der Arbeit, den Verpflichtungen seinem Agenten Jermy und den Verlagen gegenüber.

Some people get their kicks … stomping on a dream …

O Gott, Angie. Habe ich mich denn wirklich in einem Traum verfangen? Ein erneuter Schwall heißer Tränen lief ihm über die Wangen. Er hatte getötet, was er liebte, um zu retten, was er liebte. Ein verdammtes Dilemma.

Aber auch Angela war nur ein Opfer gewesen. Vielleicht hatte Dorothy recht. Vielleicht malte er in seinen Romanen ein viel zu einseitiges Bild vom Leben. Schwarz war nicht gleich Schwarz. Wenn er eines gelernt hatte in den letzten Monaten, dann das – und auch die Farbe Weiß konnte die Wahrheit mit all ihren Grauschattierungen so sehr durchwirken, bis alles in einem konturlosen Mischmasch undefinierbarer Pastelltöne verschwamm.

Er würde einige Dinge ändern müssen in seinem bisherigen Leben. Trotz der bodenlosen Trauer, die er wie einen bösartigen Tumor tief in sich spürte, war da ein Funken Hoffnung.

Der Cursor auf dem Bildschirm seines Laptops blinkte erwartungsvoll, während neben ihm die verwöhnte Katze gähnte, träge und unbeteiligt vor sich hin blinzelte und sich selbstvergessen die grauen Barthaare leckte.

I'm gonna change that tune.

Und ich werde es ändern, dachte Marley voll kämpferischer Verzweiflung.

Dann begann er zu schreiben.

Und zum ersten Mal in seinem Leben war es eine wahre Geschichte.

3

Unzählige Menschen schätzen Friedhöfe der Stille wegen, spazieren zwischen erodierten Kreuzen und windschiefen Gedenksteinen umher, als handle es sich um öffentliche Parkanlagen. Für Dorothy waren sie dagegen weder Oasen der Stille noch der rechte Ort, um mit den Verstorbenen zu kommunizieren.

Sie sah in den Gräbern keine Ruhestätten. In ihren Augen unterschieden sie sich in nichts von jenem Loch, welches sie mit fünfzehn Jahren für ihren damaligen Hund Flick im Garten ihres Elternhauses gegraben hatte. Und nicht etwa, um ihn in ihrer Nähe zu haben, sondern, damit ihre Mutter ihn nicht einfach in die Tonne mit dem Hausmüll warf (wie sie es tatsächlich angekündigt hatte), und weil Dorothy die Vorstellung, seine Gliedmaßen würden im Reißwolf der Mülldeponie zerkleinert, missfiel.

Auch Gräber auf Friedhöfen waren Löcher in der Erde, nur dass es sich bei dem toten Fleisch und den Knochen, die *darin* zerfielen, um menschliche handelte. Darüber konnten auch die rührigen Grabsteininschriften und sämtlicher Blumenschmuck nicht hinwegtäuschen.

Wie die Baptisten noch heute an ihrer naiven Vorstellung von der Auferstehung des Leibes am jüngsten Tag festhalten konnten, würde sie nie begreifen. Im Laufe ihrer recht jungen Karriere hatte sie bereits so viele Leichen gesehen, dass es für drei Leben ausgereicht hätte. Und der Anblick eines Menschen, der Opfer eines Gewaltaktes geworden ist (wie beim IRA-Anschlag auf das Grand Hotel in den Achtzigern beispielsweise), kann äußerst desillusionierend sein. Was vielleicht erklärte, weshalb es so wenige Kriminalbeamte und Mediziner unter den Baptisten gab. Denn wer gesehen hatte, wie der Körper eines Menschen funktionierte und was mit ihm geschah, wenn diese Funktionen erloschen waren, musste sich zwangsläufig außerstande fühlen, an eine Auferstehung des Leibes im wörtlichen Sinne zu glauben.

Auf dem breiten, schnurgeraden Kiesweg hinauf zur kleinen Kapelle, wo um vierzehn Uhr der Trauergottesdienst für Police Constable Angela Robinson stattfand, war Dorothy, frierend und am Ende der stummen Prozession uniformierter Kollegen gehend, auch an Paula Finns Grab vorübergekommen.

Die Erde dort war sorgfältig geharkt, und ein Strauß frischer gelber Narzissen (er musste um diese Jahreszeit ein Vermögen gekostet haben) lehnte am Grabstein. Dass es liebende Hände gewesen waren, die die Erde geglättet und die Blumen drapiert hatten, bezweifelte sie. Vielmehr war sie der festen Überzeugung (und der Gedanke machte sie beinahe wütend), dass sich hinter der scheinbar liebevollen Pflege nichts weiter verbarg als der krankhafte Wunsch von Paulas Eltern, ihre Tochter möge, wenn schon nicht im Leben, so doch wenigstens im Tod noch einen guten Eindruck machen.

Und dann die Wahl der Blumen.

Standen Narzissen nicht für die Auferstehung? Ob sich die Finns über deren symbolische Bedeutung im Klaren gewesen waren?

Ach, die denken doch sowieso nur an sich selbst, hätte Paula sicher gesagt.

Und Dorothy fiel nichts ein, was sie darauf hätte erwidern können.

In der Kapelle war es noch kälter als draußen auf dem Friedhof, und Dorothy, die in der hintersten Bankreihe am Gang Platz genommen hatte, wickelte sich ein wenig fester in ihren weiten Wintermantel. Niemand saß neben ihr.

Es vergingen einige Minuten, ehe sie sich überwinden konnte, nach vorne zum Lesepult und hin zu Angelas Sarg zu blicken, über den man die britische Flagge gebreitet hatte. Ein paar kleinere Blumengebinde und zwei Kränze lagen davor. Einer stammte von der Brighton Police. Dorothy musste die Schrift auf dem zweiten nicht erst sehen, um zu wissen, dass ihr Bruder ihn geschickt hatte. Genauso wenig, wie sie den Raum nach ihm absuchen musste. Sie hatte von vornherein *gewusst*, dass er nicht zum Gottesdienst kommen würde.

Chief Superintendent Bless und Gattin saßen in der ersten Reihe, und sogar Chief Constable Mary Wallis war extra aus Lewes hergekommen. Dorothy fühlte eine Woge tiefster Schuld in sich aufwallen, die sie fast umzuwerfen drohte. Denn die entsetzliche Scheinheiligkeit der ganzen Situation wurde ihr erst jetzt vollends bewusst. Sie fragte sich, ob sie jemals lernen würde, mit ihrer Lüge umzugehen, und mit einem Mal fiel ihr das amtlich-graue Schreiben aus Lewes wieder ein, das ihr ihre Mutter vor zwanzig Jahren gezeigt hatte: *In Ausübung seiner Pflicht verstorben.*

Was sollst du denn noch glauben, wenn du dir selbst nicht mal mehr über den Weg trauen kannst, Dotty?

Sie zwang sich, an etwas anderes zu denken.

Kurz nachdem sie Sergeant Clouds Hinterkopf inmitten der gleichförmig gekleideten Menge erkannt und den freien Platz neben ihm bemerkt hatte, zupfte Ralph auch schon am hinteren Teil seines Hemdkragens und wandte sich zu ihr um, als hätten ihre Blicke spürbar seinen Nacken gestreift. Er winkte ihr dezent, bedeutete ihr, sie könne sich neben ihn setzen. Doch als Dorothy den Kopf schüttelte, stand er auf, bahnte sich seinen Weg durch die Trauergäste und kam mit leisen Schritten über den Gang auf sie zu. Mit ernstem Gesicht nickte sie ihm zu, machte aber keinerlei Anstalten, zur Seite zu rücken. Also drückte er sich an ihr vorbei und setzte sich wortlos neben sie. Dorothy bemerkte, dass seine Augen vom Weinen gerötet waren.

Dann setzte die Orgel ein und erfüllte die Bogen der alten Kapelle mit ihren trauerschweren Seufzern.

Ralph blickte stur geradeaus, schluckte ständig, und sein Adamsapfel fuhr wie ein kleiner Fahrstuhl auf und ab. Bald würde er weinen. Sie vermochte das nicht. Keine Tränen. Nach dem Tod ihres Vaters hatte sie drei Wochen lang an so hohem Fieber gelitten, dass man sie ins Krankenhaus gebracht hatte, aber sie hatte nicht geweint. Ihr Körper schien keine Tränen zuzulassen. Und jetzt dachte sie, dass es gut so war, denn sie hatte schließlich eine Stütze für Mama und Robert sein müssen.

Als die Musik nun verklang, der Pastor ans Rednerpult trat und zu sprechen anfing, nahm Dorothy nur Wortfetzen wahr: *»… als aufopferungsvolle Kollegin … geschätzt … Kameradschaft … im Dienst ihr Leben … selbstlos … der Herr gibt, und der Herr nimmt … wenn auch unvergessen …«*

Am liebsten hätte sie nach Ralphies Hand gegriffen; nicht, um seinen Schmerz zu lindern, sondern um selbst nicht den Halt zu verlieren, doch sie tat es nicht.

Du kannst gar nicht weinen, Dotty, sagte sie sich. *Gott sei Dank kannst du ja gar nicht weinen.*

Nicht jetzt …

Noch während der Predigt stand sie auf und verließ die überfüllte Kirche klammheimlich durch den Eingang der Sakristei.

Um nichts in der Welt wollte sie, dass Ralph ihre Tränen bemerkte.

Nach zwei Monaten harter Arbeit fühlte sie sich leer und ausgepumpt. Zwei Monate, die ihr auch das letzte bisschen Kraft geraubt hatten. Zwei Monate, die ihr Leben so grundlegend auf den Kopf gestellt hatten, dass sie bei Beendigung des Falles nicht einmal mehr gewusst hatte, für wen sie eigentlich noch lebte. Sie hatte eine Freundin verloren, ihre Integrität als Polizistin, auf die sie immer so stolz gewesen war, und den einzigen Mann, den sie je geliebt hatte. Zwei Monate, nach denen sie unerwartet vor einem Scherbenhaufen stand. Ehe sie dazu imstande wäre, ihn zusammenzukehren, würde sie irgendwo hingehen und neue Kraft schöpfen müssen.

Sie weinte in stummer Trauer, als sie durch das wehende Herbstlaub des Kirchgartens ging. Das sterbende Jahr zu ihren Füßen, hörte sie die Trauergemeinde in der Kapelle *›Näher mein Gott zu Dir‹* anstimmen und fragte sich, ob das Leben tatsächlich ebenso unwiederbringlich verging wie die verwelkten im Wind tanzenden Blätter oder ob es nicht doch so etwas wie eine unsterbliche Seele gab, die zu einer anderen Zeit, an einem anderen Ort vielleicht, in der Welt trotz all ihrer Verfehlungen eine neue Chance bekommen würde.

Es wäre ein Trost, daran glauben zu können.

Schwarz ist nicht immer Schwarz, dachte Dorothy. In jedem Menschen steckte schließlich etwas Gutes. Nur war es manchmal nicht ganz so einfach, das zu sehen.

Den schweren Gesang in den Ohren, ging sie den Kiesweg hinunter – weg, nur weg von hier, dem so beruhigenden Rauschen der See entgegen – und trauerte um Jenny Daniels' verschwendete Zeit auf Erden. Ging und beweinte den Tod einer Mörderin.

Schlussbemerkung

Obwohl es sich bei diesem Roman um eine rein fiktive Geschichte handelt, sind doch sämtliche Schauplätze durchaus real – auch wenn in einem Fall ein Art-déco-Lokal umbenannt wurde und die Ortschaft Long Weldon aus dramaturgischen Gründen nicht unter ihrem richtigen Namen auftaucht.

Keinerlei Freiheiten hingegen habe ich mir mit dem Mord an Helen Priestley erlaubt, der sich, wie von Robert Marley beschrieben, 1934 tatsächlich in Aberdeen ereignete.